BASTEI
LÜBBE

CHARITY von Wolfgang Hohlbein
im BASTEI-LÜBBE-Programm:

23 096 Die beste Frau der Space Force
23 098 Dunkel ist die Zukunft
23 100 Die Königin der Rebellen

WOLFGANG HOHLBEIN

CHARITY

In den Ruinen von Paris

Science Fiction Roman

BASTEI LÜBBE

BASTEI-LÜBBE-TASCHENBUCH
Science Fiction Abenteuer
Band 23 102

Erste Auflage: Mai 1990
Zweite Auflage: Juni 1991
Dritte Auflage: November 1994
Vierte Auflage: April 1998

Lektorat: Reinhard Rohn
Titelillustration: Luis Royo/Norma Agency, Barcelona
Umschlaggestaltung: Quadro Grafik, Bensberg
Satz: KCS GmbH, 2110 Buchholz/Hamburg
Druck und Verarbeitung:
Brodard & Taupin, La Flèche, Frankreich
Printed in France
ISBN 3-404-23102-3

Der Preis dieses Bandes versteht sich
einschließlich der gesetzlichen Mehrwertsteuer.

1

Auf den ersten Blick erschien die Welt dort draußen vollkommen fremdartig. Der Himmel war von einer dunklen, türkisgrünen Farbe, auf dem eine Sonne wie ein faustgroßer, giftiggrüner Fleck mit verschwommenen Rändern prangte, die sich in beständiger Bewegung zu befinden schienen. Die Luft war sonderbar klar, so daß man meilenweit sehen konnte. Unter ihnen erstreckte sich eine bizarre Alptraumlandschaft aus zerstörten Gebäuden, zusammengestürzten Straßenzügen und gewaltigen Kratern, die sich im Laufe zweier Generationen mit Wasser und Pflanzen von sonderbar schmieriger, grünvioletter Farbe gefüllt hatten.

Es war eine der größten und schönsten Städte der Erde gewesen. Doch daran erinnerte nun nichts mehr. So weit Charity sehen konnte, erblickte sie nicht ein einziges unzerstörtes Haus, nicht ein einziges Fenster, das nicht zerborsten, nicht ein einziges Dach, das nicht eingestürzt war.

Und wahrscheinlich, dachte sie matt, waren die schlimmsten

Spuren der Zerstörung gar nicht mehr zu sehen. Die Stadt war die Beute eines Pflanzenmonsters geworden, das die Häuser und Straßen im Verlauf der letzten fünf Jahrzehnte geduldig, aber unaufhaltsam verschlungen hatte, wie ein lebendiges Leichentuch, das die Invasoren von den Sternen über die Stadt ausgebreitet hatten.

Wo der Fluß gewesen war, zerschnitt ein breiter, schlammig brauner Graben dieses Leichentuch. Auf seinem Grund schimmerte es weiß und rostrot: die Wracks der Ausflugsschiffe und Lastkähne, die einst darauf gefahren waren. Aber er führte kein Wasser mehr, sah man von einem trüben Rinnsal ab, das in seiner Mitte mäanderte.

Einige der Brücken waren noch vorhanden: zerborstene, zum Teil wie geschmolzen aussehende Stahlkonstruktionen, die sich in kühnem Bogen über etwas schwangen, das gar nicht mehr da war. Und wie um die Sinnlosigkeit aller menschlichen Anstrengungen deutlich zu machen, waren auch sie frei von der grünen Pest. Das ausgetrocknete Flußbett war wie eine Barriere, hinter der die fremdartige Flora nicht hatte Fuß fassen können.

Das Erschreckendste aber war der Turm; eine gigantische, schwarze Stahlkonstruktion, deren durchbrochene Flanken sich in sanften Bögen aufeinander zubewegten und sich hoch über der zerstörten Stadt zu einer nadeldünnen Spitze vereinten. Er war so weit entfernt, daß Charity ihn als Schatten wahrnehmen konnte. Und das unheimliche, grünviolette Licht ließ die Konstruktion unwirklich und fast schwerelos erscheinen. Aber sie erkannte den Turm trotzdem.

Niemand, der diese Konstruktion auch nur einmal im Leben zu Gesicht bekommen hatte, vergaß sie je wieder.

Der Anblick erfüllte sie für einen Moment mit Zorn. Seit sie aus dem Schlaftank gestiegen und an die Oberfläche dieser geschändeten Erde zurückgekehrt war, hatte sie so viel Zerstörung, so viel Tod und Leid gesehen, daß sie manchmal schon glaubte, es gäbe nichts mehr, was sie noch erschüttern konnte. Aber das stimmte nicht.

Das Entsetzen kannte keine Grenzen.

Sie hatte Städte gesehen, die dem Erdboden gleichgemacht worden waren. Ganze Landstriche, die verödet waren, fruchtbare Täler und Felder, auf denen nie wieder etwas wachsen würde, Orte, deren Bewohner bis auf das letzte Kind getötet worden waren — und doch erfüllte sie der Anblick dieser von wucherndem Pflanzenleben überrannten Stadt mit einer tieferen Verbitterung, als sie sie je zuvor empfunden hatte.

Die Legionen Morons hatten ihre Welt überfallen und unterworfen, und irgendwie hatte Charity sich damit abgefunden, so entsetzlich der Gedanke auch war. Aber sie mußte plötzlich wieder an das denken, was ihr Niles in der unterirdischen Festung erzählt hatte: daß es ganze Landstriche, ja vielleicht Kontinente gab, auf denen sie begonnen hatten, sich die Erde nicht nur untertan zu machen, sondern sie nach ihren Wünschen und Vorstellungen umzugestalten. Sie hatte damals gar nicht wirklich begriffen, was er gemeint hatte, als er sagte, sie begännen die Erde zu verändern.

Jetzt verstand sie es, weil sie es *sah.*

Vielleicht hatten sie dieses Leichentuch nicht nur über diese Stadt ausgebreitet, sondern über den ganzen Planeten, und vielleicht war die Welt, in der sie erwacht war, die Welt der Wastelanders und Rebellen bereits die Ausnahme; Mottenlöcher in dem neuen Gewand, in das die Invasoren die Erde hüllten. Und sie nichts weiter als die Motten, die sie hineingefressen hatten.

Und die man mit einer nachlässigen Bewegung davonschnippen würde, sobald sie begannen, zu viel Schaden anzurichten . . .

Sie verscheuchte den Gedanken und konzentrierte sich wieder auf das bizarre Bild, das sich ihr auf der anderen Seite der Tür bot.

Das hier war es, was sie aus der Erde machen würden.

Kein Planet mehr, auf dem Menschen leben konnten oder auch nur *geduldet* waren, sondern eine völlig andere Welt voller fremdartiger Tiere und Pflanzen, voller fremder Gerüche, voller falscher Laute und unter einem falschen Himmel. Großer Gott — was hatten sie mit der *Sonne* gemacht?

Tränen liefen über ihre Wangen, aber sie merkte es erst, als sie ihre Lippen berührten und sie den salzigen Geschmack spürte. Hastig wischte sie sie fort und drehte sich mit einem Ruck um.

Skudder stand noch immer wie gelähmt da, obwohl Minuten vergangen waren, seit Charity und die anderen durch seinen Schrei aufgeschreckt aufgesprungen und zu ihm geeilt waren. Er hatte sich in dieser Zeit nicht ein einziges Mal gerührt; ja, Charity war fast sicher, daß er nicht einmal geatmet hatte; er stand reglos da, die rechte Hand erhoben und mit weit aufgerissenen, ungläubigen Augen auf die bizarre, fremdartige Landschaft draußen starrend. Der Ausdruck auf seinem Gesicht verriet sein Entsetzen. Auch Net starrte erstaunt auf die beinahe surrealistische Landschaft, wenngleich ihr Blick eine eher kindliche Neugier spiegelte. Einzig Gurks Gesicht blieb unbewegt wie immer, sah Charity von dem leicht abfälligen Schwung ab, zu dem sich seine greisen Lippen verzogen hatten, als versuche er auf diese Weise, der ganzen Welt seine Verachtung auszudrücken.

Aber zumindest in seiner Physiognomie konnte sie sich täuschen. Seit einigen Stunden war Charity überhaupt nicht mehr sicher, sich nicht in *allem* getäuscht zu haben, was Gurk anging.

Sie schüttelte den Gedanken ab. Mit Gurk und allem, was er ihr erzählt hatte, würde sie sich später beschäftigen. Daß sie überhaupt noch am Leben und sogar in Freiheit waren, erschien Charity wie ein kleines Wunder. Seit Skudders Schrei waren zwei, vielleicht drei Minuten vergangen, und noch einmal die gleiche Zeit mußte davor verstrichen sein, seit sie aus dem Transmitter getaumelt und sich in dieser neuen, völlig unbekannten Welt wiedergefunden hatten. Fünf oder sechs Minuten — nicht besonders viel Zeit, aber mehr als genug für Daniel, ihnen ein paar Kohorten seiner Insektenkrieger hinterherzuhetzen. Charity erinnerte sich voller Entsetzen, wie viele der schwarzen, vierarmigen *Ameisen*kreaturen in der Transmitterhalle des Shai-Taan gewesen waren.

Sicher, sie selbst und vor allem der Megakrieger hatten die meisten von ihnen erledigt; aber eben längst nicht alle. Und in dem erbärmlichen Zustand, in dem sich ihre kleine Privatarmee im Moment befand, reichte wahrscheinlich schon eine einzige *Ameise*, um ihnen den Garaus zu machen.

Sie warf einen unsicheren Blick auf den drei Meter durchmessenden Transmitter-Ring zurück. Das Gerät war noch immer eingeschaltet. Im Inneren des schmalen Kreises aus silberfarbenem Metall, der schwerelos eine Handbreit über den Boden der Kammer schwebte, waberte ein wesenloses Schwarz. Vermutlich war der menschliche Geist überhaupt nicht in der Lage, das Wesen dieses bizarren Transportsystems überhaupt zu verstehen. Aber es hatte Substanz. Es existierte, und es war schrecklich; was Charity in den wenigen und doch endlosen Augenblicken, die sie im Inneren des Transmitters gewesen war, erlebt hatte, das war wie ein Hauch der Hölle gewesen.

Sie spürte plötzlich, daß jemand sie ansah. Es war Gurk. Net und Skudder blickten noch immer auf die bizarre, türkisgraue Landschaft draußen, aber der Zwerg hatte den Kopf gedreht und sah sie aus seinen dunklen, nichtmenschlichen Augen durchdringend an.

»Sie werden uns nicht verfolgen«, sagte er. Charity fragte sich für einen Augenblick, ob er ihre Gedanken las, verneinte diese Frage dann aber. Er hatte oft genug bewiesen, daß er es *nicht* konnte. Wahrscheinlich war es nicht besonders schwer zu erraten, was hinter ihrer Stirn vorging, während sie das lichtlose Tor ins Nichts anstarrte.

»Wieso bist du da so sicher?« fragte sie.

»Sie tun es nicht«, beharrte Gurk. »Dieser Ort ist tabu. Sie würden sich eher töten lassen, ehe sie ihn betreten.«

»Du kennst diesen Ort?«

Gurk zuckte mit den Achseln, so daß sein übergroßer Kopf heftig hin- und herzuwackeln begann. »Ich habe davon gehört«, sagte er ausweichend. Die Lüge war so dünn, daß sie wahrscheinlich nicht einmal in seinen eigenen Ohren überzeugend klang.

Charitys Gesicht verfinsterte sich ein wenig. »Du hast schon eine Menge Dinge gehört, nicht wahr?« fragte sie scharf. »Schon eine ganze Menge Dinge mehr, als du bisher gesagt hast.«

Gurk grinste. »Du hast nicht gefragt, oder?«

Charity setzte zu einer wütenden Antwort an, beherrschte sich dann aber im letzten Moment. »Das stimmt«, sagte sie gepreßt. »Aber ich werde es. Verlaß dich darauf. Wir werden uns unterhalten müssen, kleiner Mann. Sehr lange und über sehr, sehr viele Dinge.«

Gurk zuckte abermals mit den Schultern und gab ein unanständiges Geräusch von sich. »Meinetwegen«, antwortete er, ganz plötzlich wieder mit seiner gewohnten, krächzenden Altmännerstimme. »Aber nicht hier und nicht jetzt.« Er deutete mit einem dürren Zeigefinger auf den Transmitter. »Daniel kann zwar auf einem Bein herumhüpfen und sich das andere dabei ausreißen, ohne daß eine seiner Kreaturen auch nur einen Fuß in den Transmitter setzen würde, aber das heißt nicht, daß wir hier in Sicherheit sind. Es gibt eine Menge anderer, übler Zeitgenossen hier. Und einigen davon möchte ich lieber nicht begegnen.«

Er wiederholte seine wedelnde Handbewegung auf den Transmitter. »Daß das Ding da benutzt wurde, ist garantiert nicht unbemerkt geblieben. Ich bin sicher, in ein paar Minuten wimmelt es hier von uneingeladenem Besuch.« Er sah Charity fragend an und zog eine Grimasse. »Willst du ihnen Kaffee kochen? Oder machen wir, daß wir wegkommen?«

Gegen ihren Willen mußte Charity lächeln. Gurk mußte ganz genau wissen, daß sie ihn durchschaut hatte, aber er versuchte noch immer, den Clown zu spielen; und irgendwie gelang es ihm sogar. Er gehörte zu jener Art von Menschen *(Menschen?!)*, deren Intelligenz und Gefahr man sich noch so sehr bewußt sein konnte und die man doch niemals völlig ernst zu nehmen imstande war. Vielleicht, dachte sie, lag das daran, daß er eben *kein* Mensch war.

Sie warf einen letzten Blick auf den Transmitter zurück und trat dann neben Skudder. Aber sie zögerte noch einen Moment, ihn anzusprechen, sondern ließ ihren Blick noch einmal für Momente über die zerklüftete, fremdartige Landschaft unter sich schweifen, die sie ebenso überrascht und verwirrt hatte wie Skudder und die Wasteländerin. Aber im Gegensatz zu diesen beiden wußte sie, wo sie waren.

Sie sah nur für wenige Sekunden nach draußen, ehe sie mit einem Ruck abermals zurücktrat und sich umwandte.

Die Bewegung schien auch Net aus dem Bann des morbiden Anblicks zu lösen, denn die junge Wasteländerin blinzelte plötzlich, als erwachte sie aus einem tiefen, traumlosen Schlaf und sah Charity verstört an. Und ein paar Sekunden später drehte sich auch Skudder zu ihr herum.

Sein Gesicht war bleich, und im unheimlichen Licht des grünen Himmels sah es aus wie das eines Toten. »Mein Gott«, murmelte er. »Wir . . . wir sind nicht mehr zu Hause, Charity. Das ist nicht mehr die Erde!«

Charity biß sich auf die Lippen. Sie hätte viel darum gegeben, wenn Skudder recht gehabt hätte. Sie wäre lieber auf einem fremden Planeten am anderen Ende der Galaxis gewesen als an diesem Ort, der sich auf so fürchterliche Weise verändert hatte. Aber sie war es. Und es hatte keinen Zweck, sich selbst länger zu belügen.

»Doch, Skudder«, sagte sie traurig, »das sind wir.«

Der Hopi-Indianer starrte sie ungläubig an. »Aber das ist . . .«

»Wir sind immer noch auf der Erde«, sagte Charity fast sanft, aber mit großem Nachdruck. »Ich war schon einmal hier. Ich kenne diese Stadt, Skudder. Siehst du diesen Turm dort?« Sie hob die Hand und deutete auf das filigrane, von fast flüssigem, grünem Licht durchdrungene Gespinst des Eiffelturmes, der sich über dem wogenden Auf und Ab der Ruinenstadt erhob. »Ich war sogar schon einmal dort oben.«

Skudder sah sie zweifelnd an, und Charity nickte mit einem bitteren Lächeln, ehe sie fortfuhr: »Damals war das eine der größten und schönsten Städte der Erde, Skudder. Millionen Menschen lebten hier. Und du konntest auf die Spitze dieses Turmes hinaufgehen und bei klarem Wetter bis zum Meer blicken.«

»Aber das ist unmöglich«, protestierte Skudder. Er deutete mit einer Geste, die beinahe verzweifelt wirkte, zum Himmel und der falschen, stechendgrünen Sonne hinauf. »Das ist nicht die Erde!«

Charity seufzte. »Ich weiß nicht, was mit dem Himmel passiert ist«, sagte sie, »oder der Sonne. Aber das hier ist Paris, Skudder. Jedenfalls war es das einmal.«

»Unterhaltet euch ruhig in aller Ruhe weiter«, mischte sich Gurk ein. »Es gibt überhaupt keinen Grund, sich zu beeilen, wißt ihr? Im Gegenteil — ich bin sicher, wenn ihr noch lange genug quatscht, dann kommt bald ein freundlicher Abgesandter der Stadtverwaltung und lädt uns zu einer Sight-Seeing-Tour ein.«

Skudder blickte den Gnom nur verständnislos an, aber Charity wußte, daß Gurk recht hatte. Jede Sekunde, die sie weiter in diesem Raum verbrachten, war eine Sekunde zuviel. Es grenzte ohnehin schon an ein Wunder, daß bisher noch niemand aufgetaucht war, um nachzusehen, wer den Transmitter benutzt hatte.

Aber selbst Wunder dauern nicht ewig. Und das, das sie im Moment erlebten, war genau in diesem Augenblick vorbei.

Es ging zu schnell, als daß Charity hinterher hätte sagen können, was zuerst geschah: Ein tiefes, unheimliches Summen erklang und steigerte sich zu einem schmerzhaften Vibrieren, das jede einzelne Zelle ihres Körpers ergriff und in Schwingungen versetzte, und die so massiv erscheinende Seitenwand der Kammer teilte sich entlang eines senkrechten Spaltes, aus dem Augenblicke später eine rechteckige Tür wurde, hinter der ein staubiger Korridor sichtbar war, von dem zahlreiche, hell erleuchtete Türen abzweigten. Direkt unter dieser Tür stand eine grauhaarige, alte Frau in der bunten Zeremonienkleidung, wie sie auch Angela und die anderen Shai-Priesterinnen getragen hatten, und hinter ihr wuchsen die zwei Meter hohen, dürren Gestalten zweier *Ameisen* empor.

Und im gleichen Moment gerann das wabernde Schwarz im Inneren des Transmitterkreises zu einem Körper, und der Megamann stürzte hervor!

Es war wie immer, und wie immer fragte sich Jean, ob das Ergebnis den Aufwand überhaupt rechtfertigte. Und er kam wie immer zu dem Schluß, daß es das ganz und gar nicht tat. Er hatte zwar nur gute fünfzehn Minuten gebraucht, durch das Gewirr von Tunneln hierher zu finden, aber zuvor fast zwei Stunden, um die Wachen zu überlisten und sein Pibike ächzend fast eine Meile lang den Tunnel hinabzuschieben, ehe er es wagte, den Motor zu starten.

Und dann fast noch einmal dieselbe Zeit für die letzten fünfzig Meter.

Er hatte das Fahrzeug direkt unter der Insel abgestellt und war über das Gewirr von Leitern, rostigem Metall, Treppen und Schutthalden nach oben geklettert, aber er war unterwegs auf Ratten gestoßen und hatte sich mehr als eine Stunde lang verstecken müssen.

Jean schauderte noch jetzt vor Angst, als er daran dachte, wie dicht die Meute an seinem Versteck — einer schmalen Nische in der Wand, die früher einmal einen Schaltkasten enthalten hatte — vorübergezogen war. Es waren nicht einmal besonders viele Tiere gewesen; ein Dutzend, schätzte Jean, aber schon eine einzige dieser fast schäferhundgroßen Bestien reichte aus, einen Mann zu zerreißen, wenn sie hungrig und verzweifelt genug war.

Und die Tiere, die er dort unten gesehen hatte, schienen verdammt hungrig zu sein. Trotz ihrer Klauen und Zähne hatten sie einen beinahe jämmerlichen Anblick geboten — wenn sie nicht so groß gewesen wären. Das Fell der meisten war struppig und begann in großen, häßlichen Löchern auszufallen. Viele hatten entzündete, nässende Geschwüre, und fast alle waren auf die eine oder andere Art verletzt gewesen. Offensichtlich kam das Rudel von der Jagd; allerdings war ihm dabei die Rolle der Beute zugedacht gewesen.

Die kreischende Meute war in großer Hast an seinem Versteck vorübergelaufen und rasch in dem Labyrinth unterirdischer Gänge und Hallen verschwunden, aber Jean hatte es lange Zeit nicht gewagt, seine Deckung zu verlassen. Ratten griffen normalerweise keine Menschen an, das wußte er, aber die Tiere waren halb wahnsinnig vor Angst und Hunger gewesen, und ein paar der Wunden, die er gesehen hatte, bluteten noch; die Schlacht, aus der der jämmerliche Haufen zurückkam, konnte noch nicht allzu lange vorüber sein. Wahrscheinlich gingen sie im Moment auf alles los, was sich bewegte. Außerdem gab es kaum etwas auf der Welt, das Jean mehr haßte als *Ameisen* oder Ratten. Ihr bloßer Anblick bereitete ihm Übelkeit. Und schon die Vorstellung, von einem dieser widerlichen, struppigen Kreaturen berührt zu werden, ihren heißen, nach Aas stinkenden Atem zu spüren und das Kratzen ihrer hornigen Pfoten auf der Haut, trieb ihn fast in den Wahnsinn. Also hatte er abgewartet, bis er völlig sicher war, daß sie nicht mehr zurückkommen würden, ehe er aus dem rostigen Metallschrank ohne Türen herauskroch und sich vollends zur Oberfläche hinaufarbeitete.

Nein, dachte er ironisch, während er sich gewohnheitsmäßig nach rechts und links umsah, ehe er das letzte, deckungslose Stück Weg zur Festung hinüberzulaufen begann, es lohnte sich wirklich nicht, immer wieder hierher zu kommen.

Was aber ganz und gar nichts daran änderte, daß er es immer wieder tat und auch immer wieder tun würde.

Jean konnte selbst nicht sagen, was ihn so an diesem Ort faszinierte. Sicherlich — da war die Festung mit ihrem summenden, blitzenden Innenleben, ein Ort voller flackernder, bunter Lichter, voller fremdartiger Geräusche und voller faszinierender Dinge, von denen er nur die allerwenigsten wirklich verstand. Sie war ein Teil einer fremden, untergegangenen Welt, ein Stück Vergangenheit, jene Vergangenheit, von der seine Eltern manchmal erzählten und die seine Altersgenossen nur noch von Bildern und Büchern her kannten. Manchmal fragte sich Jean, ob er von allen Bewohnern der Freien Zone vielleicht der einzige war, der einen Teil dieser Vergangenheit jemals wirklich zu Gesicht bekommen hatte. Und manchmal wünschte er sich nichts mehr, als einen der anderen mit hierher zu nehmen und sein Geheimnis mit ihm zu teilen.

Aber natürlich würde er das nicht tun.

Die Gefahr war einfach zu groß. Wenn man in der Freien Zone erfuhr, was er bei seinen regelmäßigen Ausflügen hierher entdeckt hatte — Ausflüge, die zwar verboten, aber von Barler und den anderen stillschweigend geduldet wurden —, dann würden sie ihn nicht mehr gehen lassen. Und das konnte er nicht riskieren.

Er hatte das deckungslose Stück überwunden und duckte sich hinter den verkohlten Rest einer Mauer. Mit klopfendem Herzen sah er sich um. Die Insel gehörte zwar noch nicht zum Dschungel, aber sie gehörte auch nicht mehr zur Freien Zone, sondern war eine Art Niemandsland, das von keinem beansprucht, sehr wohl aber von Bewohnern *beider* Flußufer betreten werden konnte. Mehrmals in den vergangenen Jahren war er auf irgendwelche Monster gestoßen, die das ausgetrocknete Flußbett überwunden hatten, und einmal hatte er sogar eine *Ameise* gesehen. Die Gefahr aus der Luft war nicht zu unterschätzen. In unregelmäßigen Abständen patrouillierten Gleiter über dem Flußbett, die auf alles schossen, was sich bewegte.

Im Moment jedoch schien alles ruhig zu sein. Zwischen den verkohlten Ruinen regte sich nichts, und auch der Himmel über der Stadt und dem Dschungel blieb leer. Trotzdem verharrte Jean eine ganze Weile und spähte aufmerksam in die Runde, ehe er es wagte, sich zu erheben und die letzten zwanzig Schritte zur Festung hinüberzulaufen.

Selbst ihm, der ganz genau wußte, wonach er zu suchen hatte, fiel es schwer, sie zu erkennen. Als er sie gefunden hatte, vor nunmehr gut vier Jahren, war sie unter Schutt und Trümmern begraben und von wucherndem Unkraut bedeckt gewesen. Die Trümmer hatte er nach und nach beiseite geschafft, denn er hatte rasch begriffen, daß die meisten der empfindlichen Ortungs- und Suchgeräte nicht zerstört, sondern nur von den Schuttmassen geblendet waren. Das Unkraut hatte er gelassen, wo es war, und später sogar begonnen, in der näheren Umgebung junge, kräftige Pflanzen zu sammeln, die er rings um die Festung eingepflanzt hatte, so daß sie mittlerweile unter dünnen, zähen Ranken verborgen war.

Wie immer, wenn er sich ihr näherte, betrachtete er sein Werk kritisch und hielt aufmerksam nach einer Lücke, nach einem verräterischen Funkeln von Metall oder Glas Ausschau, entdeckte aber nichts. Er konnte zufrieden sein. Selbst wenn die *Ameisen* hierher kamen, mußten sie an ihr vorüberlaufen, ohne sie auch nur zu sehen.

Jean bückte sich, bog vorsichtig das Gewirr aus dornigen Zweigen beiseite, das den Eingang verbarg, und zerrte mit den Zähnen den schweren Lederhandschuh von der rechten Hand, während er mit der linken die Ranken zurückhielt. Sorgfältig plazierte er die gespreizten Finger der rechten auf den von einem dünnen, roten Ring eingerahmten Kreis neben der Tür und hörte das vertraute Klicken, als die Festung seine Handabdrücke identifizierte und ihm den Zutritt freigab. Jean hatte fast ein Jahr gebraucht, um die Funktionsweise dieser Tür zu ergründen und sie so umzuprogrammieren, daß sie nur noch ihm den Zutritt gestattete.

In der in dunkelgrüner Tarnfarbe gestrichenen Flanke der Festung erschien ein dünner, haarfeiner Spalt, der sich rasch zu einer knapp eineinhalb Meter hohen Tür weitete, und Jean trat gebückt hindurch. Die Tür schloß sich hinter ihm so lautlos, wie sie sich geöffnet hatte, und fast im gleichen Moment glomm unter der Decke ein gelbes, mildes Licht auf, das den kleinen Raum in eine sonderbare Art von Helligkeit tauchte. Wie immer, wenn Jean hierherkam, blieb er einen Moment lang stehen und genoß einen Luxus, den die anderen Bewohner der Freien Zone sich wahrscheinlich nicht einmal vorstellen konnten — so wenig wie er es gekonnt hatte, ehe er das erste Mal hierher kam: Er stand einfach da und *sah*. Dieses Licht war völlig anders als der türkisgrüne Schein des Himmels, unter dem Jean geboren und aufgewachsen war. Und bei seinem ersten Besuch hatte es ihn erschreckt, ja, fast in Panik versetzt. Aber dieses Gefühl war rasch vergangen und hatte dem einer sonderbaren Vertrautheit Platz gemacht. Heute war es so, daß er diesen gelben Schein als angenehmer empfand als das Licht des Tages.

Sein Blick tastete über das Durcheinander von Skalen und Zeigern, von verschiedenfarbigen Lichtern, von winzigen Bildschirmen — und verharrte auf einer kleinen, roten Lampe, die in hektischem Rhythmus flackerte.

Jean runzelte die Stirn. Er kannte die Bedeutung dieses Lichtes. Jemand hatte versucht, sich Zutritt zu verschaffen.

Er setzte sich in einen der drei gepolsterten Schalensitze hinter dem Kommandopult, streckte die Hand aus und drückte rasch hintereinander drei Tasten. Das Licht unter der Decke wurde schwächer, ohne völlig zu verlöschen, und dicht neben seiner linken Hand glomm ein rechteckiger, kaum handgroßer Monitor auf. Jean hörte ein helles Summen, als das Videoband zurückfuhr, dann machten die flimmernden Streifen auf dem Bildschirm einer dreidimensionalen, farbigen Abbildung des Bereiches vor der Festungstür Platz.

Er atmete erleichtert auf, als er sah, daß nur ein Tier versucht hatte einzudringen: ein grüngraues, fast mannsgroßes Etwas, das wie eine mißlungene Kreuzung zwischen einer Krabbe und einer Kakerlake aussah und dessen schimmernder, schwarzer Hornpanzer es unzweifelhaft als eine Kreatur von Moron auswies. Seine riesigen Augen schienen Jean über den Monitor hinweg haßerfüllt anzustarren.

Jean lächelte nervös. Was er sah, war nur eine Aufzeichnung, Tage, vielleicht sogar Wochen alt, und trotzdem mußte er sich beherrschen, um nicht instinktiv den Blick zur Tür zu wenden und sich davon zu überzeugen, daß das Ding den handstarken Stahl nicht einschlug und hereingekrochen kam.

Die Aufzeichnung endete, als die Krabberlake ihre sinnlosen Bemühungen, den Panzerstahl einzuschlagen, endlich aufgab und sich umwandte, um mit grotesken, hopsenden Schritten davonzuschleichen. Jean wollte den Bildschirm schon wieder abschalten, aber in diesem Moment stabilisierten sich die grauweißen Streifen darauf erneut zu einem Bild. Und er sah aufmerksamer wieder hin.

Die Kamera mußte sich wenige Augenblicke nach dem Ende der ersten Aufzeichnung automatisch wieder eingeschaltet haben, und als er den kleinen Bildschirm genauer betrachtete, begriff er auch, warum: Das Insektenwesen hatte sich gute dreißig oder vierzig Schritte von der Festung entfernt und kroch jetzt mit grotesken Bewegungen über die Ebene, die sie vom Rand der Insel trennte. Aber auf dem Bildschirm war plötzlich noch eine zweite Bewegung — ein flüchtiges, silbernes Blitzen am Himmel, fast am Rande des Aufnahmebereiches der Kamera. Es kam rasend schnell näher, verschwand für einen Moment und kehrte dann etwas langsamer zurück — und dann stach ein dünner, unerträglich greller Lichtblitz aus dem Himmel und spießte die riesige Insektenkreatur auf. Jean schloß geblendet die Augen, als der Bildschirm für einen Moment in strahlender Weißglut aufzulodern schien. Als er die Lider wieder hob, war die Kreatur verschwunden. Dort, wo sie eine Sekunde zuvor noch gehockt hatte, glühte der Boden in einem dumpf-dunklen, düsteren Rot.

Zwei, drei Sekunden lang blieb das Bild statisch, dann

erlosch der Monitor endgültig, und er hörte ein leises Klicken. Der Gleiter mußte weitergeflogen sein, und seither war nichts mehr geschehen, was eine Aufnahme wert gewesen wäre.

Aber Jean blickte noch eine ganze Weile versonnen auf den kleinen, wieder grau gewordenen Bildschirm. Der Zwischenfall hatte ihm wieder einmal deutlich gezeigt, wie dünn das Eis war, auf dem er sich bewegte. Niemand wußte von der Existenz dieser Festung, weder in der Freien Zone noch drüben, auf der anderen Seite — aber er hatte keine Garantie, daß das für alle Zeiten so blieb. Ein simpler Zufall wie die Neugier einer gehirnlosen Kreatur konnte alles verderben. Er wagte gar nicht daran zu denken, was geschehen wäre, hätte der Gleiter das Geschöpf auch nur einige Minuten früher geortet und es angegriffen, während es sich unmittelbar vor der Festung befand. Jean wußte, daß die Festung über Waffen verfügte, die vermutlich ausreichten, einen Gleiter wie eine lästige Fliege vom Himmel zu schnippen. Und er war ziemlich sicher, daß das Gehirn der Festung einen Laserschuß, der auf sie abgegeben wurde, nicht unbedingt als freundlichen Akt betrachten würde. Als er selbst das erste Mal hierhergekommen war, hatte er seine Neugier beinahe mit dem Leben bezahlt. Er würde sich etwas einfallen lassen müssen.

Aber deshalb war er schließlich auch hier.

Im ersten Jahr, nachdem Jean die Festung entdeckt und sich Zutritt verschafft hatte, hatte er sie einfach nur als Versteck benutzt. Er hatte manchmal ganze Nächte hier verbracht, in denen er nichts anderes tat, als einfach dazusitzen und zu träumen. Er war damals fast noch ein Kind gewesen.

Aber in den letzten beiden Jahren hatte Jean vorsichtig damit begonnen, die Geheimnisse dieser Festung Stück für Stück zu erforschen. Verglichen mit dem, was er noch nicht wußte, hatte er wahrscheinlich kaum etwas herausgefunden. Aber mit jedem Geheimnis, das er löste, mit jedem Gerät, dessen Funktion er begriff, mit jedem Apparat, den er zu bedienen lernte, ging es ein wenig schneller. Jean zweifelte nicht daran, daß er in weiteren zwei, allerhöchstens drei Jahren diese Festung vollkommen beherrschen würde. Und dann . . . Ein dünnes Lächeln spielte um seine Lippen, als er an den gewaltigen, schlanken Zylinder aus Glas und schimmerndem, grünem Kristall dachte, den er in dem halbrunden, drehbaren Turm über seinem Kopf entdeckt hatte. Er war sehr sicher, daß es sich dabei um eine Laserwaffe handelte. Er wußte noch nicht, wie sie funktionierte, aber er würde es herausfinden, und dann . . .

Nun, dachte er, dann würde der nächste Jäger, der kam, um ein bißchen Spaß mit ein paar Bewohnern der Freien Zone zu haben, eine gewaltige Überraschung erleben.

Jean verscheuchte diesen Gedanken und konzentrierte sich auf den eigentlichen Grund seines Besuchers. Beim letzten Mal hatte er durch Zufall herausgefunden, wie er den Hauptrechner einschalten konnte. Das Gerät gab zwar bisher nur sinnlose Buchstaben- und Zahlenkombinationen von sich und beantwortete all seine in die Tastatur gehämmerten Fragen und Befehle mit einem sturen:

A> BAD OR MISSING PASSWORD. ACCESS DENIED

aber er hatte sich im Laufe der letzten Monate mit der Funktionsweise einiger kleinerer Computer vertraut gemacht und war ziemlich sicher, auch mit diesem größeren Gerät fertig zu werden, wenn er nur ein wenig Zeit hatte. Und Zeit hatte er im Überfluß.

Er schaltete das Gerät ein, tippte wahllos einige Ziffern und Buchstaben in die Tastatur und blickte verärgert auf die ewig gleiche, stereotype Antwort. Jean verfluchte die Welt, sich selbst und die schwarzen Götter Morons dafür, nicht mehr von Computern zu verstehen. Sie hatten einige kleine Rechner in der Freien Zone, aber die waren allenfalls gut genug, einige leichtere Rechenaufgaben zu lösen. Mit diesem Gerät hatten sie ungefähr so viel zu tun, wie sein aufgemotztes Pibike mit den aus Holz geschnitzten Rollschuhen, mit denen er als Kind herumgefahren war.

Jean schloß die Augen, versuchte für einen Moment an gar nichts zu denken und beugte sich dann erneut über die Tastatur. Er hatte vor, mit simplen, dreistelligen Zahlen zu beginnen, die er eintippte. Er war bei 117 angekommen, als ein heller, dreifacher Glockenton erklang und ihn abrupt aus seiner Tätigkeit riß. Jean sah alarmiert und für einen Moment erschrocken auf, blickte sich wild um — und fuhr nun wirklich erschrocken zusammen, als er sah, daß sich einer der drei großen Hauptmonitore von selbst eingeschaltet hatte. Er drehte den Sitz herum, beugte sich vor und blickte aufmerksam auf den Schirm. Es war eines der Geräte, dessen Funktionsweise er zumindest in Ansätzen begriffen hatte. Einmal, vor einem guten Jahr, war er während einer Jagd hier draußen gewesen. Und auch damals hatte sich das Gerät ohne sein Zutun eingeschaltet. Es hatte eine Weile gedauert, bis er den Sinn der winzigen, flackernden Leuchtpunkte und der Zahlen- und Buchstabenkombinationen überhaupt begriffen hatte — aber dann war ihm schlagartig klar geworden, daß das Gerät die Energieemission von Laserschüssen registrierte. Das auf den ersten Blick scheinbar sinnlose Durcheinander von Strichen, Linien, Quadraten, Kreisen und Kreuzen auf dem Monitor entpuppte sich bei genauerem Hinsehen als Computer-Graphik der näheren Umgebung der Festung, wobei sie selbst den Mittelpunkt darstellte und das abgebildete Gebiet in Wirklichkeit einen Kreis von gut fünf Meilen Durchmesser.

Kein Zweifel, dachte Jean verblüfft, irgendwo, nicht einmal ganz drei Meilen entfernt, wurde in diesem Moment ein Laser abgefeuert. Und nicht nur einer. Der kleine, rote Lichtpunkt flackerte immer wieder, und das winzige Bildschirmfenster in der rechten unteren Ecke füllte sich immer hektischer mit Zahlen und Buchstaben, deren Bedeutung ihm nach wie vor verborgen blieb.

Jean war verwirrt. Die letzte Jagd war erst drei Tage her, und wenn es auch keine wirkliche Regel gab, so hatte er doch noch nie erlebt, daß der Abstand zwischen ihnen kürzer als zwei Wochen gewesen war; letztendlich war selbst den Jägern nicht daran gelegen, die Freie Zone auszubluten.

Was zum Teufel hatte das zu bedeuten?

Jean sah dem Flackern und Blitzen des kleinen roten Punktes eine ganze Weile gebannt zu. Es dauerte Minuten, bis das hektische Blinzeln des kleinen Lichtfleckes ein wenig nachließ und schließlich ganz aufhörte. Er überlegte angestrengt. Was auch immer dort draußen vorging, es war keine gewöhnliche Jagd.

Und es dauerte noch einmal Minuten, bis Jean zögernd die Hand ausstreckte und eine Taste unter dem Monitor berührte. Ein leises, ratterndes Summen erklang, und aus einem Schlitz unter dem Bildschirm quoll ein Blatt Papier, auf dem sich eine verkleinerte Abbildung der Computer-Graphik befand. Die genauen Koordinaten der angemessenen Energieschüsse waren durch eine Art Fadenkreuz mit Entfernungs- und Richtungsangaben darauf eingetragen.

Jean riß das Blatt ab, faltete es sorgsam zusammen und steckte es in die Brusttasche seiner Jacke. Dann zog er seine Waffe, überzeugte sich pedantisch davon, daß sie geladen war, kontrollierte die beiden Reservemagazine, die sich in seinem Gürtel befanden und verließ die Festung.

2

Im ersten Moment vermochte Charity nicht zu sagen, wer überraschter war — sie, die Shai-Priesterin, die unter der aufgleitenden Tür erschienen war, oder die beiden *Ameisen*, die die alte Frau begleiteten.

Aber zumindest überwanden die beiden riesigen Insektengeschöpfe ihre Überraschung schneller als sie. Eine der beiden *Ameisen* stieß die Shai-Priesterin zu Boden und griff gleichzeitig mit ihren beiden übrigen Händen zu dem einzigen Kleidungsstück, das sie trug: einem schmalen Metallgürtel, aus dem die Kolben von gleich vier fremdartig geformten Waffen herausragten. Die andere stieß einen schrillen Pfiff aus und stürzte sich unverzüglich auf den ersten Gegner, den sie fand: Gurk.

Für eine Sekunde schien die Zeit stillzustehen. Charity sah und hörte alles gleichzeitig. Aber so absurd schnell und präzise ihre Sinneswahrnehmungen funktionierten, so absurd langsam reagierte ihr Körper auf ihre Befehle. Sie versuchte, sich zur

Seite zu werfen und gleichzeitig Net und Skudder mit sich von den Füßen zu reißen, aber ihre Bewegungen kamen ihr so träge vor, als sei die Luft plötzlich zu einem zähen, unsichtbaren Sirup geronnen. Charity sah, wie die *Ameise* ihre beiden Waffen mit einer unglaublich schnellen Bewegung aus dem Gürtel riß und auf Skudder und sie anlegte, und sie wußte, daß sie abdrücken würde, ehe sie sich auch nur einen Zentimeter von der Stelle bewegt hatte. Großer Gott — sie hatte gewußt, daß diese Bestien schnell waren, aber nicht so schnell!

Was Skudder und ihr das Leben rettete, das war nicht ihre Reaktion. Es war der Megamann.

Er taumelte mit einem Schrei aus dem Transmitterkreis, scheinbar noch ehe sich sein Körper völlig stabilisiert hatte, eine geschwärzte, blutüberströmte, zerfetzte Gestalt mit verkohlten Stümpfen statt Händen, und stürzte sich unverzüglich auf Skudder.

Und im gleichen Augenblick, in dem die *Ameise* die Gestalt in dem zerfetzten, schwarzen Kampfanzug bemerkte, erstarrte sie mitten in der Bewegung.

Charity prallte gegen Net und riß sie mit sich von den Füßen; ihr ausgestreckter Arm streifte auch noch Skudders Schulter und wirbelte ihn herum. Aber nicht weit genug. Der Megamann packte ihn an Gürtel und Schulter, zerrte ihn wie eine Puppe in die Höhe, um ihn gegen die Wand zu schmettern. Skudder schrie und schlug mit beiden Fäusten um sich, aber der tobende Gigant schien die Hiebe nicht einmal zu spüren. Mit einer zornigen Bewegung hob er den Zwei-Meter-Riesen ohne sichtliche Anstrengung hoch über den Kopf — und erstarrte ebenfalls.

Für einen Moment trafen sich die Blicke des Megamannes und der *Ameise*, und Charity glaubte, in beiden das gleiche fassungslose Erstaunen, ja beinahe Entsetzen zu erkennen. Dann zischelte die *Ameise* wütend, schwenkte die beiden Waffen in ihren Händen herum und griff gleichzeitig mit den zwei verbliebenen Händen nach den beiden anderen Strahlern — und der Megamann schleuderte den brüllenden Hopi wie ein lebendes Geschoß auf die Insektenkreatur.

Das Geräusch, mit dem sie zusammenprallten, ließ Charity

aufstöhnen. Skudders Anprall schleuderte die *Ameise* zurück in den Gang, aus dem sie hervorgekommen war. Zwei der vier Strahlenpistolen wurden ihr aus den Händen geschlagen, die dritte gab einen dünnen, giftgrünen Lichtblitz von sich, der zischend in die Decke fuhr und dort ein faustgroßes Loch hinterließ.

Skudder rollte hilflos über den Boden, prallte gegen die Wand und blieb stöhnend liegen, während der Megamann mit einem gewaltigen Sprung hinter der gestürzten *Ameise* hersetzte. Das Rieseninsekt versuchte, mit einer wirbelnden, verwirrenden sechsgliedrigen Bewegung auf die Füße zu kommen, aber so schnell es auch war, es hatte gegen diese unglaubliche, lebende Kampfmaschine nicht die Spur einer Chance.

Der Megamann erreichte sie, fegte den Arm, der den dritten Strahler hielt, mit einem Fußtritt beiseite und drehte blitzschnell den Oberkörper, als die Ameise mit der vierten verbliebenen Waffe auf ihn zielte. Der Laserstrahl brannte eine sengende Spur in seine Jacke, aber im gleichen Moment packte der Megamann zu, ergriff ihren Arm — und brach ihn in zwei Teile. Das stahlharte Chitin zersplitterte wie Glas in seinen Händen.

Die *Ameise* stieß ein hohes, schmerzerfülltes Pfeifen aus, versuchte sich taumelnd zu erheben und schlug blind vor Schmerz und Zorn um sich. Eine ihrer Krallen bohrte sich wie eine dreizinkige, hörnerne Gabel tief in die Schulter des Gegners. Der Megamann keuchte vor Schmerz, packte den dürren Arm und riß ihn ab.

Das war selbst für diese ungeheuerliche Kreatur zuviel. Die *Ameise* sackte zusammen und verendete lautlos. Der ganze Kampf hatte weniger als zwei, allerhöchstens drei Sekunden gedauert.

Charity plagte sich auf die Füße. Verzweifelt blickte sie sich um, als der Megamann den Kopf drehte und wieder zu ihr zurücksah. Sie brauchte eine Waffe, irgend etwas, womit sie diesen lebenden Kampfroboter aufhalten konnte!

Ein helles Kreischen ließ sie herumfahren.

Am anderen Ende des Raumes war Gurk damit beschäftigt, sich mit fast grotesken Sprüngen vor den zupackenden Armen der zweiten *Ameise* in Sicherheit zu bringen, die noch gar nicht bemerkt zu haben schien, was mit ihrem Kameraden passiert war. Der Zwerg legte eine erstaunliche Geschicklichkeit dabei an den Tag und entwischte der *Ameise* immer wieder. Aber das Rieseninsekt verfügte nicht nur über ein zusätzliches Armpaar, und damit gleich vier Hände, mit denen es nach Gurk greifen konnte, sondern auch über schier unerschöpfliche Kraftreserven. Das Monster trieb den Gnom langsam, aber unaufhaltsam vor sich her in eine Ecke des Raumes, wo es ihn in wenigen Sekunden packen mußte; wahrscheinlich, um ihn auf der Stelle in Stücke zu reißen!

Charity sprang mit einem verzweifelten Satz vor, packte das Monster dort, wo bei einem menschlichen Gegner die Schulter gewesen wäre, und warf sich mit aller Gewalt zurück. Ihre Körperkräfte reichten bei weitem nicht aus, es mit denen der gigantischen Insektenkreatur aufzunehmen, aber der Angriff kam völlig überraschend. Sie stürzte und verlor an der glatten Chitinhaut der *Ameise* fast den Halt, aber der Ruck reichte aus, auch das Ungeheuer zurückzureißen und taumeln zu lassen. Gurk stieß ein helles Quieken aus und tauchte unter den wirbelnden Klauen des Monsters hinweg, um mit ein paar überraschend behenden Sätzen das Weite zu suchen, während Charity hilflos zu Boden stürzte und sah, wie die riesige Bestie herumfuhr und alle vier Arme nach ihr ausstreckte. Instinktiv rollte sie sich zur Seite und riß schützend die Hände über das Gesicht, bevor stahlharte Insektenklauen tiefe Furchen genau dort in den Boden rissen, wo gerade noch ihr Kopf gelegen hatte. Sie sah einen zweiten Schlag des Ungeheuers aus den Augenwinkeln und blockte ihn mit dem Unterarm ab. Die dreifingrige Klaue mit den fast fünf Zentimeter langen, messerscharfen Krallen wurde eine knappe Handbreit vor ihrem Gesicht gestoppt; aber der Schlag war so heftig, daß er alles Gefühl und Leben aus ihrem rechten Arm herausprügelte. Charity keuchte vor Schmerz, trat instinktiv mit beiden Beinen zu und fühlte, wie ihr Schlag vom gepanzerten Körper der *Ameise* abprallte wie von einem Felsen. Das Monster zischelte triumphierend, war mit einem einzigen, ruckhaften Insektenschritt über ihr und holte zum letzten entscheidenden Hieb aus.

Doch plötzlich war ein riesiger Schatten hinter ihm. Ein verstümmelter, blutiger Arm legte sich von hinten um den Hals der *Ameise* und riß sie mit einer Gewalt zurück, der selbst diese ungeheuerliche Kreatur nichts entgegenzusetzen hatte. Charity hörte ein trockenes Knacken, als der Chitinpanzer des Rieseninsektes barst, und das triumphierende Zischeln des Ungeheuers verwandelte sich in ein schmerzhaftes Kreischen und Pfeifen.

Der Megamann verpaßte der *Ameise* drei blitzartige Fausthiebe, die sie hilflos zurück und gegen die Wand torkeln ließen. Mit einer kraftvollen Bewegung setzte er ihr nach, ließ seine stahlharten Fäuste auf ihren Schädel niedersausen. Das Ungeheuer gab einen letzten, fast wehleidigen Pfiff von sich, dann erschlafften seine Glieder, und es sackte zusammen wie eine Marionette mit zu vielen Armen und Beinen, deren Fäden alle auf einmal durchgeschnitten worden waren.

Eine Sekunde lang stand der Megamann reglos da. Er wankte, seine Arme und Beine begannen zu zittern, dann machte er einen einzelnen, mühevollen Schritt, prallte gegen die Wand und begann, daran zu Boden zu sinken, während er sich langsam herumdrehte. Sein Gesicht war eine verzerrte Maske aus Schmerz und Panik, und er blutete aus mindestens einem halben Dutzend tiefer Wunden, von denen jede einzelne einen normalen Menschen getötet hätte. Sein Blick flackerte, als kämpfe das Leben darin mit aller Macht darum, nicht zu erlöschen.

Und eine Sekunde lang sah Charity seine Augen.

Dieser Mann war ihr Feind, dachte sie fast hysterisch. Der gefährlichste Gegner, mit dem sie es je zu tun gehabt hatte, ein lebender Roboter, den Stone auf sie und ihre Begleiter angesetzt hatte und der sie wahrscheinlich bis ans andere Ende der Galaxis verfolgen würde, wenn es nötig wäre. Kein Mensch, sondern eine Maschine, deren einzige Aufgabe darin bestand zu töten.

Und trotzdem las sie in seinem Blick weder Feindschaft noch Zorn, nicht einmal die kalte, fast maschinenhafte Entschlossenheit, die er bisher an den Tag gelegt hatte, sondern nur einen Schmerz, der viel tiefer ging, als körperliche Pein es vermochte.

Dieser Mann war ein Verlorener, dem etwas gestohlen worden war, etwas ungeheuer Wichtiges, vielleicht das einzige, woran er je geglaubt hatte. Als er aus dem Transmitter herausgetaumelt war, da hatte sie nichts als Angst gespürt, wenn er auch keinen Moment gezögert hatte, sich sofort auf Skudder zu stürzen und ihn mühelos überrannt hatte. Aber Charity war plötzlich nicht mehr sicher, ob sie Angst vor diesem Mann haben mußte. Trotz seines entsetzlichen Zustandes war er noch immer in der Lage, aufzustehen und sie zu töten, mit der gleichen Leichtigkeit, mit der er die beiden Rieseninsekten überwunden hatte.

Aber irgend etwas hielt ihn zurück. Irgend etwas, das . . .

Ein dünner, grellweißer Lichtblitz traf die Brust des Megamannes. Der Megakrieger bäumte sich auf und kippte mit einem keuchenden Schrei nach vorne, als der Laserstrahl seinen Körper durchbohrte und seine gesamte Energie schlagartig in die hinter ihm befindliche Wand abgab. Der Stein begann dunkelrot zu glühen, und aus dem Rücken der zerfetzten schwarzen Jacke des Megamannes schlugen Flammen. Er stürzte vornüber, wälzte sich stöhnend auf den Rücken, um die Flammen zu ersticken — und bäumte sich erneut auf, als ein zweiter Laserblitz seinen Körper traf.

Charity war mit einer einzigen Bewegung auf den Beinen. Abn El Gurk stand nur zwei Meter hinter ihr. Er hatte eine der Strahlenwaffen aufgehoben, die der Megamann den *Ameisen* aus den Händen geschlagen hatte, und richtete sie gerade auf den Gestürzten, um einen dritten Schuß abzugeben.

»Nein!«

Der Gnom beachtete sie nicht einmal. Er spreizte die Beine und packte den Laser mit beiden Händen, um besser zielen zu können; eine Haltung, die er wahrscheinlich an ihr beobachtet hatte. Der Ausdruck auf seinem faltigen Zwergengesicht verriet puren Haß. Und während er die Waffe hob und gleichzeitig einen Schritt beiseite trat, um sie selbst nicht zu gefährden und freies Schußfeld auf den Megamann zu haben, ging eine lautlose, erschreckende Veränderung mit ihm vor: Er war noch immer ein Zwerg mit einem viel zu großen Kopf, dürren Händen und einem Gesicht, das direkt aus einem Comic hätte stammen können. Aber aus dem gutmütigen, stets zu Scherzen aufgelegten Gnom war plötzlich ein häßlicher Troll geworden, der nur einen Wunsch hatte: zu töten.

Charity trat mit einem blitzartigen Schritt zwischen ihn und den gestürzten Megakrieger.

Gurk riß mit einem Fluch die Waffe hoch und funkelte sie an. »Was soll das?« schnappte er. »Bist du verrückt geworden?«

Statt zu antworten, entriß ihm Charity kurzerhand die Waffe. Gurks Augen weiteten sich, und für einen winzigen Moment loderte dieser böse, durch nichts zu besänftigende Haß noch einmal in seinem Blick auf; diesmal galt er niemand anderem als ihr.

»Was soll das?« wiederholte er krächzend. »Wir müssen ihn töten! Wenn er wieder zu sich kommt, wird er uns alle umbringen!«

Charity sah über die Schulter zu dem gestürzten Megamann zurück. Er regte sich nicht mehr, aber unter seinem Körper bildete sich allmählich eine dunkle, größer werdende Lache. Und trotzdem wirkte er noch gefährlich.

Gurk hob fast flehend die Hände. »Töte ihn!« sagte er verzweifelt. »Oder gib mir die Waffe und laß mich es tun, wenn du es nicht kannst! Bring ihn um, Charity, oder er wird uns umbringen!«

Charity sah den Zwerg eine Sekunde lang kopfschüttelnd an, dann drehte sie sich herum, tauschte einen raschen Blick mit Net, die sich auf die Knie und einen Arm erhoben hatte, und warf ihr die Waffe zu. Wahrscheinlich begriff Net in diesem Moment nicht einmal, was sie damit sollte; aber sie fing den Strahler ganz instinktiv auf und richtete ihn auf den reglos daliegenden Körper des Verfolgers.

»Paß auf ihn auf«, sagte Charity. »Wenn er Dummheiten macht, dann erschieß ihn.«

Net nickte verwirrt, und in Gurks Augen erschien ein fragender, fast lauernder Ausdruck, als wäre er nicht ganz sicher, wen Charity mit diesem Befehl gemeint hatte.

Charity lief zur Tür. Mit einem einzigen raschen Blick überzeugte sie sich davon, daß die Shai-Priesterin, die die *Ameise* zu Boden gestoßen hatte, im Moment keine Gefahr darstellte: Sie lag gegen die Wand gelehnt und war bei Bewußtsein, aber ihr Gesicht war erstarrt und der Blick ihrer weit aufgerissenen, glasigen Augen leer. Charity bezweifelte, daß sie überhaupt begriffen hatte, was hier vorging.

Sie gab Net mit einem Blick zu verstehen, auch auf sie zu achten, und ging zu Skudder hinüber.

Der Hopi-Indianer erwachte stöhnend, als Charity sich über ihn beugte. Er hatte keine sichtbaren Verletzungen davongetragen; nur aus einer dünnen Platzwunde über seinem linken Auge sickerte ein wenig Blut. Aber Charity hatte den fürchterlichen Laut nicht vergessen, mit dem er gegen die *Ameise* geprallt war.

Hastig ließ sie sich auf die Knie herabsinken, drückte Skudder mit sanfter Gewalt zurück auf den Boden und tastete seinen Körper ab. Skudder verzog ein paarmal schmerzhaft das Gesicht, aber sie fühlte keine Brüche oder schwerere Verletzungen unter dem zerschrammten Leder seiner Shark-Montur.

»Kannst du die Beine bewegen?« fragte sie.

Skudder nickte, zog die Knie ein wenig an den Körper und streckte die Beine rasch wieder aus. Sein Gesicht verzerrte sich. »Ja«, stöhnte er, »aber es tut verdammt weh.«

Charity lächelte. »Ich dachte immer, ein Indianer spürt keinen Schmerz?« fragte sie.

Skudder stöhnte auf, wälzte sich mühsam auf die Seite und versuchte, sich taumelnd auf die Knie und einen Arm hochzustemmen. »Das ist mir neu«, preßte er zwischen zusammengebissenen Zähnen hervor. »Aber ich werde es mir für das nächste Mal merken.«

Charity half Skudder dabei, sich mühsam zu erheben, und trat einen halben Schritt zurück, wobei sie ihn aber aufmerksam im Auge behielt.

Skudder schloß noch einmal die Augen. Aber sie konnte direkt sehen, wie er sich erholte. Abgesehen von dem Megamann, der vermutlich kein Mensch war, war Skudder der stärkste Mann, dem sie jemals begegnet war.

»Alles okay?« fragte sie noch einmal.

Skudder öffnete die Augen, blickte sie einen Moment forschend an und sah dann mit einem schmerzerfüllten Lächeln auf seine Hände herab. »Nein«, antwortete er. »Ich glaube, ich habe mir einen Fingernagel abgebrochen.«

Charity lachte erleichtert, drehte sich herum und ging wieder zu der Shai-Priesterin zurück.

Die alte Frau saß in der gleichen, erstarrten Haltung da, in der sie sie zurückgelassen hatte. Ihr Gesicht war bleich, und ihre Lippen zitterten, als versuche sie vergeblich, zu sprechen. Charity berührte sie an der Schulter, bewegte die andere Hand vor ihrem Gesicht hin und her und registrierte ohne sonderliche Überraschung, daß ihr Blick der Bewegung nicht folgte. Dabei war sie sicher, daß sie nicht verletzt war. Mit dieser Frau war etwas geschehen, das Charity erschreckte, obwohl oder vielleicht gerade weil sie es nicht verstand. Sie hatte einen Schock erlitten, von dem sie sich vielleicht nie wieder erholen würde, und das war nicht allein mit ihrem plötzlichen Auftauchen oder dem Kampf zu erklären, der zwischen ihnen und den beiden *Ameisen* entbrannt war.

Sie stand wieder auf und deutete mit einer befehlenden Geste auf Gurk. »Kümmere dich um sie«, sagte sie. »Versuche, sie irgendwie wach zu bekommen. Wir müssen mit ihr reden.«

Der Zwerg starrte sie einen Moment lang fast trotzig an, dann murmelte er ein einzelnes, abgehacktes Wort in einer Sprache, die Charity nie zuvor gehört hatte, und bewegte sich mit provozierender Langsamkeit auf die alte Frau zu. Charity schluckte die ärgerliche Bewegung auf Gurks unverständliche Antwort herunter und ging zu Net und dem Megamann zurück.

Die junge Wasteländerin war neben dem gestürzten Megakrieger niedergekniet. Ihr Gesicht verriet das Entsetzen, mit dem sie der Anblick des verstümmelten, blutenden Körpers erfüllte. Aber sie hielt die Waffe, die Charity ihr zugeworfen hatte, noch immer auf die Stirn des Bewußtlosen gerichtet.

Vorsichtig beugte sich Charity über den Megakrieger. Er lebte noch. Aller Logik zum Trotz bewegte sich die Brust unter der verkohlten, schwarzen Jacke in langsamen, schweren Stößen. Die meisten seiner Wunden hatten aufgehört zu bluten, einige wirkten schon nicht mehr so gefährlich wie noch vor Augenblicken.

Sie sah auf, als Skudder ihr eine Waffe reichte. Offensichtlich hatte er die Strahler der *Ameisen* eingesammelt, denn er trug eine zweite der kleinen, bizarr geformten Pistolen in der rechten Hand. Charity nahm die Waffe entgegen, wollte sie instinktiv in die Tasche schieben und entschied sich dann, sie in der Hand zu behalten, obwohl sie wußte, daß ihr dieser Strahler herzlich wenig nützen würde, wenn das Geschöpf zu ihren Füßen die Augen aufschlug und sich entschloß, weiterzuleben.

»Ist er tot?« fragte Skudder.

Charity schüttelte den Kopf. »Nein«, antwortete sie. »Ich verstehe das nicht, aber er . . . er lebt.«

»Und das wird er auch weiterhin, wenn du noch lange genug herumtrödelst«, mischte sich Gurk heftig ein. »Verdammt noch mal, töte ihn! Versuche es wenigstens — ich weiß nicht einmal, ob es jetzt noch geht.«

Charity beachtete ihn nicht. Gurk hatte vermutlich recht. Es war vielleicht ihre letzte Chance. Sie hatte gesehen, wozu dieses Geschöpf imstande war. Der scheinbar tödlich verwundete Mann vor ihr war kein Mann, sondern eine Ein-Mann-Armee, die Skudder, Net, Gurk und sie im Bruchteil eines Augenblicks überwältigen konnte, wenn sie erst wieder erwachte. Sie war nicht einmal sicher, ob man dieses Geschöpf überhaupt töten konnte.

Und sie wollte es auch gar nicht.

Skudder sah sie fragend an und hob die Hand mit der Waffe. Charity schüttelte den Kopf. »Nein«, sagte sie leise.

Skudder antwortete nicht, sondern zuckte nur unmerklich mit den Achseln und senkte den Arm wieder. Auch Net blickte sie verblüfft an, schwieg aber.

Nur Gurk fuhr fort zu lamentieren: »Ich habe gleich gewußt, daß es Wahnsinn ist, sich mit euch einzulassen! Ihr seid ja verrückt!«

»Bitte, Gurk, halt den Mund«, sagte Charity. Ihre Stimme klang ruhig, fast müde, aber vielleicht war es gerade dieser Ausdruck, den Gurk zum Verstummen brachte. Der Zwerg blickte sie weiter vorwurfsvoll an, aber er sagte nichts mehr, sondern drehte sich schließlich wie ein trotziges Kind herum und wandte sich der Shai-Priesterin zu.

»Was tun wir jetzt mit ihm?« fragte Skudder nach einer Weile. Er deutete fragend auf den Megamann herab, dann in der gleichen Bewegung auf die offenstehende Tür am anderen Ende des Raumes. »Wir müssen von hier verschwinden, bevor noch mehr von ihnen kommen.«

»Nur noch einen Augenblick«, sagte Charity. »Ich . . . muß überlegen.« Sie wußte, daß Skudder nur zu recht hatte. Wahrscheinlich wimmelte dieses Gebäude geradezu von *Ameisen.*

»Wir könnten ihn einfach liegen lassen«, sagte Skudder. »Ich weiß nicht, wieso er noch lebt. Aber selbst wenn sie es schaffen, ihn irgendwie zusammenzuflicken, werden sie eine ganze Weile dafür brauchen.«

»Pah!« machte Gurk. »Gib ihm eine Stunde, und er spielt Fußball mit dir, Skudder. Allerdings nur mit deinem Kopf — als Ball!«

Skudder warf dem Gnom einen giftigen Blick zu und wandte sich dann wieder an Charity. »Worauf wartest du?«

»Vielleicht will sie ihn fragen, ob er eine Schmerztablette braucht«, giftete Gurk.

Charity setzte zu einer wütenden Antwort an, aber in diesem Moment stieß Net ein erstauntes Keuchen aus und deutete auf die rechte Hand des Bewußtlosen. »Seht doch!«

Charity hatte fast damit gerechnet — und trotzdem spürte sie einen eisigen Schrecken, als sie sah, was Net meinte. Die Hände des Megakriegers waren nur noch blutige, verstümmelte Stümpfe gewesen, als er aus dem Transmitter getaumelt war. Aber jetzt sah sie, wie sich sein verkohltes Fleisch zu regenerieren begann: mit unglaublicher Geschwindigkeit, als wäre jede einzelne Zelle seines Körpers plötzlich zu eigenem, zitterndem Leben erwacht. Es war ein erschreckender und gleichzeitig faszinierender Anblick. Das verbrannte Fleisch erneuerte sich, begann zu wachsen und eine rosige Farbe anzunehmen, die Haut bildete sich neu, und schließlich wuchsen sogar die Fingernägel nach.

Charity blickte erschrocken auf die linke Hand des Megakriegers. Der unheimliche Heilungsprozeß hatte auch dort begonnen, und es war nicht nur seine Haut, die heilte! Als gehörte es zu seinem Körper, begann sich auch das eng anliegende schwarze Kleidungsstück des Megakriegers zu regenerieren; aus dem verkohlten Stoff wurde wieder ein schimmerndes, unversehrtes Gewebe von nur scheinbar schwarzer Farbe, das in Wahrheit überhaupt keine Farbe hatte, sondern sich wie die Haut eines Chamäleons der Tönung des Untergrundes anpaßte, auf dem der Mann lag.

»Bei den schwarzen Göttern von Moron!« keuchte Net fassungslos. »Das ist doch nicht möglich!«

»Ha!« sagte Gurk fast triumphierend. »Es sind seine Hände, nicht wahr? Es beginnt immer mit den Händen. Das sind seine schlimmsten Waffen, müßt ihr wissen. Aber das werdet ihr ohnehin bald am eigenen Leib erfahren.«

»Halt endlich den Mund!« rief Charity zornig.

Gurk grummelte eine Antwort, aber Charity blickte nicht einmal zu ihm zurück, sondern sah mit einer Mischung aus Faszination und Schrecken zu, wie sich der Körper des Megamannes vor ihren Augen regenerierte. Die tödlichen Wunden schlossen sich. Und allmählich begannen sich auch seine verzerrten Züge zu glätten. Sein Atem wurde ruhiger.

Es vergingen nicht einmal fünf Minuten, bis der Körper des Megamannes keine sichtbaren Verletzungen mehr aufwies. Und danach noch einmal knapp dreißig Sekunden, ehe er mit einem tiefen, seufzenden Atemzug die Augen aufschlug.

Das erste, was sie in seinem Blick las, war ein mildes Erschrecken; und dann etwas wie wissenschaftliche Neugier, mit der er die winzigen Abstrahlkristalle der drei Laserwaffen betrachtete, die Net, Skudder und Charity direkt auf sein Gesicht richteten.

»Verstehen Sie mich?« fragte Charity.

Der Megamann deutete mit den Augen ein Nicken an.

»Das ist gut«, fuhr Charity ernst fort, »denn ich werde das, was ich Ihnen jetzt sage, nicht wiederholen. Ich weiß nicht, wer oder was Sie sind. Und ich weiß erst recht nicht, wie Sie es geschafft haben, das alles zu überleben. Aber ich bin ziemlich sicher, daß Sie es nicht überleben werden, wenn wir Ihnen das Gehirn aus dem Schädel herausbrennen — und ganz genau das werden wir tun, wenn Sie auch nur einen Finger rühren — klar?«

Wieder schloß der Megamann die Augen und öffnete sie. Er hatte verstanden. Und er mußte wissen, wie ernst Charity diese

Worte meinte. Trotzdem lag in seinem Blick nicht die mindeste Spur von Furcht, sondern lediglich ein mildes, spöttisches Glitzern. Charity fragte sich, ob Gurk nicht vielleicht recht gehabt hatte. Sie war sehr sicher, daß nicht einmal dieser Megamann es überleben würde, wenn sie alle drei aus allernächster Entfernung auf ihn schossen — aber sie war plötzlich ganz und gar nicht mehr sicher, daß sie es konnten, wenn er sich entschloß, etwas dagegen zu unternehmen. Sie hatte mit eigenen Augen gesehen, wie unglaublich schnell dieser Mann war.

»Okay«, sagte Charity nach kurzem Überlegen. »Können Sie aufstehen?«

»Ja«, antwortete der Megamann. Seine Stimme überraschte Charity. Sie klang sanft, fast wie die eines Kindes oder einer jungen Frau, aber trotz seines beeindruckenden Äußeren und der mächtigen Muskelstränge, die sich jetzt wieder unter seiner schwarzen Jacke wölbten, paßte sie auf sonderbare Weise zu ihm; zumindest zu seinen Augen. Ihr Blick irritierte Charity. Das waren nicht die Augen eines Killers . . .

»Gut«, sagte Charity. »Dann hören Sie zu. Wir hätten Sie töten können, das wissen Sie.«

»Ja.«

»Ich habe es nicht getan«, fuhr Charity fort. »Ich weiß selbst nicht so genau, warum, aber ich glaube, daß es richtig war. Sie haben die Wahl: Wir können Sie auf der Stelle erledigen, oder Sie versprechen uns, keine Dummheiten zu machen, und begleiten uns.«

Diesmal antwortete der Megamann nicht. Aber in den Spott in seinem Blick mischte sich eine leise Verwunderung.

»Ich verlange nicht, daß Sie sich auf unsere Seite schlagen«, fuhr Charity fort. »Alles, was ich will, ist, mit Ihnen zu reden. Wenn Sie mit uns kommen und mir versprechen, uns eine Stunde Vorsprung zu geben, dann lassen wir Sie am Leben.«

Gurk kreischte vor Entsetzen und begann wieder, in seiner fremden, fast lächerlich klingenden Sprache zu lamentieren. Aber Charity beachtete ihn gar nicht. Aufmerksam sah sie den Megamann an, der ihren Blick einige Sekunden lang ruhig erwiderte und anscheinend über ihren Vorschlag nachdachte. Dann nickte er. »Ich bin einverstanden.«

»Glaubt ihm nicht«, kreischte Gurk. »Der Kerl lügt! Der ganze Kerl ist eine einzige, lebende Lüge!«

Charity schenkte ihm einen Blick, der den Gnom abrupt verstummen ließ, und wandte sich noch einmal an den Megamann.

»Wie ist Ihr Name?« fragte sie.

»Kyle«, antwortete der Megakrieger. »Man nennt mich Kyle.«

»Also gut, Kyle«, sagte Charity. »Ich habe Ihr Ehrenwort. Eine Stunde — sobald wir hier heraus sind.«

Sie richtete sich auf und wich rasch zwei Schritte zurück, und auch Skudder und die Wasteländerin brachten fast hastig dieselbe Entfernung zwischen sich und den Megamann, als der Krieger aufzustehen begann.

Er bewegte sich sehr langsam und unsicher. Der Regenerierungsprozeß seines Körpers schien zwar abgeschlossen zu sein, aber seine Kräfte waren noch lange nicht wiederhergestellt. Charity registrierte dies mit einem Gefühl absurder Erleichterung. Offensichtlich waren selbst diesem unglaublichen Lebewesen Grenzen gesetzt.

Sie sah den Megamann noch einen Moment lang prüfend an, dann senkte sie die Hand, die die Waffe hielt, und streckte den Strahler schließlich unter ihren Gürtel. Skudder riß verblüfft die Augen auf, und auch Net starrte sie ungläubig an. Aber Charity schüttelte nur den Kopf. »Steckt die Dinger ein«, sagte sie. »Er wird sein Wort halten.«

»Das werde ich«, fügte Kyle hinzu. »Davon abgesehen — sie würden euch ohnehin nichts nützen.«

Er sprach ganz ruhig, ohne eine Spur von Herablassung in seiner Stimme.

»Sie müssen sie sichern«, sagte Kyle plötzlich.

Charity blickte ihn verständnislos an, und der Megamann hob die Hand und deutete auf den Strahler in ihrem Gürtel. »Der blaue Schalter unter dem Griff. Schieben Sie ihn nach hinten. Es sei denn, Sie wollen sich das Bein abschießen, wenn Sie aus Versehen an den Abzug geraten.«

Charity zog fast hastig die Waffe wieder aus ihrem Gürtel hervor, drehte sie herum und entdeckte den winzigen blauen

Schieberegler unter dem Griff; an einer Stelle, an der er für eine menschliche Hand fast unerreichbar war, wenn sie diese Waffe normal hielt. Rasch schob sie ihn zurück und steckte den Strahler wieder ein. Und auch Net und Skudder taten es ihr nach kurzem Zögern gleich.

»Was machen wir mit ihr?« fragte Skudder mit einer Geste auf die Shai-Priesterin.

Charity überlegte einen Moment. Sie konnten die alte Frau unmöglich hier zurücklassen; sie hatte jedes Wort gehört, und Charity war ziemlich sicher, daß die Moroni Mittel und Wege kannten, Informationen aus einem Menschen herauszuholen, ganz gleich, in welchem Zustand er sich im Moment befand. Aber sie konnten sie auch nicht mitnehmen.

»Ich kann ihr Gedächtnis blockieren«, sagte Gurk. »Allerdings nicht für lange.«

Charity blickte den Zwerg überrascht an und fügte der langen Liste von Fragen, die sie ihm stellen wollte, einige weitere hinzu. Aber sie sagte nichts, sondern nickte nur, und Gurk beugte sich über die Shai-Priesterin und streckte die Hände nach ihren Schläfen aus.

»Laß das!«

Gurk erstarrte mitten in der Bewegung, und auch Skudder und Charity sahen überrascht auf. Der Megamann drehte sich mit mühsamen, kleinen Bewegungen herum und hob die Hand. »Rühr sie nicht an!« sagte er scharf.

Gurk starrte ihn haßerfüllt an, wagte es aber nicht, die Bewegung zu Ende zu führen, und der Megamann trat mit schleppenden Schritten auf Gurk und die alte Frau zu. Abn El Gurk blickte ihm wütend entgegen, als Kyle näher kam und sich schließlich neben der Priesterin herabsinken ließ. »Rühr sie nicht an«, sagte er noch einmal. »Sie wird uns nicht verraten.«

Beim Klang seiner Stimme geschah etwas Sonderbares. Ein Zucken lief über das Gesicht der Shai-Priesterin. Ihre Augen verloren den glasigen Ausdruck, den sie die ganze Zeit über gehabt hatten, und sie hob langsam den Kopf und sah Kyle an.

Charity begriff, was geschah, bevor es *wirklich* passierte. Aber sie war viel zu verblüfft, um zu reagieren. Und vermutlich hätte es auch gar nichts gegeben, was sie hätte tun können.

Die Verblüffung im Blick der alten Frau machte einem jähen Entsetzen Platz. Ihre Augen weiteten sich, und plötzlich stieß sie einen gellenden Schrei aus und schlug Kyles Hände beiseite. Noch immer schreiend sprang sie auf, schlug in blinder Panik nach Kyle und taumelte an ihm vorbei. Der Megamann versuchte, sie zurückzuhalten, aber er bekam nur einen Ärmel ihres Gewandes zu fassen, der unter seinen Händen zerriß, als die Priesterin schreiend weitertaumelte.

Kyle versuchte, ihr nachzusetzen, aber seine Kräfte versagten. Er verlor die Balance und stürzte zu Boden. Auch Charity und Net versuchten, der alten Frau den Weg zu verstellen. Die Priesterin wich Net mit einem blitzschnellen Schritt zur Seite aus, und als Charity sie an den Schultern packen und herumreißen wollte, verpaßte sie ihr einen überraschend harten Schlag, der sie taumeln ließ.

Skudder stieß einen Fluch aus und rannte los. Und die Shai-Priesterin blieb abrupt stehen. Sie schrie noch immer, aber ihre Stimme hatte jetzt eine fast unmenschliche Tonlage erreicht. Speichel lief aus ihrem Mund, und ihr Gesicht war verzerrt. Sie sah wie eine Wahnsinnige aus. Gehetzt blickte sie sich um, begriff, daß ihr kein Ausweg mehr blieb — und stürzte in die einzige Richtung, aus der sich niemand auf sie zubewegte: zum Transmitter!

Kyle stieß einen erschrockenen Ausruf aus und versuchte, sich aufzurichten. Aber selbst wenn er die Kraft dazu gehabt hätte, wäre seine Bewegung zu spät gekommen. Die alte Frau erreichte den schimmernden Metallring und warf sich mit weit ausgebreiteten Armen hinein. Für einen Augenblick schien ihr Körper schwerelos im Nichts zu hängen, dann verlor er Farbe und Tiefe, wurde transparent — und verschwand.

Kyles Schreckensschrei wurde zu einem entsetzten Keuchen. Er sackte zurück, schlug die Hände vor das Gesicht und stöhnte leise.

»Verdammt!« sagte Skudder. »Das hätte nicht passieren dürfen!«

Er fuhr herum und blickte wütend auf den Megamann herab. »Wohin führt dieser Transmitter?« herrschte er ihn an.

Kyle sah zu dem Hopi auf. Sein Gesicht verriet kein Gefühl.

Aber plötzlich glaubte Charity, wieder dieses tiefe, grenzenlose Entsetzen in seinen Augen zu lesen.

»Nirgendwohin«, antwortete er leise.

Skudder machte eine ärgerliche Handbewegung. »Was soll das heißen — nirgendwohin?«

»Es ist nur ein Empfänger«, murmelte Kyle. »Das hier ist Shai. Ein Ort, in den nur Wege hineinführen. Keine hinaus.«

Der Hopi blickte Kyle weiter verständnislos an, während Charity abermals ein eisiges Entsetzen fühlte, als sie begriff, was die Worte des Megamannes bedeuteten.

»Du meinst, es . . . gibt keinen . . . keinen zweiten Empfänger?« vergewisserte sie sich.

Kyle schüttelte den Kopf. »Nein«, murmelte er. »Der Transmitter führt . . . nirgendwohin.«

»Soll das heißen, daß sie tot ist?« fragte Skudder.

Kyle nickte, ohne ihn anzusehen.

»Er lügt!« quengelte Gurk. »Glaubt ihm kein Wort!«

»Wenn du so sicher bist, Knirps«, sagte Net freundlich, »dann sollten wir dich vielleicht hinterherwerfen, damit du nachsiehst, was auf der anderen Seite wirklich ist.« Was natürlich nicht ernst gemeint war — aber es reichte, Gurk endgültig zum Verstummen zu bringen. Er zog eine Grimasse, streckte der Wasteländerin die Zunge heraus und verschränkte trotzig die Arme vor der Brust.

»Also los«, sagte Skudder, »verschwinden wir von hier.«

Sie halfen Kyle dabei, aufzustehen. Seine Haut fühlte sich sehr weich an, fast schwammig. Gleichzeitig war sie so heiß, daß ihre Berührung beinahe schon weh tat. Offensichtlich war der unheimliche Heilungsprozeß seines Metabolismus nur äußerlich abgeschlossen. Charity fragte sich flüchtig, was ein Biologe des 20. Jahrhunderts wohl dafür gegeben hätte, *diesen* Mann auch nur für eine Stunde unter seine Röntgengeräte und Scanner zu bekommen. Wahrscheinlich hätte er schlichtweg den Verstand verloren, wäre es ihm gelungen.

Sie warf einen nachdenklichen Blick auf die Tür, durch die die *Ameisen* und die Priesterin hereingekommen waren. Der Gang war noch immer leer. Sie hätte eine Menge darum gegeben, einen Blick hinter eine der zahllosen anderen Türen zu werfen, die von dem schlecht beleuchteten Korridor abzweigten. Dieses war aber ganz eindeutig ein von Menschen erbautes Gebäude und doch . . . Sie fühlte wieder dieses unheimliche Schaudern, das sie jedesmal überkam, wenn sie sich den Wesen oder Maschinen von Moron näherte. Sie wandte sich rasch ab.

»Also los.« Sie deutete auf Kyle. »Du gehst voraus.«

Der Megamann nickte. Die kränkliche Blässe seiner Haut schien noch zuzunehmen, als er durch die niedrige Tür ging und in das unheimliche, türkisfarbene Licht dieses falschen Himmels geriet. Charity sah, wie Gurk hinter den Megamann treten wollte, und verstellte ihm mit einem raschen Schritt den Weg. Ungeachtet der Tatsache, daß sie sich fast ununterbrochen stritten, genoß der Zwerg ihr uneingeschränktes Vertrauen. Aber im Augenblick hätte es sie nicht sehr überrascht, hätte er ihren Befehl schlichtweg mißachtet und Kyle bei der ersten sich bietenden Gelegenheit in die Tiefe gestoßen.

Die Tür führte auf die Überreste eines kleinen Balkons hinaus, der vor Urzeiten einmal ein Geländer gehabt haben mochte, jetzt aber an drei Seiten von nichts anderem als grün leuchtender Luft eingerahmt wurde. Eine schmale, rostige Metalltreppe führte in die Tiefe. Als dieses Haus noch ein Haus und keine Ruine gewesen war, mußte es sich wohl um eine Feuertreppe gehandelt haben. Die altersschwache Konstruktion ächzte und wankte bedrohlich unter ihrem Gewicht, und mehr als einmal mußten sie haarsträubende Klettereien über ein Gewirr aus zerborstenen, halb zerschmolzenen und halb durchgerosteten Stahltrümmern hinter sich bringen. Sie kamen an mehreren Balkonen vorbei, deren Türen offenstanden oder gar nicht mehr vorhanden waren. Charity warf neugierige Blicke ins Innere des Hauses. Die meisten Räume waren leer, voller Staub und Unrat. Aber hinter einigen gewahrte sie auch fremdartige Konstruktionen, Errungenschaften einer Technik, die ihr vollkommen fremd waren und deren bloßer Anblick sie mit Unbehagen und Furcht erfüllte.

Endlich hatten sie die Straße erreicht und blieben keuchend stehen, um wieder Atem und Kraft zu schöpfen. Selbst Skudder wankte vor Müdigkeit, und Kyle taumelte kraftlos gegen eine Wand und sackte langsam zu Boden.

Charity blickte sich schaudernd um. Das Licht war hier am Grunde der grün-violett überwucherten Straßenschlucht merklich dunkler, und die falschen Farben und die Düsternis füllten die Ruinen und den fremdartigen Dschungel mit Bewegungen, die nicht wirklich existierten. Selbst aus der Nähe betrachtet, waren die Häuser zum Teil kaum noch als das zu erkennen, was sie einmal gewesen waren. Überall bedeckten Pflanzen als dünne, aber fast lückenlose Decke den Boden. Es gehörte nicht sehr viel Phantasie dazu, sich vorzustellen, daß sie sich wirklich in einer fremden Welt befanden. Und im Grunde war es auch so. Dieser Planet hatte kaum mehr Ähnlichkeit mit der alten, vertrauten Erde. Welcher Natur die Veränderung auch immer war, die die Moroni mit diesem Stück der Welt vorgenommen hatten, sie war schrecklicher und grundlegender als alle Zerstörungen, die ihr erster Überfall hinterlassen hatte.

»Wohin jetzt?« fragte Skudder.

Charity sah sich noch einmal unschlüssig um. Verdammt! Sie hatte keine Ahnung, wo sie waren, geschweige denn, wohin sie gehen sollten. Schließlich zuckte sie mit den Achseln und deutete mit einer wenig entschlossenen Geste auf die Silhouette des Eiffelturmes. »Dorthin!« Es gab keinen bestimmten Grund für diese Entscheidung, es war nur der Versuch, irgend etwas zu unternehmen.

»Nein!«

Aller Blicke wandten sich überrascht Kyle zu. Der Megamann hatte sich wieder aufgerichtet, lehnte aber noch immer an der Wand. Sein Gesicht glänzte vor Schweiß. »Nicht dort hin. Ihr würdet ihnen . . . direkt in die Arme laufen.« Er hob den Arm und deutete nach Westen. »Die Freie Zone liegt dort.«

»Freie Zone? Was soll das sein?«

Kyle antwortete nicht auf Skudders Frage. Und Gurk nutzte die Gelegenheit, wieder zu einer seiner Tiraden anzusetzen: »Der Kerl lügt doch! Wahrscheinlich ist das die einzige Richtung, in denen wir seinen Freunden direkt entgegengehen.«

»Möglich«, antwortete Charity achselzuckend. »Aber weißt du was, Gurk? Es gibt eine todsichere Methode, das herauszufinden — wir probieren es aus.«

3

Der Dschungel war im Laufe der letzten beiden Stunden immer dichter geworden. Jean hatte sich noch nie so weit von der Freien Zone entfernt. Er hätte vermutlich schon auf der halben Strecke hoffnungslos die Orientierung verloren, hätte er nicht den kleinen Kompaß gehabt, den er aus der Festung mitgenommen hatte. Aber trotz dieses Gerätes blieb er immer öfter stehen und sah sich unschlüssig um.

Einerseits war er völlig sicher, sich nicht verirrt zu haben. Andererseits war da diese Stimme in seinem Inneren, die ihm erklärte, daß er ein kompletter Idiot sei und den Rückweg niemals finden würde. Es gab eine Menge Gründe, dieser Stimme zu glauben. Viele, die in den Dschungel gegangen waren, kehrten nie wieder zurück.

Zu allem Überfluß war er in der letzten halben Stunde fünfmal angegriffen worden — das letzte Mal von einer Kreatur, die er niemals zuvor zu Gesicht bekommen hatte und der er nur entkommen war, weil sie offensichtlich genauso blöd wie stark sein mußte. Als der chitingepanzerte Koloß auf seinen vielen Beinen herangewirbelt kam, war Jean zurückgetaumelt und über eine Wurzel gestolpert. Er war gestürzt und einen Moment benommen liegengeblieben, und offensichtlich hatte schon diese Reglosigkeit ausgereicht, das Riesenvieh jegliches Interesse an der Zwischenmahlzeit verlieren zu lassen, die der kleine Zweibeiner für sie darstellte.

Aber er konnte kaum damit rechnen, jedesmal so viel Glück zu haben. Der Wald wimmelte von Spinnen, Springwanzen und Hundertfüßlern; er hatte auch die Spuren von Ratten gesehen. Dazu gab es zahllose andere Kreaturen, die nicht groß genug waren, einen Menschen zu töten, aber durchaus gefräßig genug, sich ein Stück aus ihm herauszubeißen.

Jean blieb wieder stehen, um einen Blick auf das kleine Kompaßgerät zu werfen, das er sich um das linke Handgelenk geschnallt hatte, und stellte fest, daß er fast einen Kilometer von seinem Kurs abgekommen war — weniger, als er befürchtet hatte, aber mehr, als ihm lieb war. Ein Kilometer bedeutete in diesem Gelände eine Stunde — wenn er Glück hatte.

Er wandte sich nach links und kletterte über einen kniehohen, verkohlten Mauerrest hinweg. Er setzte gerade dazu an, sich auf der anderen Seite mit einem Sprung hinabzuschwingen, als ihm klar wurde, daß es hinter der Mauer keinen Boden gab. Was wie massives Erdreich aussah, das entpuppte sich bei genauerem Hinsehen als ein Gespinst aus grauem Pflanzengewebe, fast wie ein Spinnennetz. Jean prallte entsetzt zurück, beugte sich dann noch einmal vor und bog mit einem Stock einige der elastischen Ranken zurück.

Er blickte in ein Kellergeschoß hinab, das sich unter dieser Ruine befand. Der Boden war von einer wimmelnden, schwarzen, glitzernden Schicht bedeckt, die sich in einer unablässigen Bewegung befand und aus der ein unheimlicher Chor rasselnder Laute zu ihm heraufdrang.

Hundertfüßler! dachte Jean angeekelt. Tausende von Hundertfüßlern!

Diese Biester kannten zwar normalerweise kein größeres Vergnügen, als sich gegenseitig aufzufressen, aber sie würden auch einen Menschen nicht verschmähen, der ihnen wie ein Geschenk des Himmels auf die Köpfe fiel. Hätte er die Gefahr auch nur eine halbe Sekunde später bemerkt, dann bräuchte er sich jetzt keine Gedanken mehr um den Rückweg zu machen.

Sehr vorsichtig kletterte er wieder über die Mauer zurück und zwang sich, ein paar Sekunden reglos stehenzubleiben. Er mußte sich konzentrieren. Er begann, unaufmerksam zu werden — der sicherste Weg ins Verderben. Er umging die tückische Fallgrube, als er plötzlich ein Geräusch hörte.

Ein Geräusch, das nicht hierher gehörte — Stimmen.

Menschliche Stimmen!

Jean erstarrte. Sein Herz begann wild zu klopfen. Für einen Moment drohte er in Panik zu geraten. Fast verzweifelt sah er sich nach einer Deckung um und huschte schließlich hinter einen gewaltigen, grünweiß gefleckten Busch. Er bemerkte beinahe zu spät, daß die weißen Flecken keine toten Blätter oder Pilze waren, sondern die Nester von Spinnen.

Fünf, sechs der häßlichen kleinen Biester krochen bereits über seine Hände und zwickten ihn nach Kräften, ehe er mitten in der Bewegung herumfuhr und ein paar Schritte davonlief. Angeekelt fegte er die abscheulichen Kreaturen herunter, zerquetschte ein besonders hartnäckiges Exemplar, das sich in seine rechte Wange verbissen hatte, zwischen Daumen und Zeigefinger und dankte im stillen den Schwarzen Göttern Morons dafür, daß er bei seinen zahlreichen Ausflügen in den Dschungel schon oft genug gebissen worden war, um eine gewisse Resistenz gegen das Gift dieser kleinen Plagegeister entwickelt zu haben. Möglicherweise würde er in ein oder zwei Tagen ein wenig Fieber bekommen, aber das war nichts gegen das, was ihm passiert wäre, hätte er seinen Fehler auch nur eine Sekunde später bemerkt und wäre dem Busch so nahe gekommen, daß die kleinen Biester ihre Brut bedroht gefühlt und sich zu Hunderten auf ihn gestürzt hätten.

Er verscheuchte den Gedanken, sah sich nach einem anderen Versteck um und schlich schließlich hinter einen mannsdicken Baum, dessen dunkel-violett schimmernder Stamm direkt aus dem Straßenasphalt wuchs.

Sein eigenes Herz schlug so laut in seinen Ohren, daß es für einen Moment das Geräusch der Stimmen fast übertönte. Er zwang sich, so ruhig wie möglich zu atmen, und lauschte angestrengt; gleichzeitig kroch seine Hand zum Gürtel und zog die Waffe. Zumindest war er nicht vollkommen wehrlos.

Trotzdem gestand er sich ein, daß seine Lage alles andere als rosig war. Er hörte *mehrere* Stimmen. Wenn es sich bei den Leuten um Jäger handelte . . .

Nein, Jean zog es vor, diesen Gedanken nicht zu Ende zu verfolgen. Gegen eine *Ameise* mochte ihm die Waffe ein wenig Schutz bieten; zumindest, wenn sie ihm den Gefallen tat, so lange stehen zu bleiben, daß er in Ruhe zielen konnte. Gegen einen Jäger . . .

Er versuchte, sich auf die näherkommenden Stimmen zu konzentrieren. Sie unterhielten sich in einer Sprache, die er nicht kannte. Und was wichtiger war — zumindest eine Stimme davon gehörte einer Frau! Und er hatte niemals von einem weiblichen Jäger gehört.

Aber wenn es keine *Ameisen* waren und keine Jäger, dann . . .

Dann mußte es sich um Freunde handeln! Kein Bewohner der Freien Zone außer ihm wäre so verrückt, so tief in den Dschungel vorzudringen.

Jeans Angst machte einer immer stärker werdenden Erregung Platz. Fremde, das bedeutete, daß jemand von außen in den Dschungel eingedrungen war, jemand, der aus der Welt jenseits der *Mauer* stammte!

Vielleicht, dachte Jean, würde sich sein lebensgefährliches Abenteuer am Ende als doch nicht ganz so sinnlos herausstellen, wie es bisher den Anschein gehabt hatte. Denn wenn es jemanden gab, der es fertiggebracht hatte, von außen in den Dschungel einzudringen, dann bedeutete das nichts anderes, als daß die alten Legenden wahr waren und es einen Weg durch die *Mauer* gab!

Jean lauschte noch einen Augenblick angestrengt, um die genaue Richtung auszumachen, aus der die Stimmen drangen, dann nahm er all seinen Mut zusammen, trat aus seiner Deckung hervor und schlich geduckt weiter. Er sprang von Versteck zu Versteck, und er wendete seine ganze Geschicklichkeit auf, um dabei nicht einen einzigen überflüssigen Laut zu verursachen. *Fremde* bedeutete auf dieser Seite des Flusses fast automatisch *Feinde.* Selbst wenn diese Leute nicht auf der Seite der Jäger und *Ameisen* standen, dann war anzunehmen, daß sie die eherne Grundregel des Überlebens hier im Dschungel bereits gelernt hatten: nämlich zuerst zu schießen und dann nachzusehen, was man getroffen hatte.

Die Stimmen waren jetzt so nah, daß Jean die Worte verstanden hätte, hätten sie sich nicht in einer ihm unverständlichen Sprache unterhalten. Trotzdem kam sie ihm irgendwie bekannt vor.

Und nach einigen Augenblicken identifizierte er sie auch. Es war Englisch. Eine Sprache, die einige der älteren Bewohner der Freien Zone beherrschten und in der die Instrumente der Festung beschriftet waren, auch der Hauptrechner sprach Englisch. Jean wagte nicht zu hoffen, daß die Leute die wahren Erbauer der Festung wären. Aber vielleicht konnten sie ihm dabei helfen, ihre Geheimnisse etwas schneller zu ergründen!

Die Vorstellung beflügelte ihn, aber sie ließ ihn nicht unvorsichtiger werden. Er näherte sich den Stimmen, die ihrerseits auch auf ihn zukamen, aber er blieb immer wieder stehen und lauschte oder duckte sich hinter einem Busch oder einem Mauerrest. Und als er die fünf Personen dann sah, war er sehr froh, sich so vorsichtig verhalten zu haben.

Jean hatte schon die verrücktesten Typen zu Gesicht bekommen, aber diese Gruppe war mehr als sonderbar. Es waren fünf — zwei Männer, zwei Frauen und ein . . . ein . . .

Jean war nicht sicher, was es war. Sie bewegten sich langsam zwischen den dichtstehenden Bäumen und Büschen vor ihm entlang, so daß sie seinen Blicken hinter dem wuchernden Grün immer wieder entzogen wurden und er die absurde Gestalt mit dem viel zu großen Kopf nicht richtig sehen konnte. Er vermochte nicht zu sagen, ob es ein Kind war, ein Krüppel oder ein Zwerg.

Aber auch die anderen Mitglieder der Gruppe wirkten höchst merkwürdig: Eine der beiden Frauen war noch sehr jung. Sie hatte dunkles, kurzgeschnittenes Haar und trug ein sonderbares Kleidungsstück, das an einen Kampfanzug erinnerte.

Die zweite war ein wenig größer und älter und hatte ebenfalls kurzgeschnittenes, aber sehr helles Haar. Bekleidet war sie mit einem dunkelblauen, eng anliegenden einteiligen Anzug, an dem ein breiter, sehr klobiger Gürtel auffiel, in dem sich neben einer Unzahl Taschen und Reißverschlüssen auch etwas befand, das Jean an die Tastatur eines jener Miniaturcomputer erinnerte, die er in der Festung gesehen hatte. Ihr Gesicht wirkte offen und sympathisch, aber Jean täuschte sich keine Sekunde lang über die Entschlossenheit und Stärke, die diese Frau ausstrahlte.

Die beiden Männer schließlich waren so gegensätzlich, wie sie nur sein konnten: Der größere von ihnen mochte etwa dreißig Jahre zählen, trug als einziger der Gruppe das Haar schulterlang und von einem dünnen, ledernen Stirnband zusammengehalten. Jean schätzte ihn auf deutlich mehr als zwei Meter, und das bedeutete, daß seine scheinbar normal proportionierten Schultern fast doppelt so breit sein mußten wie seine eigenen. Seine Haut war dunkel und sonnenverbrannt. Er hatte ein schmales, fast asketisches Gesicht mit einer deutlichen Hakennase und einem kantigen Kinn. Und über seinem Auge befand sich eine frische Platzwunde. Der Kratzer konnte nicht seine einzige Verletzung sein, die er erlitten hatte, denn er bewegte sich mühsam und humpelte.

Und dann fiel Jeans Blick voller Entsetzen auf das fünfte und letzte Mitglied der Gruppe.

Es war ein Jäger!

Es gab gar keinen Zweifel. Der Mann war eine gute Handspanne kleiner als alle anderen Jäger, die er je zu Gesicht bekommen hatte. Sein Gesicht war bleich, und er stolperte immer wieder und mußte sich ein paarmal an Baumstämmen oder Zweigen festhalten, um nicht zu stürzen. Aber er war unzweifelhaft ein Jäger. Die nachtschwarze Montur mit dem blutroten Flammenemblem Morons auf Brust und Rücken war nicht zu verkennen.

Jean zog sich hastig ein kleines Stück zurück und erstarrte zu vollkommener Reglosigkeit. Er wagte kaum noch zu atmen, ja, nicht einmal mehr, den Kopf zu drehen, als die Gruppe sich allmählich von ihm entfernte. Er wußte, wie unvorstellbar fein die

Sinne eines Jägers waren. Daß er ihn bisher nicht entdeckt hatte, war einzig seinem schlechten Zustand zuzuschreiben. Aber das würde sich bald ändern. Es gab keine Verletzungen, von denen sich ein Jäger nicht erholte.

Die freudige Erregung, mit der ihn der Gedanke erfüllt hatte, auf Menschen aus der Welt jenseits der *Mauer* zu treffen, schlug urplötzlich in Enttäuschung und hilflosen Zorn um. Obwohl er es mit eigenen Augen gesehen hatte, erschien ihm der Gedanke, daß sich *Menschen* mit einem Jäger zusammengetan haben sollten, im ersten Moment einfach absurd.

Aber dann fiel ihm etwas ein: Die beiden Frauen, der Mann mit dem Stirnband und selbst der Zwerg waren bewaffnet gewesen — der Jäger nicht.

Ein fast wahnsinniger Gedanke schoß Jean durch den Kopf. War es möglich, daß diese vier einen Jäger ... *gefangen* hatten!?

Natürlich war schon die bloße Vorstellung verrückt. Niemand konnte einen Jäger fangen. Man konnte ihn töten oder ihn zumindest so schwer verletzen, daß einem Zeit blieb, die Flucht zu ergreifen, aber ihn überwältigen und gefangennehmen ...

Wahnsinn oder nicht; die Vorstellung ließ Jean nicht mehr los. Außerdem waren da noch die Energieschüsse, die die Ortungsinstrumente der Festung aufgefangen hatten: ein kurzes, aber heftiges Feuergefecht, das er sich nicht hatte erklären können.

Vielleicht, dachte Jean erregt, kamen diese vier tatsächlich von *draußen*, und vielleicht waren sie gekommen, um den Bewohnern der Freien Zone zu beweisen, daß auch die Legende von der Unüberwindlichkeit der Jäger nicht stimmte. Er mußte es herausfinden. Die Chancen, daß ihn dieser Versuch das Leben kostete, standen nicht schlecht. Aber wenn ihm diese vier Fremden den Weg zeigen konnten, wie sie mit den Jägern fertig wurden, dann war der Einsatz das Risiko wert.

Er zögerte noch ein paar Sekunden, dann schob er seine Waffe in den Gürtel zurück und schlich hinter ihnen her.

4

Die Stadt war zu einem Alptraum geworden. Während der ersten zehn Minuten waren sie durch die engen Straßenschluchten eines der ehemaligen Altbauviertel von Paris gegangen. Und obwohl sie auf Schritt und Tritt Anzeichen unvorstellbarer Verwüstung gesehen hatten, hatten die Häuser trotz ihres bizarren Panzers aus grün-violetter Vegetation irgendwie vertraut gewirkt.

Doch dann hatten sie dieses Viertel allmählich hinter sich gelassen, und die Zerstörung war immer größer geworden. Kaum ein Gebäude war noch unversehrt, kaum ein Straßenzug nicht von tiefen, wassergefüllten Kratern zerrissen. Und die meisten Häuser, an denen sie vorüberkamen, waren nur noch ausgebrannte, leere Ruinen.

Rings um sie herum erhoben sich die fremdartig geformten Bäume und Pflanzen eines unheimlichen Dschungels, der die Stadt verschlungen hatte, als wären seit ihrer Vernichtung nicht fünfzig, sondern fünf*hundert* Jahre vergangen. Manche der

Bäume mußten einen Durchmesser von zehn oder mehr Metern haben, und ihre Kronen erhoben sich so hoch in den Himmel, daß Charity ihre Größe nicht einmal zu schätzen wagte. Sie hatte Büsche gesehen, deren Äste so biegsam wie junge Weidenzweige waren, trotzdem aber jeder einzelne für sich so dick wie ein normaler Baum, und Farngewächse, wie sie auf der Erde in dieser Größe vielleicht zur Zeit der Dinosaurier gewachsen waren.

Überhaupt wirkte alles hier ungeheuer groß. Sie waren bisher auf keinen lebenden Bewohner dieses Alptraumdschungels gestoßen, aber einmal waren sie an einem Spinnennetz vorübergekommen, in dessen Fäden sich eine Vielzahl ausgewachsener Ratten verfangen hatten. Und es hätte Kyles warnender Geste nicht bedurft, Charity und die anderen zu einem respektvollen Bogen um das weiße Gespinst zu veranlassen.

Net und sie hatten sich in der Führung der kleinen Gruppe abgewechselt. Und obwohl Charity ein schlechtes Gewissen dabei hatte, dem Mädchen, das schließlich noch ein halbes Kind war, die undankbare Aufgabe zu übertragen, bei jedem einzelnen Schritt zu überlegen, ob es vielleicht der letzte sein würde, war sie doch gleichzeitig dankbar dafür. Sie fühlte sich verwirrt und hilflos wie niemals zuvor im Leben. Alles erschien ihr so sinnlos, daß sie sich in den letzten Minuten mehr als einmal dabei ertappt hatte, sich allen Ernstes zu fragen, warum sie überhaupt noch weitermachten. Daß sie aus Daniels Falle entkommen waren, bedeutete überhaupt nichts. Sie hatte das Gespräch, das Daniel und sie in seinem Privatmuseum unter dem höchsten Turm des Shai-Taan geführt hatten, nicht vergessen. Trotz aller Verachtung, die sie diesem Verräter gegenüber empfand, war sie doch gleichzeitig sicher, daß er die Wahrheit gesagt hatte. Aber wenn das so war, dachte sie niedergeschlagen, dann war alles, was sie getan hatten und jetzt noch taten, vollkommen sinnlos, ebenso sinnlos wie alles, was sie noch tun *konnten*. Dann kämpfte sie gegen einen Gegner, der nicht besiegt werden konnte, weil ein Sieg über ihn gleichzeitig den Tod bedeutete. Nicht nur für sie, sondern für diesen ganzen Planeten.

Charitys Blick heftete sich auf den Rücken Gurks, der wenige

Schritte vor ihr herging. Gurk sah vielleicht ein wenig komisch aus, aber er war nichtsdestoweniger ein humanoides Wesen. Und was seiner Gestalt an Menschlichkeit abging, das machte der Charakter des Gnoms hundertfach wett. Ob er nun in Colorado oder auf dem vierundachtzigsten Planeten der Sonne Itzelplunk in der neunten Galaxis geboren war, dachte Charity spöttisch, Abn El Gurk Ben Amar Ibn Lot Fuddel der Vierte war hundertmal mehr Mensch als so manches sogenannte menschliche Wesen, dem sie in ihrem Leben begegnet war.

»Paßt auf da vorne!«

Charity fuhr erschrocken aus ihren Gedanken hoch und griff automatisch zur Waffe, aber nicht ihr hatte Kyles warnender Ruf gegolten, sondern Net.

Die junge Wasteländerin reagierte so rasch und kaltblütig, wie Charity erwartet hatte: Auch sie zog ihre Waffe und rührte sich aber nicht von der Stelle, beobachtete aber mit größter Aufmerksamkeit ihre Umgebung.

Doch sie entdeckte genausowenig wie Charity, die nach kurzem Zögern neben sie trat und ihre Blicke über die wuchernde, grüne Mauer schweifen ließ, die sie an drei Seiten umgab.

Ein wenig verärgert drehte sie sich zu Kyle herum. Der Megamann vergewisserte sich mit einem raschen Blick davon, daß Skudder nichts dagegen hatte, wenn er sich von seinem Platz in der kleinen Gruppe löste, und eilte dann zu ihnen. Er sagte kein Wort, sondern deutete nur schweigend auf einen knapp mannshohen, kugelförmigen Busch.

Charity konnte auch jetzt nichts Auffälliges an dem Busch erkennen — abgesehen von den großen, unregelmäßig verteilten Flecken einer weißen, durchscheinenden Substanz, die an den dornigen Zweigen klebte. »Was soll das?« fragte sie stirnrunzelnd.

Statt zu antworten ging Kyle weiter, blieb einen knappen Meter vor dem Busch stehen und streckte den Arm aus. Seine Finger berührten flüchtig einen der weißen Zuckerwatte-Bäusche, worauf die Substanz die Farbe wechselte und zu brodelndem Leben erwachte. Aus dem flockigen Weiß wurde ein stumpfgrauer, zuckender Ball, der eine Sekunde später in einer lautlosen Explosion auseinanderbarst und sich über Kyles Hand ergoß.

Der Megamann wich mit einem hastigen Schritt ein Stück von dem Busch zurück und drehte sich herum. Seine Hand war noch immer grau, aber als er näher kam, erkannten sie, daß es nicht seine Haut war, die sich verändert hatte. Kyles Hand war bis über das Gelenk hinauf mit einer Schicht winzigkleiner, kribbelnder, stumpfgrauer Körper bedeckt; winzige Insekten mit erbsengroßen, pelzigen Leibern und acht vielfach gegliederten Beinen, die sich in rasendem Takt bewegten. Charity verzog angeekelt das Gesicht, als sie begriff, daß es Spinnen waren.

Trotzdem trat sie einen Schritt auf ihn zu und wollte sich neugierig vorbeugen, aber der Megamann hob rasch die andere Hand und machte eine abwehrende Bewegung.

»Vorsicht«, sagte er. »Sie sind sehr giftig.«

Er blickte Net an. »Ein oder zwei Bisse, und du wärest gestorben.«

Net wurde bleich, sagte aber nichts, während auch Skudder und der Zwerg näher kamen. Skudder betrachtete Kyles Hand wie Charity mit einer Mischung aus Neugier und Abscheu, während Gurks Miene Langeweile ausdrücken sollte.

»Wieso macht es Ihnen nichts aus?« fragte Charity.

»Ich bin immun gegen ihr Gift«, antwortete Kyle. Plötzlich lächelte er, ballte die Hand zur Faust — und die Armee winziger Spinnentiere zuckte wie unter einem elektrischen Schlag zusammen und starb. Die Tiere krümmten sich, zogen die Beine an den Körper und fielen wie grauer Staub von Kyles Hand herab.

»Aber sie nicht gegen Ihres«, murmelte Charity betroffen.

Net fuhr sich nervös mit der Hand über den Mund, blickte den grün-weiß gefleckten Busch vor sich an und machte ganz instinktiv einen Schritt zurück, obwohl sie sich in sicherer Entfernung befand. Verwirrt sah sie zu Kyle auf. »Danke«, murmelte sie. »Ich schätze, du hast mir das Leben gerettet.«

Kyle antwortete nicht darauf, aber Gurk ergriff die Gelegenheit, wieder eine seiner spitzen Bemerkungen loszuwerden. »Ja«, schnappte er. »Ich frage mich nur, warum.«

Charity setzte zu einer scharfen Entgegnung an — aber dann überlegte sie es sich doch anders und wandte sich statt dessen mit einem fragenden Blick wieder an Kyle. »Wissen Sie, Kyle«, begann sie, »es kommt ja selten vor, daß Gurk und ich einer Meinung sind. Aber dieses Mal pflichte ich ihm bei. Warum tun Sie das?« Sie runzelte die Stirn und deutete auf den Busch. »Ich meine, Sie hätten in aller Ruhe abwarten können, bis Net oder ich von diesen Biestern aufgefressen worden wären. Keiner von uns wäre auch nur auf den Gedanken gekommen, Ihnen einen Vorwurf zu machen.«

»Eine interessante Idee«, antwortete Kyle. Er lächelte flüchtig. »Ich schlage vor, daß wir das nächste Mal zuerst darüber diskutieren, ob ich Sie vor einer Gefahr warnen soll oder nicht.« Diesmal gab er sich nicht einmal die Mühe, den spöttischen Klang aus seiner Stimme zu verbannen.

Aber Charity blieb ernst. »Ich meine es ernst, Kyle«, sagte sie. »Warum tun Sie das? Hat Gurk recht, und es ist nur ein neuer Trick, um uns in eine Falle zu locken?«

Kyle sah sie einen Moment lang durchdringend an, dann schüttelte er wortlos den Kopf.

»Warum dann?« beharrte Charity. »Vorhin, im Transmitter-Raum, Kyle . . . die beiden Biester hätten uns erledigt, wenn Sie sie nicht angegriffen hätten. Haben Sie bei Daniel gekündigt und suchen jetzt einen neuen Job? Oder mögen Sie einfach nichts, das mehr als vier Beine hat?«

Wenn Kyle der sarkastische Unterton in ihrer Stimme überhaupt auffiel, so beachtete er ihn jedenfalls nicht. »Ich . . . brauche Zeit«, sagte er leise. »Ich muß nachdenken.«

»Worüber?« fragte Charity.

»Vielleicht hat er begriffen, daß er auf der falschen Seite steht«, sagte Net.

Charity bedeutete Net zu schweigen. Der Megamann stand völlig reglos vor ihr. Sein Gesicht verriet nichts von seinen Gefühlen, aber sie glaubte zu bemerken, wie es hinter seiner Stirn arbeitete. Und plötzlich erinnerte sie sich wieder an den Ausdruck fassungslosen Entsetzens in seinen Augen, Sekunden nachdem er aus dem Transmitter getaumelt war. Irgend etwas ging in diesem Mann vor.

»Daniel hat Sie verraten, nicht wahr?« fragte sie leise. »Ich meine — es war kein Zufall oder eine Verwechslung, daß der Moroni *Sie* angegriffen hat und nicht uns. Das ist doch so, oder?«

»Ich . . .« Kyles Lippen begannen zu zittern. Fast hilflos blickte er sich um. Seine Selbstsicherheit war mit einem Schlag wie weggeblasen. »Ich . . . weiß es nicht«, sagte er stockend. »Alles ist . . . falsch. Das hier ist Shai. Ich darf nicht hierher zurück. Sie werden mich töten, wenn sie mich stellen.«

Es dauerte einen Moment, bis Charity überhaupt begriff, wovon der Megamann sprach. »Shai?« wiederholte sie. »Shai . . . Shai-Taan . . .«

»Das hier ist der Ort, zu dem die Kinder gebracht werden«, vermutete Skudder. »Die Kinder, die Angela und die anderen Priesterinnen geholt haben, um sie Shai zu weihen. Sie . . . sie werden hierher gebracht, an diesen Ort, nicht wahr?«

Kyle sah ihn unsicher an und nickte. Er sagte nichts.

»Was tut ihr mit ihnen?« fragte Skudder. Sein Gesicht verzerrte sich vor Zorn, und seine Stimme wurde schrill. Plötzlich trat er auf Kyle zu und hob die Hände, wie um ihn zu packen und zu schütteln, berührte ihn aber nicht, sondern starrte ihn nur haßerfüllt an. »Was geschieht mit ihnen? Warum bringt ihr all diese Kinder in diese Hölle? Was tut ihr ihnen an?!«

»Nichts«, antwortete Kyle ruhig.

»Wo sind sie?« brüllte Skudder. »Habt ihr sie umgebracht? Habt ihr sie an . . . an diese Bestien hier verfüttert?«

»Red keinen Unsinn, Skudder«, sagte Charity, doch der Shark beachtete sie gar nicht.

Kyle schüttelte den Kopf. Skudder stand mit drohend erhobenen Fäusten vor ihm, aber Kyles Blick zeigte nicht die kleinste Spur von Furcht. Wenn Charity überhaupt ein Gefühl in seinen Augen las, dann allerhöchstens eine milde, sonderbar ziellose Trauer.

»Natürlich nicht«, sagte er. »Sie sind in der Basis.«

»Hat Stone das gewußt?« fragte Charity, um die gefährliche Situation irgendwie zu entspannen. Sie wußte, daß Skudder die Kontrolle über sich zu verlieren drohte. Natürlich wußte der Hopi so gut wie sie, daß Kyle keine Schuld traf. Wenn überhaupt, dann gehörte er zu den Opfern, nicht zu den Tätern. Aber der Indianer suchte einfach ein Objekt, an dem er seine Wut auslassen konnte.

Mit einem raschen Schritt trat sie zwischen Kyle und Skudder. »Hat er gewußt, wohin dieser Transmitter führt?« fragte sie noch einmal.

Wieder nickte Kyle wortlos.

»Aber er hat Sie trotzdem gezwungen, uns zu folgen«, fuhr Charity mit einem nervösen Blick in Skudders Richtung fort. »Ich meine, er hat genau gewußt, daß es Ihren Tod bedeutet, wenn Sie durch diesen Transmitter gehen. Aber er hat trotzdem darauf bestanden.«

»Er hat mich hineingestoßen«, sagte Kyle.

»Anscheinend muß er wirklich *großen* Wert darauf legen, dich wieder in die Finger zu bekommen«, sagte Skudder und starrte Kyle weiter haßerfüllt an.

»Oder jemand anderen loszuwerden«, fügte Charity sehr ernst hinzu. Der Megamann reagierte auch auf diese Bemerkung nicht, aber das kurze Flackern in seinem Blick verriet Charity, daß sie der Wahrheit ziemlich nahe gekommen sein mußte.

»Es ist Ihnen verboten, diesen Ort zu betreten«, fuhr sie fort. »Was passiert, wenn wir es trotzdem tun, Kyle?«

»Sie eliminieren mich«, antwortete Kyle. »Jede Dienerkreatur wird sofort das Feuer eröffnen.«

»Dienerkreatur?«

Kyle lächelte flüchtig.

»Sie nennen sie *Ameisen*«, sagte er. »Und nicht nur sie. Auch die anderen werden mich jagen.«

»Welche anderen?« fragte Skudder alarmiert.

»Andere wie ich«, antwortete Kyle.

Skudder wurde bleich und riß ungläubig die Augen auf. »Soll das heißen, es . . . es gibt hier noch . . . noch mehr wie dich?« ächzte er.

Kyle sah ihn ernst an und nickte. »Dies hier ist der Planet, auf dem wir aufwachsen und ausgebildet werden«, sagte er. »Shai.«

»Was soll das heißen?« mischte sich Net ein. »Dieser Planet.«

Charity brachte sie mit einer raschen Geste zum Verstummen. Dann wandte sie sich wieder an Kyle. »Sie meinen, Sie sind hier aufgewachsen? Hier in diesem Dschungel?«

»Nicht im Dschungel.« Kyle machte eine vage Handbewegung nach Norden. »In der Basis. Aber sie ist nicht sehr weit entfernt.«

»Und wie viele von . . . von euch gibt es?« fragte Skudder stockend.

Kyle zuckte mit den Schultern. »Ich weiß es nicht. Hier sind es nicht sehr viele. Aber es gibt mehr als dieses eine Shai-Taan. Es ist lange her, seit ich hier war. Damals waren wir fünfzig oder sechzig. Ich erinnere mich nicht mehr genau.«

»Oh«, entfuhr es Skudder. Er schluckte ein paarmal und versuchte zu lächeln, aber er brachte nur eine häßliche Grimasse zustande.

Auch Charity spürte einen eisigen Schauer. »Fünfzig oder sechzig . . .« Sie hatten gesehen, was ein *einziger* dieser Männer anrichten konnte; fünfzig von ihnen waren genug, es mit einem ganzen Planeten aufzunehmen. »Ich schätze«, sagte sie, »damit haben Sie ein paar neue Partner gewonnen, Kyle. Ob es Ihnen gefällt oder nicht.«

Kyle schüttelte langsam den Kopf. Seine Stimme klang fast traurig. »So einfach ist das nicht, Captain Laird«, sagte er. »Ich kann nicht bei Ihnen bleiben.«

»Warum nicht?« fragte Charity. »Was sind Sie Daniel noch schuldig?«

»Es geht nicht um ihn«, antwortete Kyle. »Stone hat versucht, mich zu töten. Warum, weiß ich nicht. Aber es hat auch keinerlei Einfluß auf Ihre und meine momentane Situation. Ich kann nicht bei Ihnen und Ihren Freunden bleiben, ganz egal, ob ich will oder nicht. Ich wäre nur eine Gefahr für Sie. Und ich . . . kann hier nicht leben.«

»Bisher tun Sie es«, antwortete Charity.

»Die erste und einzige Regel ist verletzt worden«, antwortete Kyle mit großem Ernst. »Kein Megakrieger darf nach seiner Ausbildung nach Shai zurückkehren. Unter gar keinen Umständen. Ich bin verpflichtet, mich selbst zu töten. Und vielleicht werde ich es noch tun.«

»Das ist der erste vernünftige Satz, den ich heute von dir höre«, sagte Gurk giftig. »Gib Bescheid, wenn du irgendwelche Hilfe brauchst, mein Freund.«

Seltsamerweise lächelte Kyle einen Moment lang. Dann

wandte er sich wieder Charity zu. »Ich kann nicht bei Ihnen bleiben«, sagte er. »Lassen Sie mich gehen. Ich gebe Ihnen mein Wort, Sie und Ihre Freunde nicht zu verraten.«

»Und dann?«

Kyle hob hilflos die Schultern. »Ich weiß es nicht«, gestand er. »Es ist . . .« Er stockte, suchte einen Moment lang sichtlich nach Worten und blickte nacheinander Skudder, Net und dann Charity beinahe flehend an.

»Ich verstehe das nicht«, flüsterte er. »Ich müßte Sie gefangennehmen. Ich müßte die . . . die anderen töten und Sie zu Stone zurückbringen. Und ich müßte mich . . . mich selbst . . . eliminieren. Die erste und einzige Regel ist gebrochen worden, und ich . . .« Wieder brach er ab, und wieder machte sich eine Mischung aus Hilflosigkeit und Verzweiflung auf seinem Gesicht breit.

Es war ein beinahe erschütternder Anblick. Charity hatte mit eigenen Augen gesehen, wie dieser äußerlich so ganz normal erscheinende junge Mann mit dem Kindergesicht und den sanften Augen eine ganze Armee von Monstern besiegt hatte. Sie hatte am eigenen Leib gespürt, was es hieß, von einem Wesen wie ihm gejagt zu werden, einen Geschöpf, das ihre Spur mit der Unerbittlichkeit einer Maschine verfolgte und dabei seinerseits eine Spur aus Tod und Vernichtung hinterließ. Aber im Moment verspürte sie nichts als Mitleid mit Kyle. Der kalte Zorn war noch in ihr, aber sie begriff erst jetzt, daß er gar nicht Kyle galt, daß er ihm niemals gegolten hatte. Er hatte immer nur denen gegolten, die diesen Mann auf sie angesetzt hatten; Geschöpfe, die Menschen wie Schachfiguren behandelten, die sie nach Belieben hin- und herschoben und opferten.

»In Ordnung«, sagte sie.

Skudder blickte sie leicht verwirrt an, während Gurk wie unter einem Schlag zusammenfuhr und nach Luft japste. »Was soll das heißen — in Ordnung?!« kreischte er.

Charity achtete nicht auf sein Geschrei. »Gehen Sie, Kyle«, sagte sie. »Sie haben Ihr Wort gehalten. Die Frist, die ich von Ihnen verlangt habe, ist längst vorüber.«

»Bist du wahnsinnig geworden?« brüllte Gurk. »Er wird uns verraten! Er wird uns sofort an seine Brüder ausliefern!«

»Halt endlich den Mund, du Giftzwerg«, sagte Skudder. »Wenn er das wirklich gewollt hätte, hätte er uns längst erledigen können.«

Charity war ein wenig überrascht, denn sie hatte eher damit gerechnet, daß Skudder sich ihr widersetzte. »Sie können gehen, Kyle«, sagte sie noch einmal. »Aber Sie können auch bei uns bleiben. Ich vertraue Ihnen. Zusammen haben wir vielleicht eine größere Chance, hier herauszukommen.«

Kyle schüttelte traurig den Kopf. »Es gibt nur einen Ort, an dem Sie sicher sind«, sagte er. »Die Freie Zone. Es ist nicht mehr sehr weit bis dorthin. Mit ein wenig Glück schaffen Sie es.«

»Dann begleite uns«, sagte Net. »Zusammen schaffen wir es bestimmt!«

Kyle schüttelte abermals den Kopf. »Das kann ich nicht«, sagte er. »Ich kann ebensowenig dorthin, wie ihr dorthin könntet, wo ich hingehe.«

»Und wo ist das?« fragte Skudder.

Wieder deutete Kyle hinter sich. »Zur Basis«, antwortete er.

»Aber das bedeutet deinen Tod!« sagte Net erschrocken. »Du hast selbst gesagt, daß sie dich umbringen werden.«

Charity brachte sie mit einem raschen Blick zum Schweigen. »Genau das will er, Net.«

Kyle blickte sie fast verzweifelt an. Und Charity fuhr leise fort: »Ich habe doch recht, Kyle? Sie wollen zurück, um dort zu sterben. Nicht hier, in unserer Nähe, wo Sie uns gefährden würden, sondern möglichst weit entfernt von uns. Und wissen Sie auch, warum Sie das wollen, Kyle?«

»Die Regel«, murmelte Kyle. »Die erste und einzige Regel. Kein Megamann darf je wieder nach Shai zurückkehren.«

»Unsinn!« antwortete Charity. »Ich will Ihnen sagen, warum Sie wirklich den Tod suchen, Kyle. Sie haben begriffen, daß Sie Ihr Leben lang auf der falschen Seite gestanden haben. Sie gehören nicht zu diesen Bestien. Ich weiß nicht, was sie mit Ihnen getan haben, und ich will es auch gar nicht wissen. Aber eines weiß ich jetzt ziemlich genau: Sie sind weder ein Roboter noch irgendein geklontes Monster. Sie sind ein Mensch, genau wie wir.«

»Das . . . das stimmt nicht«, antwortete Kyle. Aber seine

Stimme zitterte, und in seinem Blick flackerte etwas, das Charity an den Ausdruck in den Augen eines Wahnsinnigen erinnerte. Für einen winzigen Moment hatte sie wieder Angst vor ihm. »Das . . . das ist nicht wahr! Ich . . .«

»Sie sind ein Mensch«, beharrte Charity. »Sie sind ein Mensch und Sie werden es auch immer bleiben. Ganz gleich was sie mit Ihnen gemacht haben, und ganz gleich, wie sehr Sie sich auch dagegen sträuben. Daniel hat das erkannt. Deshalb hat er auch versucht, Sie umzubringen.«

»Nein!« stöhnte Kyle. »Das ist nicht wahr!«

»Natürlich ist es wahr«, sagte Charity, »und Sie wissen es auch ganz genau, Kyle.« Sie machte eine zornige Geste in die gleiche Richtung, in die der Megamann gedeutet hatte. »Ihre erste und einzige Regel, nie wieder zu diesem Ort zurückzukehren — soll ich Ihnen sagen, warum es sie gibt? Weil das hier kein fremder Planet ist! Das hier ist die Erde. Der Planet, auf dem Sie geboren wurden und ich und Skudder und Net und all die anderen. Und vermutlich auch Ihre Brüder, Kyle. Sie stammen nicht von irgendeinem fremden Planeten. Ich weiß nicht, was sie mit Ihnen und den anderen machen, damit Sie so werden, wie Sie sind. Sie ändern Ihren Metabolismus, und vermutlich haben sie auch Ihren Geist manipuliert. Sie haben Ihnen jede Erinnerung an Ihre Vergangenheit genommen, nicht wahr?«

Kyle starrte sie hilflos an, und Charity nickte grimmig. »Sie wissen nicht, wer Sie wirklich sind, Kyle«, sagte sie. »Sie erinnern sich an nichts, was vor dem Zeitpunkt lag, an dem Sie diese Basis erreichten. Man hat Ihnen gesagt, daß Sie ausgewählt wurden, um auf einem fremden Planeten eingesetzt zu werden. Sie haben Ihnen jede Erinnerung an Ihr wirkliches Ich genommen, und das mußten sie auch — sonst hätten Sie irgend eines Tages begriffen, daß Sie gegen Ihr eigenes Volk kämpfen, Kyle!«

»Und wenn es so wäre!« mischte sich Gurk aufgebracht ein. »Was ändert das? Er wird uns verraten! Er kann gar nicht anders, selbst wenn er wollte!«

»Das stimmt nicht.« Charity schüttelte den Kopf. »Das wird er nicht tun. Jetzt nicht mehr.« Ihre Stimme wurde leiser und gewann gleichzeitig an Eindringlichkeit. »Sie haben die Welt gesehen, auf der wir leben, Kyle. Sie haben das Volk kennengelernt, zu dem Sie gehören. Bleiben Sie bei uns! Helfen Sie uns, und wir helfen Ihnen! Gemeinsam können wir die Feinde besiegen! Wir können so viel von Ihnen lernen — und Sie von uns.«

Kyle stöhnte. Er wollte etwas sagen, brachte aber nur einen wimmernden Laut heraus. Hilflos hob er die Hände, schlug sie vor das Gesicht und stand sekundenlang zitternd da.

Und dann fuhr er so schnell herum, daß weder Charity noch einer der anderen etwas tun konnte, um sich ihm in den Weg zu stellen, und verschwand mit gewaltigen, weit ausgreifenden Schritten im Dschungel.

Charity blickte ihm enttäuscht und traurig nach und winkte ab, als Skudder seine Waffe hob und dazu ansetzte, den Megamann zu verfolgen. »Laß ihn«, sagte sie. »Du würdest ihn sowieso nicht einholen.«

»Du hast recht«, sagte Skudder, nachdem er mit einem Achselzucken seine Waffe wieder eingesteckt hatte. »Und wenn ich ehrlich sein soll — ich bin froh, daß er weg ist.«

Charity schwieg. Zu ihrer Überraschung sagte auch Gurk nichts, sondern bedachte nur abwechselnd sie und den Hopi mit zornigen Blicken. Im Grunde hätte auch sie froh sein sollen, daß Kyle nicht mehr bei ihnen war, denn selbst wenn er ihnen freundlich gesonnen war, so bedeutete allein seine bloße Anwesenheit Gefahr. Doch sie verspürte nur eine Mischung aus Verbitterung und Zorn. Sie war wütend auf sich selbst, daß es ihr nicht gelungen war, Kyle zum Bleiben zu überreden. Und sie spürte nichts als Verbitterung, als sie an die Wesen dachte, die ihre Welt zu dem gemacht hatten, was sie war; eine Welt, in der es Männer wie Kyle gab, und Städte, in denen jeder Schritt zum Verhängnis werden konnte. Es hatte ihnen nicht gereicht, die Erde zu zerstören. Nein — die Invasoren hatten sie völlig *verändern* müssen.

Nach einer Weile drehte sie sich mit einer müden Bewegung wieder herum und deutete in die Richtung, die Kyle ihnen gewiesen hatte. »Kommt«, sagte sie matt. »Versuchen wir, die Freie Zone zu erreichen.«

Was Jean in den letzten zehn Minuten beobachtet hatte, hatte ihn mehr verstört als alles in den achtzehn Jahren seines Lebens zuvor. Was er gesehen hatte, das war . . . einfach wahnsinnig! Nicht nur, daß der Jäger die junge Frau an der Spitze der Gruppe vor den Spinnen gewarnt und ihr damit das Leben gerettet hatte. Die anderen — allen voran die junge Frau mit dem hellen Haar — hatten daraufhin eine Weile mit ihm diskutiert und ihn schließlich gehen lassen! Es war ihr sicheres Todesurteil. Der Jäger würde keine Stunde brauchen, um zum *Turm* zurückzukehren und zu berichten, was geschehen war. Und keine fünf Minuten später würde es hier von Gleitern und *Ameisen* nur so wimmeln. Was um alles in der Welt ging hier vor? Wer waren diese Fremden, und was wollten sie hier?

Jean fand keine Antwort auf die Fragen, aber er begriff, daß er sich am besten weiterhin versteckt hielt. Er wußte nicht, auf welcher Seite diese Fremden wirklich standen. Vielleicht war es ganz anders, dachte er. Vielleicht sahen sie nur aus wie Menschen. Vielleicht waren sie nicht Opfer, sondern die *Herren* der Jäger!

Der Gedanke erfüllte Jean mit Zorn und Angst. Er hatte immer vermutet, daß es außer den *Ameisen* und den Jägern noch eine dritte, befehlende Macht in der verbotenen Stadt unter dem *Turm* geben mußte. Und warum sollten sie nicht aussehen wie ganz normale Menschen? Auch ein Jäger war auf den ersten Blick nicht von einem x-beliebigen Bewohner der Freien Zone zu unterscheiden. Wenn es schon diesen Geschöpfen möglich war, ihr Aussehen fast nach Belieben zu verändern, über welche unvorstellbaren Kräfte mußten dann ihre Herren verfügen?

Sein Herz begann vor Aufregung wild zu schlagen, als er beobachtete, wie die Fremden nach einer Weile weitergingen, wobei sie einen respektvollen Bogen um den Busch mit den Spinnennestern schlugen. Wenn sie die Richtung beibehielten, dann kamen sie geradewegs zum Fluß — und damit zur Freien Zone.

Jean wartete gebannt, bis der riesige Mann mit der roten Haut, der den Abschluß der kleinen Gruppe bildete, im Unterholz verschwunden war. Dann erhob auch er sich hinter seiner

Deckung und folgte ihnen; nicht auf direktem Weg, sondern ein gutes Stück weiter westlich, dafür aber schneller als sie, so daß er sie überholen und sich vor sie setzen konnte.

Er war so aufgeregt, daß er Fehler machte. Einmal stolperte er beinahe in ein kleineres Spinnennest, und nur einen Moment darauf trat er auf die Fallgrube einer Fangschrecke. Es war pures Glück, daß er nicht nur in die knietiefe Fallgrube, sondern auch gleich auf den gepanzerten Rücken der Schrecke trat und sie zerquetschte.

Jean befreite sich mit einem Fluch aus der heimtückischen Fallgrube, säuberte seinen Stiefel angeekelt an einem Grasbüschel und rief sich in Gedanken zur Ordnung. Er mußte besser auf sich aufpassen. Es war jetzt wichtiger denn je, daß er unversehrt zum Fluß und seinem Pibike gelangte, um die Bewohner der Freien Zone vor der Gefahr zu warnen.

Er blieb einem Moment stehen, um zu lauschen — er hörte nichts außer den vielfältigen Geräuschen des Waldes —, und lief dann noch schneller weiter. Der Busch wurde immer dichter, so daß es immer schwerer war, überhaupt voranzukommen; geschweige denn, die einmal eingeschlagene Richtung beizubehalten. Wo ihm nicht dichtes Unterholz den Durchgang verwehrte, da erhoben sich die Reste von verkohlten Gebäuden oder auch massive, fast unversehrte Mauern. Und mehr als einmal mußte er große Umwege in Kauf nehmen oder gar den mühsam zurückgelegten Weg ein gutes Stück wieder zurückgehen, um überhaupt von der Stelle zu kommen. Jeans einziger Trost war, daß die vier anderen wahrscheinlich mit den gleichen Schwierigkeiten zu kämpfen hatten. Der Zwischenfall mit den Spinnen hatte ihm gezeigt, daß sie sich hier im Dschungel nicht besonders gut auskannten. Vielleicht hatte er ja Glück, dachte er, und sie taten ihm den Gefallen, sich auffressen zu lassen oder auf eine giftige Pflanze zu treten.

Obwohl er sein Tempo immer mehr erhöhte und damit Gefahr lief, irgendein Raubtier oder eine heimtückische Falle zu übersehen, brauchte Jean über eineinhalb Stunden, um den Fluß wieder zu erreichen. Und als sich das Unterholz schließlich vor ihm lichtete und er den gewaltigen, schlammigen Graben vor sich sah, stellte er enttäuscht fest, daß er weiter vom

Kurs abgekommen war, als er angenommen hatte: Die Insel befand sich gute zwei Kilometer zu seiner Rechten.

Jean seufzte enttäuscht. Er mußte sich fast im rechten Winkel vom richtigen Kurs entfernt haben, ohne es zu merken. Aber vielleicht konnte er noch von Glück sagen, daß er den Fluß überhaupt wiedergefunden hatte. Er warf einen Blick in den Himmel hinauf — im Augenblick war kein Gleiter zu sehen — und ging los.

Auf dem ersten Drittel der Strecke kam er besser voran, als er zu hoffen gewagt hatte. Dann stieß er auf die Überreste einer alten Asphaltstraße, die unmittelbar am Ufer entlangführte. Sie war von Unkraut und Moos bedeckt, aber er brauchte wenigstens nicht auf Fallgruben und giftige Pilze zu achten. Eine gute halbe Stunde lang marschierte er in scharfem Tempo auf die Insel zu, wobei er aber immer wieder stehenblieb und sich nach allen Seiten hin umsah. Ein paarmal hörte er ein verräterisches Geräusch aus dem Dschungel und huschte blitzschnell hinter die erstbeste Deckung, die er fand.

Trotzdem mußte er einen Fehler begangen haben, denn plötzlich hörte er genau das Geräusch, vor dem er wie vor nichts anderem auf der Welt Angst hatte: das Heulen eines Gleiters!

Jean fuhr mit einem Aufschrei herum, über dem Fluß war ein winziges, silbernes Funkeln zu sehen, das sich mit irrsinniger Geschwindigkeit näherte und allmählich die Gestalt einer flachen, kreisrunden Scheibe gewann. Der Gleiter bewegte sich direkt auf ihn zu!

Jean wußte im Grunde sehr gut, wie sinnlos alles war, was er jetzt noch tun konnte. Was immer einmal von den Ortungsgeräten der Gleiter erfaßt worden war, das hatte keine Chance mehr, ihnen wieder zu entkommen. Und die Feuerkraft dieser fliegenden Killer reichte aus, es zu vernichten, gleichgültig, wo es sich versteckte. Trotzdem fuhr er herum, rannte zwei, drei Schritte auf den Waldrand zu und warf sich mit einem gewaltigen Sprung hinter einen Baum, als der Gleiter heulend heranraste. Er schlug schmerzhaft auf dem Boden auf, der sich unter der dünnen Decke aus Luftwurzeln und kriechenden Gewächsen verbarg, rollte herum und riß instinktiv die Arme über das Gesicht, als könne er den tödlichen Laserblitz auf diese Weise abwehren.

Der Gleiter raste heran, verwandelte sich zu einem gigantischen, dreißig Meter durchmessenden Ungetüm, das eine Woge kochendheißer, brüllender Luft vor sich herschob —

und jagte über Jeans Versteck hinweg!

Im ersten Moment war er so verblüfft, daß er nicht einmal begriff, was überhaupt geschah. Er wußte nur, daß er noch am Leben war — aber er verstand nicht, warum. Dann traf die kochendheiße Druckwelle, die der Gleiter wie eine unsichtbare Schleppe hinter sich herzog, den Dschungel und das Flußufer. Jean fühlte sich gepackt und hochgerissen und wie ein welkes Blatt durch die Luft gewirbelt. Er schrie auf, griff ebenso verzweifelt wie sinnlos nach irgend etwas, woran er sich festhalten konnte, und sah das Flußufer und den fünfzehn Meter tiefen Abgrund dahinter auf sich zu springen. Ein paarmal überschlug er sich in der Luft, ehe er mit furchtbarer Wucht aufprallte. Ein gräßlicher Ruck schien jedes einzelne Gelenk in seinen Händen, Armen und Schultern zerreißen zu wollen, und für einen Moment hatte er das furchtbare Gefühl, daß unsichtbare, ungeheuer starke Hände an seinen Füßen zerrten und ihn endgültig in den Abgrund hinabzureißen versuchten. Dann kam er mit einem letzten, noch schrecklicheren Ruck zur Ruhe und blieb stöhnend vor Schmerz und Angst liegen.

Das Heulen des Gleiters erfüllte noch immer die Luft. Aber es entfernte sich. Jean hob mühsam den Kopf, versuchte die Tränen wegzublinzeln, die seinen Blick verschleierten, und starrte verständnislos auf die gigantische Silberscheibe, die sich in den wenigen Sekunden bereits einen guten Kilometer entfernt hatte. Er begriff nur ganz allmählich, warum er überhaupt noch am Leben war: Der Angriff hatte nicht ihm gegolten. Der Computer des Gleiters mußte eine lohnendere Beute erspäht haben.

Das riesige Fluggefährt wurde plötzlich langsamer, kippte über die linke Seite ab und begann, einen rasend schnellen Kreis über den Fluß zu drehen. Für einen Moment glaubte Jean, daß seine Besatzung endlich ihren Fehler bemerkt hatte und umkehrte, aber dann verharrte der Gleiter völlig reglos über der Flußmitte — und begann langsam und fast lautlos dem Ufer entgegenzusinken.

Jean begriff, daß ihm vielleicht doch noch eine letzte Chance blieb. Hastig, aber trotzdem sehr vorsichtig begann er wieder auf den Waldrand zuzukriechen. Die Entfernung betrug kaum fünf Meter. Aber Jean starb tausend Tode in den wenigen Sekunden, die er brauchte, um sie zurückzulegen. Er wagte es nicht einmal, den Kopf zu drehen, um wieder zum Gleiter hinüberzusehen.

Unbehelligt erreichte er den Waldrand und ließ sich mit einem erleichterten Seufzer hinter einen Busch sinken, den die Druckwelle des vorüberrasenden Gleiters halb aus der Erde gerissen hatte. Fast eine Minute lang blieb er einfach so liegen, atmete keuchend ein und aus und dachte an nichts anderes als daran, daß er noch einmal davongekommen war.

Nach einer Weile stemmte er sich auf Hände und Knie und kroch noch ein gutes Stück tiefer in den Wald hinein. Erst dann wagte er es, sich vorsichtig aufzurichten und wieder zum Gleiter hinüberzusehen.

Die riesige Flugscheibe schwebte reglos gute fünf Meter über dem Boden. Jean konnte eine Anzahl gelber und roter Lichter erkennen, die in unregelmäßigem Rhythmus auf ihrer Unterseite flackerten. Aber das grelle Laserfeuer, auf das er wartete, kam auch jetzt nicht.

Irgend etwas stimmt hier nicht, dachte Jean verblüfft. Noch während er verwirrt überlegte, entstand an der Unterseite der Flugscheibe ein schmaler Spalt, der sich lautlos zu einer hell erleuchteten, rechteckigen Öffnung weitete. Eine dünne Metallrampe schob sich heraus und berührte den Boden, und Augenblicke später marschierte ein Dutzend *Ameisen* aus dem Gleiter.

Jean duckte sich instinktiv tiefer hinter seiner Deckung, obwohl der Gleiter viel zu weit entfernt war, als daß die *Ameisen* ihn durch einen zufälligen Blick entdecken konnten. Die gigantischen Geschöpfe versammelten sich zu einem weit auseinandergezogenen Halbkreis am Ufer, während sich die Rampe wieder in den Gleiter zurückzog und die Tür geschlossen wurde. Augenblicke später begann das scheibenförmige Fluggerät wieder zu steigen. Verwirrt beobachtete Jean, wie der Gleiter langsam auf den Fluß hinaustrieb, sich langsam und völlig geräuschlos der Insel näherte — und hinter ihr verschwand!

Jean wartete fast eine Minute lang mit angehaltenem Atem darauf, daß er wieder auftauchte, ehe er begriff, daß das nicht geschehen würde. Der Gleiter hatte auf der Rückseite der Insel Stellung bezogen, um auf irgend jemanden zu warten.

Sie legen einen Hinterhalt, dachte Jean verblüfft. Aber wem? Was um alles in der Welt ging hier vor? In all den Jahren, die er jetzt heimlich hierherkam, hatte er niemals so etwas erlebt.

Galten diese Vorbereitungen den Fremden, die er beobachtet hatte?

Es schien Jean die einzig logische Erklärung, und trotzdem ergab sie einfach keinen Sinn, denn wenn es sich bei ihnen wirklich um die Herren der Jäger handelte — warum sollten die *Ameisen* ihnen dann eine Falle stellen?

Der Gedanke gefiel Jean nicht. Alles in ihm sträubte sich dagegen, aber es gab nur eine einzige Möglichkeit, die Antwort auf diese Frage zu finden. Zitternd vor Furcht löste er sich aus seiner Deckung und schlich auf die Stelle am Waldrand zu, an der die *Ameisen* verschwunden waren.

5

Vor einer halben Stunde hatten sie ein hohes, pfeifendes Geräusch gehört, das rasend schnell näher gekommen war und dann plötzlich abbrach. Davor waren sie bereits eineinhalb Stunden lang durch den Dschungel marschiert. Die Vegetation wurde immer dichter, und mit der wuchernden, grünvioletten Pflanzenpest nahm auch die Anzahl bizarrer Geschöpfe zu, auf die sie stießen und von denen sie sofort attackiert wurden.

Charity hatte längst aufgehört zu zählen, wie oft sie angegriffen worden waren; meistens von Geschöpfen, die zu klein waren, um es gleich mit vier ausgewachsenen Menschen aufzunehmen, aber zweimal auch von Kreaturen, die sie nur mit den erbeuteten Laserwaffen hatten abwehren können. Charity hatte den anderen eingeschärft, die Strahler nur im allerhöchsten Notfall zu benutzen. Es mußte für die Moroni ein leichtes sein, die Energieschüsse der Waffen zu messen. Aber sie hatte rasch einsehen müssen, daß dieser Vorsatz nicht durchzuführen war, ganz einfach, weil schon ihre bloße Anwesenheit in diesem Dschungel eine Art permanenten Notfall darstellte.

Selbst ohne Ortungsgeräte würde es den *Ameisen* nicht besonders schwerfallen, sie aufzuspüren. Sie brauchten nur der Spur aus verbrannten, rauchenden Kadavern zu folgen, die sie hinterlassen hatten, dachte Charity besorgt. Der Gedanke führte ihr noch einmal vor Augen, auf welch entsetzliche Weise sich diese Stadt verändert hatte. Die wuchernde grüne Pest barst vor Leben. Aber es war eine vollkommen fremde, aggressive Ökologie, die die Invasoren von den Sternen hierhergebracht hatten. Und wenn es sich dabei wirklich um eine Kopie ihrer Heimatwelt handelte, dann mußte diese Welt eine wahre Hölle sein.

Anders als auf der Erde schienen auf Moron die Insekten zur herrschenden Spezies geworden zu sein. Im Laufe der letzten beiden Stunden hatte sie Geschöpfe gesehen, die sie sich vorher nicht einmal in ihren schlimmsten Alpträumen hätte vorstellen können; gepanzerte, glitzernde, kriechende Kreaturen mit schnappenden Fangzähnen und schimmernden Giftstacheln, die meisten davon absurd groß und häßlich — und so angriffslustig wie ein tollwütiger Straßenköter. Dieser Dschungel war eine einzige, gigantische Falle, in der jeder über jeden herfiel und jeder jeden auffraß, selbst wenn er im gleichen Moment selber aufgefressen wurde.

Obwohl sie ihre Waffen am Schluß immer rücksichtsloser eingesetzt hatten, war keiner von ihnen ohne mindestens ein halbes Dutzend blutiger Schrammen davongekommen. Die Bewohner dieser grünvioletten Hölle waren auch wahre Meister der Mimikry. Es gab nicht wenige darunter, die man erst in dem Moment als lebende Wesen erkannte, in dem sie anfingen, einen aufzufressen.

Charity schrak aus ihren Gedanken, als Skudder, der die Führung übernommen hatte, plötzlich stehenblieb und alarmiert zu ihr zurücksah. Sie wollte eine Frage stellen, aber Skudder hob hastig die Hand. Also holte sie mit einigen raschen Schritten auf und blieb dicht neben ihm stehen.

»Was ist?« fragte sie leise.

Skudder lauschte einen Moment mit schräggehaltenem Kopf und zuckte dann mit den Achseln. »Ich dachte, ich hätte etwas gehört«, sagte er. »Aber ich muß mich wohl getäuscht haben.«

Auch Charity lauschte. Sie hörte nichts — aber es dauerte nur einen Moment, bis sie begriff, daß Skudder wahrscheinlich genau das aufgefallen war: Es war *zu* still. Der Chor zischelnder, kreischender, pfeifender Tierstimmen, der sie auf Schritt und Tritt begleitet hatte, war verstummt.

»Was ist los?« fragte Net, die nun zu ihnen aufgeschlossen hatte.

Charity zuckte mit den Achseln und machte eine vage Handbewegung in den Dschungel vor sich. »Es ist zu still«, antwortete sie. »Irgend etwas . . . stimmt nicht.«

Charity wollte weitergehen, aber Skudder hielt sie mit einer raschen Handbewegung zurück und trat wortlos an ihr vorbei, wobei er wieder seine Waffe zog. Charity sah ihm stirnrunzelnd nach, verkniff sich aber jede Bemerkung. Sie hatte es niemals gemocht, wenn man sie als eine schwache Frau behandelte, die beschützt werden mußte, aber Skudder hatte schon häufiger bewiesen, daß er über äußerst scharfe Sinne verfügte.

Sie sah sich noch einmal sichernd um, ehe auch sie ihre Waffe zog und weiter ging. Net und Gurk schlossen sich ihr an. Auch die junge Wasteländerin wirkte angespannt, und selbst auf Gurks Gesicht hatte sich ein alarmierter Ausdruck breit gemacht. Skudder war ein paar Schritte vorausgegangen und blieb plötzlich stehen. Einen Moment lang stand er reglos in einer fast erschrockenen Haltung da, dann drehte er sich herum und winkte Charity und den anderen, näher zu kommen.

»Also?« fragte Charity, als sie ihn erreicht hatte.

Statt zu antworten, bog Skudder die Büsche ein wenig mehr zu Seite. Sie hatten den Rand des Waldes erreicht. Vor ihnen befand sich nur noch ein vielleicht fünf oder sechs Schritte messender Streifen, auf dem außer Moos, Pilzen, einem Gewirr graubrauner Luftwurzeln und einiger dürrer Büsche nichts mehr wuchs. Dahinter lag ein sicherlich fünfhundert Meter breiter Graben, auf dessen Boden sich brauner Morast befand: das ausgetrocknete Flußbett. Das jenseitige Ufer schien ein gutes Stück höher zu liegen. Auch dort hatte die wuchernde Vegetation fast alle Spuren menschlicher Zivilisation verschlungen.

Trotzdem hatte Charity das Gefühl, daß sich der Wald dort irgendwie von ihrem unterschied.

»Und was jetzt?« drang Nets Stimme in ihre Gedanken.

Charity zögerte noch einen Moment, dann zuckte sie unschlüssig mit den Achseln und deutete mit einer Kopfbewegung auf das jenseitige Ufer. »Dort hinüber.«

Net blickte unwillig auf den morastigen Graben, schwieg aber.

»Gibt es irgendeinen Grund dafür?« fragte statt dessen Gurk.

Charity überhörte den ärgerlichen Unterton in seiner Stimme geflissentlich und antwortete so ruhig wie es ihr möglich war. »Das ist die Richtung, die uns Kyle geraten hat.«

»Kyle!« Gurk fuchtelte wütend mit den Händen in der Luft herum. »Du scheinst ja regelrecht in diesen widerlichen Kerl verschossen zu sein.«

»Ich traue ihm«, antwortete Charity ruhig.

»Ich auch«, fügte Net hinzu.

Gurk blickte die beiden jungen Frauen böse an. »Na wunderbar«, sagte er giftig, »dann seid ihr ja schon zwei.«

»Drei«, sagte Skudder ruhig. Er lächelte beinahe verlegen, als er Charitys überraschten Blick bemerkte. »Er hatte keinen Grund uns zu belügen«, fuhr er fort. »Er hätte uns jederzeit umbringen können, wenn er gewollt hätte.«

»Vielleicht will er es ja nicht«, sagte Gurk. »Vielleicht hatte er ja andere Pläne mit uns.«

Charity setzte zu einer scharfen Antwort an, besann sich dann aber und schritt voran, um aus dem Wald herauszutreten.

Ein warmer Wind schlug ihnen entgegen, der den Gestank des morastigen Flußgrunds mit sich trug. Schaudernd sah Charity sich um. Sie fühlte sich schutzlos. Trotz aller Gefahren, die er beherbergte, hatte ihnen der Dschungel auch gleichzeitig Deckung geboten. Hier draußen aber bewegten sie sich wie auf dem Präsentierteller. Sie blickte in das leere Flußbett hinab und fragte sich, wieso die Vegetation Morons nicht auch dort wucherte. Der faulige Morast mußte einen geradezu idealen Nährboden für Sporen und Sämlinge bieten, die der Wind herantrug. Aber so weit sie blicken konnte, durchbrach nicht der winzigste grüne oder violette Fleck das monotone Braun des Flusses.

Net trat neben sie und beugte sich behutsam vor, um in die

Tiefe zu blicken. »Nicht gerade einfach, dort hinunterzusteigen«, sagte sie. Charity nickte stumm. Das Flußbett war zwar nicht sehr tief, aber das Ufer bestand zum größten Teil aus Mauerwerk, Beton oder Felsen. Es würde ausgesprochen gefährlich werden, dort hinabzusteigen — und auf der anderen Seite wieder hinauf.

»Warum gehen wir nicht über die Brücke?« fragte Gurk. Er hob die Hand und deutete auf eine der halb zerschmolzenen Stahlkonstruktionen, die das ausgetrocknete Bett der Seine in fast regelmäßigen Abständen überspannten.

Charity überlegte nur einige Sekunden, ehe sie den Kopf schüttelte. Es waren mindestens drei Meilen bis zur nächsten Brücke. Und irgend etwas sagte ihr, daß sie sie sowieso nicht benutzen konnten. Es mußte einen Grund haben, daß sich dort wie auf dem Flußgrund nicht die mindeste Spur von Leben zeigte. Mehr denn je kam ihr der tote Fluß wie eine Barriere vor, der sie sich vielleicht schon zu sehr genähert hatten.

Ihr Blick glitt wieder über das Flußbett. Unweit der Stelle, wo sie aus dem Wald getreten waren, ragte ein zwanzig Meter hoher Pfeiler aus Granit aus dem Grund; früher einmal mußte es eine Insel gewesen sein. Jetzt sah das flache Plateau mit dem wuchernden, grünen Bewuchs und den wenigen, zum größten Teil zerstörten Häusern beinahe absurd aus. Es . . .

Grüner Bewuchs?

Charity sah noch einmal hin. Die Insel und alles, was auf ihr stand, war von wucherndem Unkraut bedeckt. Hier und da hatten sogar Bäume Wurzeln geschlagen, und an einer Stelle hing ein Geflecht aus grünbraunen Ranken fast bis zum Flußgrund herab.

»Was hast du?« fragte Skudder, dem ihr Erschrecken nicht entgangen war.

Charity deutete nachdenklich auf die kleine Insel. »Die Insel dort.«

Skudder runzelte die Stirn und sah ebenfalls hinüber, aber ihm schien nichts Außergewöhnliches aufzufallen, denn nach einer Weile sah er sie erneut fragend an.

»Sie ist bewachsen«, sagte Charity. »Als einziges weit und breit.«

»Und?«

Charity hob die Schultern. »Es ist seltsam. Ich frage mich, ob es etwas zu bedeuten hat.«

»Vielleicht«, sagte Skudder. »Aber ich werde ganz bestimmt nicht hinaufklettern, um es herauszufinden.«

Sie begannen mit dem Abstieg, der sich als weitaus weniger schwierig erwies, als Charity befürchtet hatte. Die Uferbefestigung bestand an dieser Stelle aus porösem Sandstein, den fünfzig Jahre Wind und Regen rissig hatten werden lassen, so daß ihre Finger und Zehenspitzen bequem Halt fanden. Skudder mit Net bildete auch jetzt die Spitze, während Charity Gurk folgte, der mit seinen viel zu kurzen Armen und Beinen alle Mühe hatte, Schritt zu halten. Zudem gehörte das Klettern nicht unbedingt zu den herausragenden Fähigkeiten des Gnoms. Ein paarmal streckte Charity erschrocken die Hand aus, als es so aussah, als würde er den Halt verlieren und in die Tiefe stürzen, und einmal mußte sie wirklich zugreifen und ihn am Kragen packen, als der brüchige Stein unter seinen Fingerspitzen plötzlich zerbröckelte. Gurks Dank bestand aus einem giftigen Blick, und Charity nahm sich vor, ihre Hilfe auf den letzten zwei Metern ihres Abstiegs einzustellen.

Und tatsächlich verlor Gurk abermals den Halt, als er sich noch einen guten Meter über dem Boden befand. Der Gnom stürzte rücklings in den Morast. Der Schlamm war tief genug, ihn völlig untertauchen zu lassen. Aber nur für einen Moment. Dann sprang Gurk wieder auf, fuhr sich mit beiden Händen durch das Gesicht, um sich den Schlamm aus Mund, Nase und Augen zu wischen, und begann nach Leibeskräften zu fluchen. Er schien festen Boden unter den Füßen zu haben, aber er war bis zum Gürtel in dem braunen, übelriechenden Matsch versunken.

Charity sah Gurk einige Augenblicke lang mit unverhohlener Schadenfreude zu, dann kletterte sie vorsichtig weiter und verzog ebenfalls angeekelt das Gesicht, als sie bis über die Knie im Schlamm versank. Er war auf eine unangenehme Weise warm und klebrig. Vielleicht, dachte sie schaudernd, waren sie der Antwort auf die Frage, warum hier unten nichts lebte, näher als sie ahnen mochten.

Sie gönnte sich noch eine weitere halbe Minute lang den Luxus, dem schimpfenden Zwerg zuzusehen, ehe sie sich wieder den anderen zuwandte. Net und Skudder waren ein paar Schritte weitergegangen und wieder stehengeblieben, um aufmerksam zum gegenüberliegenden Ufer hinüberzuspähen.

Auf der anderen Seite rührte sich nichts. Trotzdem empfand Charity ein Gefühl der Beunruhigung, das mit jedem Augenblick stärker wurde. Sie machte einen Schritt und spürte erneut, daß der Schlamm, durch den sie wateten, kein gewöhnlicher Schlamm war, sondern eine braune Substanz, die ziemlich träge dahinfloß. Und wenn sie sich konzentrierte, dann glaubte Charity, ein Vibrieren oder Pochen zu verspüren, etwas wie das kaum wahrnehmbare, unendlich langsame Schlagen eines weit entfernten, gigantischen Herzens.

Im ersten Moment wollte sie den Gedanken als völlig abwegig abtun, aber dann begriff sie, daß es nicht das erste Mal war, daß sie ein solches Gefühl überkam: sich an etwas zu erinnern, woran sie sich gar nicht erinnern konnte, weil sie es nie erlebt hatte. Es begann mit der Sprache: Manche Worte und Begriffe der Moroni rührten etwas in ihr an, als läge tief, tief in ihr ein uraltes Wissen, das nicht erlernt, sondern *ererbt* war.

Sie verjagte den Gedanken endgültig und ging weiter, blieb aber auch jetzt bereits nach zwei Schritten wieder stehen. Und auch Skudder und Net erstarrten plötzlich.

Der graubraune Schlamm bewegte sich. Eine träge, mühsame Wellenbewegung kräuselte seine Oberfläche; das langsame Herangleiten einer glitzernden Woge, als kröche etwas dicht unter der Oberfläche heran.

Und dann, von einer Sekunde auf die andere, explodierte der Fluß.

Wo bisher nichts als trügerische Ruhe gewesen war, da schoß plötzlich ein halbes Dutzend kochender Schlammgeysire in die Höhe, spritzende Eruptionen aus graubraunem Schleim, die sie mit widerlicher, nasser Wärme überschütteten und sie zurücktaumeln ließen. Und inmitten dieser brodelnden Schlammvulkane erschienen plötzlich dunkle, vielgliedrige Körper!

Charity schrie auf, als die dürren Arme einer *Ameise* wie stählerne Fangzähne nach ihr schnappten und sie festhielten.

Sie versuchte, sich loszureißen, aber ihre Kräfte reichten nicht. Das Ungeheuer riß sie ohne sichtbare Anstrengung in die Höhe, preßte mit zwei Händen ihre Arme an den Körper und bog mit einer dritten ihre rechte Hand beiseite, als sie die Waffe auf die *Ameise* richten wollte. Es gelang ihr, den Abzug zu erreichen, aber der giftgrüne Laserstrahl fuhr harmlos an dem Ungeheuer vorbei und verwandelte den Schlamm hinter ihr in kochenden Dampf.

Charity bäumte sich auf, trat mit verzweifelter Kraft um sich und erntete als einzige Reaktion einen stechenden Schmerz, der durch ihren rechten Fußknöchel schoß. Ihre Hände glitten hilflos über den Gürtel, versuchten vergeblich, die zweite Waffe zu ziehen, die sie bei sich trug — aber sie fanden etwas anderes.

Die *Ameise* stieß einen gellenden Pfiff aus, als Charitys Linke den Körperschild einschaltete und mehr als fünfzigtausend Volt auf das Ungeheuer übersprangen. Ihr Griff lockerte sich. Es stank nach verbranntem Horn.

Charity riß sich mit einer verzweifelten Anstrengung los, stürzte ungeschickt in den Morast und fing sich im letzten Moment wieder. Eine zweite *Ameise* sprang sie an und wurde wie die erste zurückgeschleudert. Aber der blaue, knisternde Lichtbogen war bereits schwächer geworden, und dieses Ungeheuer blieb nicht liegen wie sein Vorgänger, sondern plagte sich nach einer halben Sekunde umständlich wieder auf. Es griff nicht wieder an, sondern stand einfach da, schüttelte in einer bedrückend menschlich anmutenden Geste den Kopf und sank dann erneut zu Boden.

Charity zog hastig ihre zweite Waffe, entsicherte sie und feuerte blindlings, als sie eine Bewegung aus den Augenwinkeln wahrnahm. Der Laserstrahl durchschlug den Brustpanzer der *Ameise* und entlud seine gesamte Energie schlagartig in ihr Inneres. Das Monster explodierte förmlich, aber hinter ihm stürmte bereits eine weitere *Ameise* heran. Charity erschoß auch sie und fuhr herum.

Hinter ihr waren Net und Skudder damit beschäftigt, die beiden letzten Moroni niederzustrecken, die den mißglückten Überraschungsangriff bisher überlebt hatten. Aber es war nur eine kurze Atempause, die ihnen blieb. Im Augenblick waren keine weiteren *Ameisen* zu sehen, aber der Fluß schien überall zu brodeln. Wenn jede Spur im Schlamm eine *Ameise* bedeutete, dachte sie entsetzt, dann mußten sich Tausende dieser Ungeheuer unter dem Morast verborgen halten!

Ihr Blick streifte den Kadaver einer Insektenkreatur. Er war schon wieder halb im Morast versunken, aber sie erkannte trotzdem, daß sich diese *Ameise* irgendwie von den anderen unterschied. Sie wirkte kleiner und zerbrechlicher.

Sie sah sich nach Gurk um. Der Zwerg war gestürzt und saß nun fast bis zum Kinn in der schmierigen, braunen Brühe. Mit einem Schritt war sie bei ihm, riß ihn in die Höhe und zerrte ihn mit sich zu Skudder und Net hinüber.

»Das ist eine Falle!« sagte Skudder. »Sie haben auf uns gewartet!«

Charity antwortete nicht, sondern hob ihren Laser und gab einen Schuß auf eine der träge dahinkriechenden Schlammwogen ab. Irgend etwas unter der Oberfläche explodierte. Sie sah einen grellen Blitz, in dem sich eine *Ameise* aufbäumte, ehe sie pfeifend verendete. Aber auch dieses Insekt kam Charity zu klein vor; es maß bestenfalls einen Meter, und ihre Glieder waren dünn wie Streichhölzer. Doch was den Ungeheuern an Größe fehlte, das machten sie durch ihre Zahl wieder wett. Überall bewegte es sich; träge Wellen, die langsam, aber unerbittlich auf sie zukrochen. Gehetzt sah sie sich um. Sie befanden sich noch keine zehn Meter vom Flußufer entfernt, aber sie wußte, daß sie hilflos waren, wenn sie versuchten, an der fast lotrechten Wand hinaufzuklettern. Sie hatte oft genug erlebt, daß diese Kreaturen eine senkrechte Wand hinauflaufen konnten wie eine Fliege.

Und trotzdem hatten sie keine Wahl. Wenn sie den Wald erreichten, hatten sie vielleicht eine Chance.

Sie gab Skudder und Net mit einer Geste zu verstehen, was sie vorhatte, faßte Gurk wortlos am Arm und schleifte ihn hinter sich her den Weg zurück, den sie gekommen waren. Ohne auf seine wütenden Proteste zu achten, hob sie ihn einfach in die Höhe und zwang ihn, sich in einem der zahllosen Risse in der Mauer festzukrallen, ehe sie selbst mit dem Aufstieg begann.

»Non! C'est un piège!«

Charity sah überrascht auf. Fünfzehn Meter über ihr war eine Gestalt erschienen; gegen das grelle Licht der bereits tiefstehenden Sonne ebenfalls nur ein schwarzer, dürrer Schatten, der sie im ersten Moment erschreckte. Aber dann sah sie, daß er nur zwei statt vier Arme hatte.

»Zurück«, schrie die Gestalt. »Sie warten hier auf euch!«

Charity war für eine Sekunde abgelenkt — und genau diese Sekunde hätte sie beinahe das Leben gekostet!

Sie bemerkte eine zuckende Wellenbewegung im Schlamm, und dann verwandelte sich der graue Morast neben ihr in einen aufspritzenden Geysir, aus dem ein chitingepanzertes, schwarzes Ungeheuer hervorbrach und mit allen vier Armen nach ihr grapschte. Charity fuhr herum und versuchte, ihre Waffe zu heben, aber sie wußte bereits, während sie es tat, daß sie zu langsam war. Die *Ameise* schlug ihre Hand mit einer fast spielerischen Bewegung herunter und ergriff sie mit gleich drei unmenschlich starken, stahlharten Pranken. Ein helles, elektrisches Knistern erklang, dann spannte sich ein blauer Überschlagsblitz zwischen Charitys Anzug und dem Körper der *Ameise.* Der Moroni kreischte vor Schmerz. Aber der Schild war nicht mehr stark genug, ihn zu töten oder auch nur ernsthaft zu verletzen. Und der Schock schien die *Ameise* nur noch wütender zu machen, denn sie schleuderte Charity mit solcher Wucht gegen die Wand, daß ihr die Luft aus den Lungen getrieben wurde. Sie sah, wie Skudder herumfuhr, die Waffe hob und im letzten Moment zögerte. Er war zwanzig Meter entfernt; zu weit, um nicht versehentlich sie statt die *Ameise* zu treffen.

Der Griff des Ungeheuers schnürte ihr die Luft ab. Vor ihren Augen begannen bunte Kreise zu tanzen. Charity spürte, wie ihr Bewußtsein zu schwinden begann. Langsam erschlaffte sie im Griff des Rieseninsekts.

Plötzlich summte irgend etwas mit einem widerwärtigen Laut so dicht an Charitys Gesicht vorbei, daß sie einen heißen Luftzug verspürte. Im gleichen Moment zersplitterte der Brustpanzer der *Ameise,* und das Ungeheuer wurde wie von einem Faustschlag zurückgetrieben.

Charity kämpfte mit aller Macht gegen die drohende

Bewußtlosigkeit. Sie atmete keuchend ein und aus, lehnte sich erschöpft gegen die Wand und ballte so heftig die Fäuste, daß sich die Fingernägel in ihre Handflächen gruben. Der Schmerz half. Die dunklen Schleier vor ihrem Blick lichteten sich, und allmählich kehrte das Gefühl in ihre tauben Beine zurück. Gleichzeitig schien sich die Luft in ihren Lungen in flüssiges Feuer zu verwandeln.

Stöhnend blickte sie sich um. Es war keine weitere *Ameise* zu sehen, aber es war noch lange nicht vorbei — ganz im Gegenteil. Aus allen Richtungen näherten sich die Wellen im Schlamm, und auch über ihr erklang plötzlich das helle Zirpen der verhaßten Insektenkrieger. Sie sah auf und bemerkte, daß die Gestalt, die sie gewarnt — und auch gerettet — hatte, sich nicht mehr auf der Mauerkrone befand, sondern geschickt wie ein Affe zu ihr in die Tiefe zu klettern begonnen hatte. Am Ufer waren die schwarzen, spinnengliedrigen Schatten von einem Dutzend *Ameisen* aufgetaucht, die sich sogleich an die Verfolgung machten.

Skudder gab einen Schuß ab und tötete eines der Ungeheuer, das lautlos in die Tiefe stürzte und im Schlamm verschwand. Aber die anderen setzten ihren Weg unbeirrt fort.

Charity wartete mit klopfendem Herzen, bis der Fremde zu ihr hinabgestiegen war — wobei er die letzten zwei Meter mit einem wagemutigen Satz überwand —, dann fuhr sie herum und bedeutete ihm mit einer Geste, ihr zu folgen. Der andere schüttelte den Kopf und deutete heftig gestikulierend auf den Schlamm, wobei er immer wieder ein einzelnes Wort in seiner Muttersprache schrie, das Charity nicht verstand. Schließlich fuhr sie einfach herum, packte Gurk grob bei der Hand und lief los, und der Franzose hörte auf zu schreien und schloß sich ihnen an.

Er war noch recht jung, vielleicht achtzehn oder neunzehn Jahre alt, von schlankem Wuchs und mit dunklem Haar. Er hatte ein sehr sympathisches Gesicht, das im Moment allerdings vor Anstrengung und Furcht verzerrt war, und trug ein sonderbares einteiliges Kleidungsstück, das an einen selbstgefertigten Tarnanzug erinnerte.

»Danke«, sagte Charity schwer atmend, als sie neben Net

und Skudder angekommen waren. Der Junge legte den Kopf auf die Seite und sah sie fragend an. Und erst jetzt wurde Charity klar, daß er sie nicht verstand.

»Und jetzt?« fragte Skudder. Der junge Mann sah auch ihn verständnislos an, und der Hopi machte eine erklärende Geste auf die *Ameisen,* die die Felswand fast überwunden hatten. Er hob seine Waffe und zielte, aber der Junge schüttelte hastig den Kopf und deutete auf den Granitpfeiler der Insel vor ihnen. Und obwohl Charity seinen fürchterlichen Slang nicht verstand, begriff sie doch die Bedeutung der Geste. Sie bezweifelte, daß sie es bis dorthin schaffen würden; die *Ameisen* konnten sich in diesem klebrigen Morast sehr viel schneller bewegen als sie.

Skudder sah den Jungen zweifelnd an, dann zuckte er mit den Achseln, drehte sich herum und blieb abrupt wieder stehen, kaum daß er die ersten zwei Schritte gemacht hatte. Der Laser in seiner Hand spie einen grünen Blitz aus, der in dreißig Meter Entfernung in den Morast fuhr. Eine dumpfe Explosion erklang, und eine kochende Säule aus Schlamm und Chitinsplittern brach aus dem Fluß

Skudder schürzte grimmig die Lippen und visierte eine weitere Woge an, aber der junge Franzose drückte plötzlich seinen Arm herunter und schüttelte den Kopf. Wieder sagte er etwas, das Charity nicht verstand.

Skudder riß seinen Arm mit einer ärgerlichen Bewegung los, aber er schoß nicht mehr, sondern sah verwirrt zu, wie der Junge in eine der zahllosen Taschen seiner Montur griff und eine Handvoll eines weißen, körnigen Pulvers hervorholte. Sorgfältig verteilte er das Pulver auf eine Fläche von gut einem Quadratmeter und watete dann mit kleinen, erzwungen langsamen Schritten hindurch. Dann bedeutete er Charity und den anderen mit aufgeregten Gesten, es ihm nachzumachen.

»Was ist das?« fragte Charity mißtrauisch.

»Krell-Samen«, antwortete der Franzose. »Sie hassen den Geschmack. Sie werden uns nicht mehr angreifen. Schnell!«

Hastig gehorchte sie und zerrte Gurk mit sich, dann warf sie einen nervösen Blick zu den *Ameisen* zurück. Auf diese Monster jedenfalls schien das Pulver keinerlei Wirkung zu haben. Sie rückten unbeeindruckt und sehr schnell näher, aber sie verzichteten aus einem unerfindlichen Grund noch immer darauf, ihre Waffen einzusetzen.

Trotzdem blieben ihnen allenfalls noch Sekunden.

Sie rannten los. Aber sie waren erst wenige Schritte weit gekommen, als Skudder abermals stehenblieb und erschrocken die Hand hob. Und plötzlich vernahm auch Charity ein höchst eigenartiges Geräusch: ein helles Summen, das sich allmählich zu einem an den Nerven zerrenden Heulen steigerte und Charity und die anderen vor Schmerz aufstöhnen ließ. Dann wurde es zu einem ohrenbetäubenden Brüllen und Kreischen — und über der Insel tauchte eine gigantische, silberfarbene Scheibe auf!

»Ein Gleiter!« brüllte Skudder entsetzt. Er hob seine Waffe und gab zwei, drei Schüsse auf die Flugscheibe ab, die wirkungslos an ihrem gepanzerten Rumpf abprallten. Der Gleiter raste heulend fünfzig, hundert Meter weit senkrecht in die Höhe, kippte dann über die Seite ab und kam in einem Halbkreis auf sie herabgeschossen. Charity und die anderen standen wie gelähmt da, nur Skudder feuerte, was seine Strahlenpistolen hergaben. Fast jeder der nadeldünnen, grünen Blitze traf, doch die kleinen Waffen reichten nicht aus, um den Gleiter zu gefährden. Das Fahrzeug stürzte mit einem ohrenbetäubenden Heulen auf sie herab, hielt plötzlich an und gewann wieder ein Stück an Höhe, gerade als Charity schon zu glauben begann, sein Pilot wolle sich wie in einem Kamikazeangriff auf sie stürzen.

Ein halbes Dutzend greller Energiestrahlen brach aus seiner Flanke und verwandelte den Schlamm rings um sie herum in brodelnden Dampf. Feuer und kochender Morast regneten auf sie herab.

Charity wartete, bis sich ihre Augen von dem gleißenden Lichtüberfall erholt hatten, dann hob sie vorsichtig die Lider und sah sich um. Sie befanden sich genau im Zentrum eines gut fünfzig Meter durchmessenden Kreises, dessen Ränder aus kochendem Schlamm gebildet wurden. Die Salve hatte nicht den Zweck gehabt, sie zu töten. Aber die Botschaft, die sie beinhaltete, war eindeutig.

»Sie wollen uns lebend«, sagte Net.

Charity antwortete nicht darauf, sondern nickte nur müde. Es war ihr von Anfang an klar gewesen, daß der Überfall nicht den Zweck hatte, sie umzubringen, sondern gefangenzunehmen. Hätten die *Ameisen* sie töten wollen, hätten sie nicht einmal den ersten Angriff überlebt.

Der Gleiter sank tiefer, wie ein schimmernder, stählerner Mond, der langsam vom Himmel stürzte, und gleichzeitig näherte sich ihnen das Dutzend *Ameisen* vom Ufer her.

Charitys Gedanken überschlugen sich. Die *Ameisen* hatten ganz eindeutig den Befehl, sie lebend und unverletzt einzufangen — und vielleicht hatten sie dadurch noch eine Chance.

»Lauft!« sagte sie. »Jeder in eine andere Richtung! Der Gleiter kann uns nicht alle zugleich verfolgen!«

Fast gleichzeitig stürmten sie los — Net und der junge Franzose direkt auf die Insel zu, Skudder beinahe in die Richtung zurück, aus der sie gekommen waren, und Charity zum jenseitigen Ufer, wobei sie Gurk mit sich zerrte. Der Gleiter schien unschlüssig in der Luft über ihnen zu verharren. Dann heulten seine Motoren auf, er sprang mit einem Satz wieder zwanzig, dreißig Meter weit in die Höhe, und seine Bordgeschütze feuerten erneut. Ein grellweißer Hitzestrahl fauchte so dicht an Charity vorüber, daß sie die tödliche Glut wie die Berührung einer unsichtbaren weißglühenden Hand spürte und vor Schmerz aufstöhnte, doch sie rannte im Zickzack weiter. Verzweifelt hob sie im Laufen den Kopf und sah zu dem Gleiter empor.

Etwas Unerwartetes geschah: Der Gleiter hörte auf zu feuern. Plötzlich flammte auf der Insel ein unheimliches, rubinrotes Licht auf, und dann tastete ein leuchtender Stab des gleichen, dunkelroten Laserlichts nach der silbernen Flugscheibe und durchbohrte sie.

Es ging unglaublich schnell; und trotzdem sah Charity genau, was geschah: Der Laserstrahl durchstieß den armdicken Panzerstahl des Gleiters wie Papier, brannte ein sauberes, kreisrundes Loch diagonal durch seinen Rumpf und entlud dann schlagartig seine gesamte Energie im Inneren des Schiffes.

Für einen Sekundenbruchteil erstrahlte der Gleiter in einem grellen, flackernden Rot. Sein Rumpf schien sich wie ein Luftballon aufzublähen — und Charity konnte gerade noch den

Kopf wegdrehen und schützend die Hände vor das Gesicht reißen, um nicht geblendet zu werden, als sich der Gleiter in eine blauweiße, lodernde Miniatursonne verwandelte!

Die Druckwelle riß Charity von den Füßen und schleuderte sie in den Schlamm. Und eine Woge kochendheißer Luft heulte über sie hinweg. Sie krümmte sich zusammen und wartete mit angehaltenem Atem, bis der Feuersturm vorüber war. Dann hob sie vorsichtig den Kopf aus dem Morast, wischte sich mit dem Unterarm den Schlamm aus dem Gesicht und sah sich um.

Ihre Umgebung hatte sich vollkommen verändert. Die Druckwelle hatte nicht nur sie und die anderen, sondern auch die *Ameisen* von den Füßen gerissen und meterweit davongeschleudert. Überall in dem grauen Morast loderten kleine Feuernester, wo brennende Trümmer und Feuer vom Himmel gestürzt waren. Auch ein Teil der Insel brannte, und aus dem Wald stieg eine gewaltige schwarze Rauchwolke empor. Der Gleiter hatte sich nicht mehr unmittelbar über dem Fluß befunden, als ihn der Laserstrahl traf. Was von ihm übriggeblieben war, mußte brennend in den Dschungel gestürzt sein.

Sie hörte ein würgendes Husten neben sich und fuhr abrupt herum. Auch Gurk war wie alle anderen von den Füßen gerissen worden und kämpfte sich nun keuchend aus dem Morast. Sie überzeugte sich mit einem raschen Blick davon, daß er nicht ernsthaft verletzt war, dann stand sie vollends auf und hielt nach den anderen Ausschau. Skudder hockte zwanzig oder dreißig Meter von ihr entfernt auf den Knien und hielt sich stöhnend den linken Arm, und Net und der junge Franzose plagten sich mühsam auf, waren aber offenbar nicht ernsthaft verletzt.

Auch ein Dutzend *Ameisen* lebte noch, doch wirkten die Insekten seltsam verwirrt, als hätten sie von einer Sekunde auf die andere vergessen, warum sie überhaupt hier waren. Nur eine einzige von ihnen machte einen zögernden Schritt in Skudders Richtung, dann stieß sie einen fast kläglichen Pfiff aus, drehte sich herum und stolzierte zu ihren Kameraden zurück.

Charity bedeutete Gurk mit einer Geste, zu Net und dem Fremden hinüberzugehen, und wartete selbst auf Skudder, den das sonderbare Verhalten der *Ameisen* ebenso überraschte wie sie, denn er blickte fassungslos zu den schwarzen Kreaturen hinüber, die keinerlei Anstalten mehr machten, sich auf ihre wehrlosen Opfer zu stürzen. Erst dann machte er zögernd kehrt.

»Ich verstehe das nicht«, murmelte er. »Was . . .«

»Ich auch nicht«, unterbrach ihn Charity. »Aber wir sollten machen, daß wir wegkommen.«

Skudder warf einen letzten Blick auf die *Ameisen* zurück, dann nickte er hastig und beeilte sich, zusammen mit ihr zu Net und den beiden anderen zu gelangen. Als sie sie erreichten, hatten sie sich der Insel bereits bis auf knapp zwanzig Schritte genähert. Und Charity begriff, warum der junge Franzose sie hierher geführt hatte. Die Granitpfeiler waren glatt wie poliertes Glas, aber sie befanden sich jetzt unmittelbar unter der Stelle, an der sich ein Gewirr von Ranken über ihren Rand schob. Charity bemerkte zwischen den Pflanzen ein starkes Tau, das fast bis zum Flußgrund hinabreichte. Seine Farbe war so perfekt auf den Untergrund abgestimmt, daß man schon sehr genau hinsehen mußte, um es zu entdecken.

Sie kramte ihre halbvergessenen Französischkenntnisse zusammen und fragte den jungen Mann: »Dort hinauf?«

Der Junge sah sie überrascht an. Dann huschte ein flüchtiges Lächeln über seine Züge. »Ja«, antwortete er. »Wir müssen zur Festung, ehe sie wiederkommen.«

Charity nickte; überraschenderweise verstand sie ihn, wenn er langsam sprach. Sie machte sich nichts vor. Die *Ameisen* würden wiederkommen, und diesmal wahrscheinlich nicht mit einem, sondern gleich mit einem Dutzend bewaffneter Schiffe.

Sie erreichten den Fuß der Insel, und der junge Franzose begann sehr geschickt an dem Tau emporzuklettern. Net folgte ihm auf der Stelle, während Skudder Charity und Gurk zweifelnd ansah. »Schafft ihr das?« fragte er.

Charity nickte nur, aber Gurk widersprach energisch. »Ausgeschlossen!« ächzte er. »Da komm ich nie rauf.«

Skudder seufzte ergeben — und setzte sich den Gnom wie ein Kind einfach auf die Schultern. »Halt dich fest«, befahl er.

Gurk kreischte vor Entsetzen, aber Skudder begann bereits, an dem Tau emporzuklettern, so daß dem Zwerg gar nichts anderes übrigblieb, als sich mit aller Kraft festzuhalten. Charity lächelte flüchtig und warf einen letzten Blick zu den *Ameisen* zurück. Die Moroni hatten sich wieder am jenseitigen Flußufer gesammelt, aber sie machten weder Anstalten, hinaufzuklettern noch kehrtzumachen und ihnen vielleicht doch noch zu folgen. Sie wirkten völlig hilflos, wie Maschinen, deren Programmierung durcheinandergeraten war.

Sie verscheuchte den Gedanken, griff nach dem Tau und begann, in die Höhe zu klettern. Die Leichtigkeit, mit der der junge Franzose und Skudder diesen Weg genommen hatten, täuschte. Charity mußte ihre letzten Kraftreserven mobilisieren, um sich die fünfzehn oder zwanzig Meter hinaufzuquälen. Sie hätte das letzte Stück wahrscheinlich nicht geschafft, hätte Skudder sie nicht einfach zu sich heraufgezogen.

Charity fiel keuchend auf die Knie herab, rang mühsam nach Atem und preßte die Handflächen gegen den Leib. Ihre Hände brannten wie Feuer; das grobe Tau hatte ihre Haut aufgeschürft.

»Kannst du gehen?« fragte Skudder besorgt.

Sie zwang sich zu einem Lächeln und nickte; was nichts daran änderte, daß Skudder ihr helfen mußte, auf die Füße zu kommen.

»Wir können nicht hierbleiben«, sagte der Hopi besorgt. Er sah ihren Retter an und machte eine fragende Geste. »Und wohin jetzt, du Schlaumeier?«

Natürlich verstand der junge Franzose die Worte nicht. Aber er lächelte trotzdem und deutete auf einen mannshohen Schutthügel. Aus irgendeinem Grund schien er der einzige von ihnen zu sein, der keinerlei Angst hatte. Ganz im Gegenteil — er wirkte fast fröhlich. »Ich bringe euch zur Festung«, sagte er.

Charity sah sich suchend um. Sie erblickte nichts, was einer Festung auch nur entfernt ähnlich sah. Sie beantwortete Skudders fragenden Blick mit einem Achselzucken und trat wortlos hinter den Jungen.

Hinter dem Schutthügel erhoben sich die ausgebrannten Reste einiger kleinerer Häuser. Charity nahm unwillkürlich an, daß ihr Ziel irgendwo dort lag, aber der junge Franzose steuerte zielsicher auf den unkrautüberwucherten Schutthügel zu —

und als sie näher kamen, sah Charity, daß es gar keine Schutthalde war. Unter dem wuchernden Grün und Violett schimmerte Stahl.

Überrascht sah sie zu, wie ihr Führer den Vorhang aus Gestrüpp und herabhängenden Ästen teilte. Dahinter kam Panzerstahl zum Vorschein. Der Junge legte die Hand auf einen roten Kreis, der in das Metall eingeätzt war, und in der Metallfläche öffnete sich eine mannshohe Tür, hinter der mildes, gelbes Licht schimmerte.

»Was ist das?« fragte Skudder mißtrauisch, während der Franzose gebückt durch die Tür trat, sich herumdrehte und ihnen aufgeregt zuwinkte, ihm nachzukommen.

»Ich bin nicht sicher«, antwortete Charity, »aber ich glaube, ich weiß es.«

Sie war die erste, die hinter dem Franzosen durch die Tür trat. Der Raum war winzig und ziemlich niedrig und vollgestopft mit Computern, Monitoren und drei wuchtigen Schalensitzen, die fast den gesamten vorhandenen Innenraum einnahmen. Ein kaum hörbares, beruhigendes Summen erfüllte die Luft: Ein Großteil der Anzeigetafeln und Monitore war in Betrieb.

Sie trat ein Stück zur Seite, um Skudder, Net und Gurk Platz zu machen, die sich hinter ihr durch die niedrige Tür zwängten. Der Junge berührte eine Taste an der Wand, und das Panzerschott schloß sich wieder. Dann drehte er sich mit einem triumphierenden Lächeln zu Charity um und machte eine dramatische, auf Wirkung bedachte Geste.

»Willkommen in meiner Festung«, sagte er.

»Festung?« Charity lächelte flüchtig, sagte aber sonst nichts, sondern sah sich gründlicher um. Sie wußte, wo sie waren. Sie hatte ein solches Fahrzeug niemals betreten, aber sie hatte genug Bilder davon gesehen. Was sie überraschte war, daß es noch existierte — und ganz offensichtlich noch *funktionierte.*

»Was zum Teufel ist das?« fragte Skudder noch einmal.

»Ein Leopard 2000«, antwortete Charity.

Skudders Gesichtsausdruck wurde noch fragender.

»Ein Panzer«, fügte sie rasch hinzu. »Die neueste Entwicklung der deutschen Wehrtechnik. Exklusiv für die NATO und den

Export in die USA gebaut.« Charity spürte einen raschen, unangenehmen Schauer. Der Anblick dieses Panzers hätte sie mit Befriedigung erfüllen sollen, aber das genaue Gegenteil war der Fall. Dieses unversehrte Relikt aus einer fernen Vergangenheit erinnerte sie daran, auf welch fürchterliche Weise sich ihre Heimatwelt verändert hatte.

»Ein Panzer?« vergewisserte sich Skudder. »Du meinst, so etwas wie die Tanks, die wir drüben hatten?«

»Nicht im entferntesten«, antwortete Charity. »Das hier ist das Nonplusultra irdischer Technik. Das Ding kann es mit einer ganzen Ameisenarmee aufnehmen.«

Skudder war noch immer verwirrt. »Du . . . du meinst, dieser Panzer hat den Gleiter abgeschossen?«

Charity nickte. »Das Ding ist mit einem Hundert-Megawatt Rubin-Laser bestückt«, antwortete sie. »Wenn du willst, dann kannst du den Eiffelturm damit absägen.«

»Dann sind wir hier sicher?« fragte Net zögernd.

Charity überlegte einen Moment. »Ich fürchte, nein«, sagte sie dann. »Ich habe keine Ahnung, wieso er nach all dieser Zeit noch funktioniert, aber ich möchte lieber nicht hier sein, wenn unsere Freunde begreifen, womit sie es zu tun haben.«

Sie sah wieder den Jungen an. »Gibt es noch weitere Tanks?« fragte sie mit einer Geste, die den ganzen Innenraum einschloß.

Ganz offensichtlich verstand der junge Franzose ihre Frage nicht, denn er runzelte nur die Stirn.

»Ich meine«, erklärte Charity, »ist das der einzige Panzer, den ihr habt? Oder . . .«

»Das ist die Festung«, unterbrach der Junge. »Ich verstehe nicht, was Sie meinen.«

Charity unterdrückte ein enttäuschtes Seufzen. »Ich fürchte, ich muß Sie enttäuschen«, sagte sie in gebrochenem Französisch. »Das hier ist keine Festung. Wo leben Sie? In der Freien Zone?«

Der Junge nickte, und für einen ganz kurzen Moment glaubte sie, ein mißtrauisches Flackern in seinem Blick wahrzunehmen.

»Was ist das für eine Sprache?« erkundigte sich Skudder.

»Französisch«, antwortete Charity. »Das hier ist Paris. Die Hauptstadt von Frankreich.«

»Ich wußte gar nicht, daß du Französisch sprichst«, sagte Gurk mit einem anzüglichen Grinsen. Charity schenkte ihm einen giftigen Blick und wandte sich wieder an den jungen Mann.

»Wie ist Ihr Name?« fragte sie.

»Jean.«

»Gut, Jean«, sagte Charity. »Ich danke Ihnen, daß Sie uns das Leben gerettet haben. Aber . . .«

»Das war ich nicht.«

Charity sah ihn verdutzt an. »Wie?«

»Ich war es nicht«, wiederholte Jean. »Ich war draußen bei Ihnen, um Sie zu warnen. Die Festung muß von sich aus das Feuer eröffnet haben.«

Plötzlich leuchteten seine Augen voller jugendlicher Begeisterung auf. »Ich wußte immer, daß sie bewaffnet ist«, sagte er. »Aber ich wußte nicht, wie stark sie ist. Jetzt können wir mit den *Ameisen* aufräumen. Und mit den Jägern.«

Bei diesem letzten Wort veränderte sich seine Stimme. Sie bebte plötzlich vor Haß.

»Ich fürchte beinahe, daß wir noch ein wenig warten müssen«, sagte Charity vorsichtig. Sie sprach jetzt langsam, in sehr geduldigem Tonfall. »Sie werden wiederkommen, Jean. Und dann sind wir hier nicht mehr sicher.«

»Unsinn!« widersprach Jean heftig. »Sie haben doch selbst gesehen, was . . .«

»Ich weiß, was dieses Fahrzeug kann«, unterbrach ihn Charity sanft. »Ich weiß das wahrscheinlich besser als Sie. Aber ich kenne auch seine Grenzen. Glauben Sie mir, wir müssen hier weg.«

»Die Festung ist unbesiegbar«, beharrte Jean. »Selbst wenn sie mit hundert Schiffen kommen!«

»Das mag schon sein«, sagte Charity ernst, »aber Sie dürfen die Moroni nie unterschätzen. Sie verfügen über Waffen, die Sie sich nicht einmal vorstellen können, Jean. Möchten Sie vielleicht in diesem Tank stecken, wenn sie einen Nuklear-Sprengsatz auf die Insel werfen?«

Jeans Gesichtsausdruck nach zu schließen schien er nicht einmal zu wissen, was eine Nuklearwaffe war. Aber er schien zumindest zu begreifen, wie ernst Charitys Worte gemeint waren, denn er widersprach nicht mehr.

»Die Freie Zone«, fuhr Charity fort. »Können Sie uns dort hinbringen?«

Der junge Mann zögerte. Einen Moment lang tastete sein Blick unsicher über Net, Skudder und Gurk. Dann nickte er zögernd.

»Sie können uns trauen, Jean«, sagte Charity lächelnd.

»Wer sind Sie?« fragte Jean. »Und wer sind die da?« Er deutete auf Gurk und die beiden anderen.

»Wir werden Ihnen alles erklären«, antwortete Charity, »aber jetzt müssen wir gehen. Und sei es nur«, fügte sie einer plötzlichen Eingebung folgend hinzu, »um diesen Panzer zu retten. Wenn sie zurückkommen und wir nicht mehr hier sind, dann finden sie ihn vielleicht nicht.«

Der junge Franzose zögerte noch immer. »Sie waren nicht allein«, sagte er. »Sie hatten einen Jäger bei sich. Warum?«

»Einen Jäger?«

»Kyle«, sagte Gurk. »Er hat den Megamann gesehen.«

»Sie meinen den Mann in der schwarzen Montur, der uns eine Weile begleitet hat?« vergewisserte sich Charity.

Jean nickte. »Den Jäger«, sagte er. »Was haben Sie mit ihm zu schaffen? Wieso war er bei Ihnen? Und wieso hat er Sie nicht angegriffen?«

»Auch das erkläre ich Ihnen — später«, sagte Charity. Sie machte eine Handbewegung auf die summenden, flackernden Kontrollinstrumente des Panzers.

»Bitte, Jean. Dieses Fahrzeug reagiert vollautomatisch, wie Sie selbst gesehen haben. Wenn sein Elektronenhirn zu dem Schluß kommt, daß wir in Gefahr sind, dann wird es das Feuer auf die *Ameisen* eröffnen. Und dann verlieren Sie es.«

Ihre Rechnung ging auf. Jean überlegte noch einen kurzen Moment, aber dann schien er einzusehen, daß Charity recht hatte. »Also gut«, sagte er schweren Herzens, »dann kommt mit.«

Sein Blick glitt fast wehmütig über die flackernden Kontrollinstrumente. Charity wartete darauf, daß er sie ausschalten würde. Aber er tat nichts dergleichen, sondern drehte sich schließlich mit einem Seufzen um und ging zur Tür.

»Schalten Sie ihn nicht ab?« Charity sah ihn verwirrt an.

»Abschalten?«

Charity deutete auf das Kontrollpult. »Der Motor läuft noch«, sagte sie.

»Welcher Motor?« erkundigte sich Jean verwirrt.

Charity sah ihn erstaunt an. Offensichtlich hatte er nicht nur keine Ahnung, was er gefunden hatte, sondern auch alles völlig unverändert gelassen. So unglaublich ihr der Gedanke im ersten Moment selbst vorkam: Der Motor dieses Leopard mußte seit Jahren laufen, seit mehr als fünfzig Jahren.

Also war es besser, wenn sie nichts anrührten. Gott allein mochte wissen, was geschah, wenn man einen Nuklear-Motor ausschaltete, der seit fünfzig Jahren lief . . .

Sie wandte sich zur Tür und prallte fast gegen Net, die mit angeekelter Miene versuchte, ihre Kleider von dem grauen Morast zu reinigen. »Was zum Teufel ist das für ein Zeug?« schimpfte die junge Wasteländerin. »Es ist schlimmer als Kleister!«

Jean sah sie fragend an, und Charity übersetzte sinngemäß.

»Manna«, sagte Jean.

Gurk sah ihn verwirrt an.

»Wir nennen es nur so«, sagte er. »Ich würde Ihnen nicht raten, etwas davon zu essen. Aber der Ameisenbrut schmeckt es ausgezeichnet.«

»Ameisenbrut?«

»Junge *Ameisen*«, erklärte Jean. »Die Eier, die die Königin legt, werden in den Fluß gebracht, wo sie ausschlüpfen. Die Jungen leben ausschließlich vom Manna, bis sie ausgewachsen sind und an Land kriechen. Aber sie verschmähen auch eine kleine Zwischenmahlzeit nicht, wenn sie sie kriegen können.«

»Das haben wir gemerkt«, erklärte Charity.

6

Er war verwirrt. Er hatte ein Gefühl kennengelernt, das er bis zu diesem Moment nicht gekannt, ja, nicht einmal für möglich gehalten hatte: das Gefühl, hilflos zu sein, nicht zu wissen, was er als nächstes tun sollte. Zum ersten Mal im Leben stand Kyle vor einer Situation, die er nicht einschätzen konnte. Alles war so anders gewesen; die Dinge hatten sich auf eine Art entwickelt, die ihn nicht nur überrascht, sondern ihn zutiefst erschüttert hatte. Er fühlte sich aus der Bahn geworfen. Sein Leben, das bisher nur aus Gehorchen bestanden hatte, war vollkommen durcheinander geraten. Er wußte nicht, wieso er hier war. Er wußte nicht, warum Stone ihn in den Transmitter gestoßen hatte. Und er wußte noch viel weniger, wieso er Captain Laird nicht gefangengenommen und die anderen getötet hatte, wie es seine Pflicht gewesen wäre. Alles war so verwirrend, so scheinbar völlig sinnlos. Er spürte eine neue Art von Schmerz; eine tiefe, dunkle Leere, die sich in seinem Inneren ausbreitete.

Er wußte nicht, wieso er überhaupt noch lebte.

Von allen Rätseln war dies vielleicht das größte. Die genetische Umprogrammierung, die mit dem Zellcode seiner DNS vorgenommen worden war, machte ihn nicht nur vom Menschen zum Übermenschen, sondern hätte auf der Stelle seinen Tod herbeiführen müssen; im gleichen Moment, in dem er aus dem Transmitter trat und begriff, daß es tatsächlich Shai war, wo die Verbindung endete.

Aber er lebte, und er hatte etwas Unvorstellbares getan: Er hatte die *Herren* verraten. Er hatte Captain Laird nicht nur nicht gefangengenommen, wie es sein Auftrag gewesen war, er hatte ihr und den anderen darüber hinaus zur Flucht verholfen und dabei zwei Dienerkreaturen getötet. Außerdem trug er die Schuld am Tod der Priesterin. Die alte Frau mußte den Verstand verloren haben, als sie ihn erblickte.

Was immer sein Erscheinen für sie bedeuten mochte, es mußte so schlimm gewesen sein, daß sie es vorgezogen hatte, lieber zu sterben als sich von ihm berühren zu lassen.

Vielleicht, dachte er, lag es an seinen Verletzungen. Er war schwerer verwundet worden als jemals ein Megakrieger zuvor. Captain Lairds Angriff in der Wüste hatte ihn fast umgebracht. Er war auch längst nicht wieder völlig hergestellt gewesen, als er in das Shai-Taan eingedrungen war und sich plötzlich von Dutzenden von Stones eigenen *Ameisen* attackiert sah. Vielleicht war etwas in seinem Gehirn in Unordnung geraten.

Kyle wußte, wie anfällig dieses Organ trotz aller Veränderungen war, die man daran vorgenommen hatte. Das war eine Gefahr, auf die ihn seine Lehrer immer wieder hingewiesen hatten: Gleichgültig, was man ihm antat, es gab kein Organ in seinem Körper, das sich nicht in kürzester Zeit selbst zu reparieren imstande war. Die einzige Ausnahme bildete das Gehirn. Es war zu komplex, als daß sich seine Zellen beliebig reproduzieren konnten.

Natürlich hatte man auch für diesen Punkt vorgesorgt. Kyle wußte, daß es in seinem Gehirn eine biologische Schaltung gab, die nichts anderes tat, als ununterbrochen die Funktionen der übrigen Gehirnzellen zu überprüfen; wie ein ständig ablaufendes Computerprogramm in einem hochkomplizierten Rechner. Und daß diese Zellgruppe augenblicklich zu seinem Tod führen würde, wenn sie feststellte, daß seine Fähigkeit zu logischem Denken und Handeln über ein gewisses Maß hinaus eingeschränkt war. Aber was, dachte er, wenn ausgerechnet *dieser* Teil seines Gehirns ausgeschaltet war?

Er verfolgte den Gedanken nicht zu Ende. Nein, was mit ihm geschehen war, hatte nichts mit irgendeiner organischen Fehlfunktion zu tun oder einem Fehler in seiner Grundprogrammierung.

Er mußte an das denken, was Captain Laird ihm gesagt hatte. Die Worte hätten ihn nicht beeindrucken dürfen, aber sie hatten es getan und etwas in ihm angerührt. Es war, als erwache etwas in ihm, ein völlig anderer Kyle, der nichts mit dem Megakrieger zu tun hatte, der er fünfundzwanzig Jahre seines Lebens gewesen war. Er wußte noch nicht, was er von diesem neuen Kyle halten sollte — aber er machte ihm angst.

Einer seiner hypersensibilisierten Sinne meldete sich, und Kyle reagierte instinktiv. Blitzschnell warf er sich zur Seite, rollte mit einer katzenhaften Bewegung hinter den Stamm eines mächtigen Baumes und nahm sich erst dann die Zeit zu lauschen.

Die Gerüche und optischen Eindrücke des Waldes schlugen wie eine Woge über ihm zusammen und verwirrten ihn für einen Moment total. Er begriff, daß er für eine Zeit, die er nicht einmal zu schätzen imstande war, fast blind durch den Dschungel gelaufen sein mußte. Er hatte kaum etwas in seiner Umgebung wahrgenommen, sondern war nur mit seinen eigenen Gedanken und Gefühlen beschäftigt gewesen. Und das erschreckte ihn erneut. Hatte er nicht gelernt, seine ganze Aufmerksamkeit seiner Umgebung zu schenken, ganz egal, wo er war oder welche Probleme ihn beschäftigten? *Was um alles in der Welt geschah mit ihm?*

Kyle begriff, daß er schon wieder dabei war, sich mehr auf seine eigenen Gedanken als auf seine Umgebung zu konzentrieren, und zwang sich, die Augen zu schließen und auf das Geräusch zu lauschen, das ihn gewarnt hatte.

Im ersten Moment gelang es ihm kaum; im Dschungel erklangen die verschiedensten Laute — das Rascheln des Windes in den Baumwipfeln, das Kreischen und Schreien von Tieren, die Schritte winziger harter Insektenfüße auf Blättern und Boden . . .

Zum ersten Mal im Leben verfluchte Kyle die unnatürliche Schärfe seines Gehörs, denn es ermöglichte ihm nicht nur, die Atemzüge eines Menschen auf fünfzig Meter Entfernung zu registrieren, sondern ließ ihn auch die zahllosen anderen Laute hören, die immer und überall da waren, selbst wenn ein gewöhnliches menschliches Ohr nur Stille vernahm. Normalerweise war er in der Lage, all diese störenden Geräusche einfach herauszufiltern, aber das fiel jetzt plötzlich schwer. Er brauchte endlos lange, bis er den Laut wiederfand, und dann noch einmal Sekunden, bis ihm klar wurde, was er da hörte.

Es waren Schritte. Die Schritte von zwei Männern und vier oder fünf Dienerkreaturen, die sich seinem Versteck rasch näherten. Und die sich auch keine besondere Mühe gaben, leise zu sein. Sie schienen sich sehr sicher zu fühlen — und warum auch nicht? Schließlich war das hier ihr Revier, der Ort, an dem sie zu Hause waren.

Kyle lauschte noch einen Moment, dann richtete er sich auf und schlich ein paar Schritte nach links hinter den Stamm eines umgestürzten Baumes. Der durchdringende Fäulnisgestank würde seinen eigenen Geruch überdecken.

Kyle wartete. Es vergingen nur wenige Augenblicke, bis die Schritte auch einem normalen menschlichen Beobachter aufgefallen wären, und schließlich sah er sie. Das Unterholz begann zu zittern, als eine der vorauseilenden Dienerkreaturen mit ihren kräftigen Armen einen Weg für die beiden Männer bahnte. Kyle hörte auf zu atmen, und für eine knappe Minute hielt er sogar seinen Herzschlag an.

Die beiden Männer waren Megamänner wie er. Sie waren noch sehr jung, aber sie verhielten sich selbst für Schüler beinahe sträflich leichtsinnig. Die Tarnvorrichtung ihrer Chamaleon-Anzüge war nicht eingeschaltet, so daß sich das lichtschluckende Schwarz des Gewebes deutlich vom Grün und Violett des Dschungels abhob. Und statt auf ihre Umgebung zu achten, schienen sie sich vollkommen auf die Aufmerksamkeit der Dienerkreaturen zu verlassen, denn sie waren in ein intensives Gespräch vertieft. Kyle achtete nicht auf die Worte, aber er konnte ihr Lachen hören, und einer der beiden deutete immer wieder auf den Busch vor sich.

Narren, dachte Kyle voller Verachtung. Selbst dem riesenhaften Eingeborenen mit der roten Haut, der Captain Laird begleitete, wäre es wahrscheinlich leichtgefallen, die beiden zu überraschen. Er würde die beiden töten können, ehe sie auch nur begriffen, daß sie in Gefahr waren, und . . .

Kyle spürte einen neuerlichen eisigen Schrecken, als ihm klar wurde, was er tat. Er betrachtete diese beiden Megamänner mit den Augen eines Feindes. Er schätzte seine Chancen ab, sie zu überwinden; die Killermaschine, die er war, lief bereits auf Hochtouren — aber das dort vorne waren seine Brüder! *Was um alles in der Welt geschah mit ihm?!*

Mit einem plötzlichen Ruck stand er auf und hob beide Arme. Wenn schon nicht diese beiden Narren, so registrierten doch zumindest die Dienerkreaturen diese Bewegung, denn zwei von ihnen fuhren blitzartig herum und zogen ihre Waffen. Aber sie feuerten nicht, als sie erkannten, wen sie vor sich hatten.

Auch die beiden jungen Krieger unterbrachen endlich ihre Unterhaltung. Einer von ihnen war immerhin geistesgegenwärtig genug, die Farbe seines Anzuges dem Hintergrund anzugleichen. Der andere starrte Kyle nur aus weit aufgerissenen Augen an. Kyle verspürte für einen Moment nichts anderes als den intensiven Wunsch, diesem jungen Narren eine Lektion zu erteilen. Aber natürlich tat er es nicht. Er blieb reglos stehen, dann trat er mit einem großen Schritt über den umgestürzten Baum hinweg und näherte sich den beiden Kriegern. Die Dienerkreaturen folgten seiner Bewegung aufmerksam mit ihren Waffen, unternahmen aber nichts, sondern ließen ihre Blicke nur unschlüssig zwischen ihm und den beiden jungen Kriegern hin- und herschweifen.

Kyle näherte sich den beiden bis auf drei Meter.

»Wer bist du?« fragte der, dessen Tarnanzug aktiv war.

»Mein Name ist Kyle«, antwortete Kyle. »Megakrieger erster Klasse.«

Er wartete vergeblich auf irgendeine Reaktion. Er registrierte eine erhöhte Herztätigkeit bei beiden. Aber diese Erregung war einzig auf sein plötzliches Auftauchen und nicht auf den Klang seines Namens zurückzuführen. Sie schienen nicht einmal zu wissen, wer er war.

»Kyle? Diesen Namen habe ich noch nie gehört.«

»Ich war . . . eine Weile fort«, sagte Kyle ausweichend. »Bitte deaktiviere den Chamäleon-Anzug. Es irritiert mich, mit einem Blatt zu sprechen«, fügte er hinzu.

Der Krieger zögerte einen Moment, aber dann senkte er die Hand zum Gürtel, und aus dem verschwommenen Fleck vor dem Wald wurde wieder ein schlanker Körper in einem nachtschwarzen Anzug; ein weiterer Fehler, der Kyle niemals unterlaufen wäre. Er begriff endgültig, daß diese beiden keine Gefahr darstellten. Hätte er es gewollt, dann wären sie gestorben, ohne auch nur zu begreifen, was überhaupt geschah.

»Du bist . . .« Plötzlich huschte ein Ausdruck des Erschreckens über das Gesicht eines der beiden jungen Männer. Seine Hand zuckte zum Gürtel und griff nach seiner Waffe. Endlich schien auch sein stumpfsinniger Begleiter zu begreifen, daß es sich bei Kyle um alles andere als einen harmlosen Spaziergänger handelte, denn auch er zog seine Waffe und wich blitzschnell drei, vier Schritte zurück. Kyle hatte alle Mühe, ein verächtliches Lachen zu unterdrücken.

»Ich bin der, den ihr sucht«, sagte er ruhig. »Ich nehme doch an, ihr sucht mich?«

»Rühr dich nicht von der Stelle!« sagte der jüngere der beiden. »Eine falsche Bewegung, und du bist tot.«

Kyle lächelte milde. »Ich werde mich nicht wehren«, sagte er. »Tötet mich.«

Während die Waffen der beiden jungen Krieger weiterhin drohend auf seinen Kopf gerichtet blieben, kamen zwei der Dienerkreaturen näher und griffen nach seinen Armen. Seine Hände wurden grob auf den Rücken gedreht und gefesselt. Zwei stählerne Ringe wurden um seine Fußknöchel gelegt, so daß er nur noch kleine, ungeschickte Schritte machen konnte. Dann zogen sich die beiden *Ameisen* hastig wieder zurück. Im Gegensatz zu den beiden Narren schienen sie sehr wohl zu wissen, daß Kyle auch gefesselt noch eine tödliche Gefahr darstellte.

»Müssen wir dich betäuben, oder folgst du uns freiwillig?« fragte der jüngere der beiden Krieger.

Kyle begriff. »Ihr sollt mich lebend einfangen?« fragte er überrascht.

Der Megamann nickte. »Wenn es möglich ist. Aber ich töte dich, wenn du auch nur versuchst, zu fliehen.«

Kyle machte sich nicht einmal die Mühe, darauf zu antworten.

Nach dem Aufstieg erschien ihr der Weg zurück fast wie eine Erholung; zumindest während der ersten Minuten. Jean hatte sie über ein Stück des fast deckungslosen Geländes zu einer Ruine geführt. Sie waren ins Kellergeschoß hinabgestiegen. Von dort aus hatte der Weg in einen verrotteten Kanalisationsschacht geführt, in dem zwar seit fünfzig Jahren keine Abwässer mehr flossen, der aber trotzdem erbärmlich stank. Dann waren sie dem Kanal ein Stück gefolgt, bis Jean abermals stehenblieb und sich an einer Klappe im Boden zu schaffen machte; alles in totaler Finsternis, aber mit solcher Selbstverständlichkeit, als könnte er in der Dunkelheit sehen.

Auf ein Zeichen hin waren sie eine Leiter hinuntergeklettert. Obwohl Charity nicht die Hand vor Augen sah, spürte sie doch, daß der Abgrund sehr tief sein mußte. Sie mußten sich längst unter dem Boden des ausgetrockneten Flusses befinden und stiegen immer weiter in die Tiefe. Jean führte sie durch ein wahres Labyrinth von Gängen, die manchmal so eng waren, daß sie auf Händen und Füßen kriechen mußten. Doch sie waren beileibe nicht allein hier unten. Mehrmals hörte Charity Geräusche, die weder sie noch einer der anderen verursachten, und einmal blieb Jean abrupt stehen und gebot ihnen flüsternd, still zu sein. Sie gehorchten, und obwohl Charity nicht den geringsten Laut hörte, hatte sie das Empfinden, angestarrt und gemustert zu werden — von Augen, die in der absoluten Dunkelheit hier unten so gut sehen konnten wie sie am hellen Tage.

Nach einer Weile atmete Jean erleichtert auf und erklärte ihnen, daß sie weitergehen konnten. Charity fragte ihn nach dem Grund seiner Unruhe.

»Ratten«, sagte er nur.

Charity verspürte einen neuen eisigen Schauer. Sie haßte Ratten. Wenn diese angriffslustigen Nager in dieser Welt überlebt hatten, bedeutete das mit ziemlicher Sicherheit, daß sie sich ihr *angepaßt* hatten. Und Charity wollte einer Ratte, die in diesem Alptraumdschungel hauste, lieber nicht begegnen.

»Wie weit ist es noch?« knurrte Skudder nach einer Weile. Seine Stimme klang unheimlich und verzerrt in dem hohen, runden Tunnel, durch den sie gingen. Es dauerte lange, bis das Echo seiner Worte zurückkam, und wie ihre Schritte klang es dumpf und metallisch.

Jean antwortete nicht auf die Frage, und Charity begriff erst nach einigen Sekunden, daß er sie gar nicht verstanden hatte. Hastig übersetzte sie, und der Franzose antwortete: »Wir sind gleich da. Nur noch einen Augenblick.«

Tatsächlich verging kaum eine Minute, bis er sie mit wenigen Worten aufforderte, einen Moment zu warten. Er entfernte sich in der Dunkelheit, aber nicht besonders weit. Dann hörten sie ihn an irgend etwas hantieren, und plötzlich flammte vor ihnen ein grelles, weißes Licht auf.

Charity hob geblendet die Hand über die Augen. Auch Skudder und Net preßten erschrocken die Lider zusammen, während Gurk völlig unberührt dastand und in den grellen Lichtkegel starrte. Seinen Augen schien das grelle Licht nichts auszumachen. Charity fragte sich, ob er vielleicht während der letzten Minuten so schweigsam gewesen war, weil er der einzige war, der in dieser Dunkelheit etwas hatte sehen können.

»Kommt her!«

Heftig blinzelnd trat Charity auf ihn zu. Ihre Augen gewöhnten sich allmählich an das grelle Licht. Immerhin erkannte sie jetzt, daß sie sich tatsächlich in einem Rohr befanden, dessen Wände fleckig und von großen, rostigen Stellen wie von Ausschlag übersät waren. Ein intensiver, dumpfer Geruch hing in der Luft und machte das Atmen schwer. Im ersten Moment konnte Charity ihn nicht einordnen, aber dann fiel ihr Blick auf die fast knöcheltiefe Schicht aus schwarzem, klebrigem Schlamm, die den Boden des Rohres bedeckte, und sie wußten, wo sie waren. Das Rohr war Teil einer alten Pipeline; eine der zahllosen stählernen Adern, die die Weltmetropole mit dem schwarzen Blut versorgt hatte, das ihr Herz schlagen ließ: Öl.

Zwei Schritte vor Jean blieb sie stehen und blickte mit einer Mischung aus Überraschung und Neugier zu ihm auf. Der junge Franzose stand nicht mehr auf dem Boden, sondern hockte auf einer sonderbaren Konstruktion, die Charity im ersten Moment an ein Motorrad erinnerte, aber das Gefährt hatte nicht zwei, sondern sechs Räder. Vier davon waren an einer Art Ausleger angebracht, die in einem Winkel von vielleicht dreißig Grad von dem Fahrzeug wegführten, so daß die Reifen an den aufwärts gekrümmten Innenwänden des Rohres entlangliefen.

Das Fahrzeug wirkte nur auf den wirklich ersten Blick lächerlich, dann begriff Charity, wie sinnvoll eine solche Konstruktion in einem Rohr sein konnte. Es wäre ein halsbrecherisches Unternehmen, in einem drei Meter durchmessenden Stahlrohr Motorrad fahren zu wollen. Mit diesem Gefährt war es wahrscheinlich ein Kinderspiel. Wenn der Motor, der unter der zersplitterten Kunststoffverkleidung hervorlugte, hielt, was seine Größe versprach, dann mußte Jean mit dem Ding an der Decke entlangfahren können.

Dem jungen Franzosen waren die bewundernden Blicke nicht entgangen, die Charity auf sein merkwürdiges Gefährt warf. Sein Gesicht leuchtete vor Stolz. »Gefällt Ihnen mein Pibike?« fragte er.

»Es ist . . . eine interessante Konstruktion«, sagte Charity ausweichend. »Haben Sie es selbst gebaut?«

Jean nickte eifrig. »Sie hätten es sehen sollen, als ich es bekam. Der reinste Schrotthaufen. Ich habe zwei Jahre gebraucht, um es zu bauen. Aber jetzt ist es das schnellste, das es in der ganzen Zone gibt.«

»Sie meinen, Sie sind nicht der einzige, der so etwas hat?« unterbrach ihn Charity.

Jean blickte sie an, als hätte sie ihn gefragt, ob die Sonne morgens aufging. »Natürlich nicht«, antwortete er. »Die meisten haben ein Pibike. Wie sollte man sonst von einem Ort zum anderen kommen?«

»Natürlich«, antwortete Charity mit einem unsicheren

Lächeln. »Was für eine dumme Frage.« Sie deutete mit einer Kopfbewegung in die Dunkelheit hinter Jean. »Es gibt also noch mehr von diesen Tunnelverbindungen?«

»Jede Menge. Ich kenne allein zwei Dutzend Tunnel. Einige sind eingestürzt, und zwei oder drei wurden gesperrt, nachdem ein paar Männer nicht zurückkamen, die sie erforschen wollten. Aber im allgemeinen sind sie sicher«, fügte er fast hastig hinzu, als er sah, daß Charity leicht zusammenfuhr. »Die *Ameisen* kommen nie hier herunter, und die Jäger auch nicht. Ich glaube, sie wissen gar nicht, daß es diese Gänge gibt.« Er schwieg einen Moment. »Da ist allerdings ein kleines Problem«, sagte er.

»Ja?«

»Ich kann nur einen von euch mitnehmen, allenfalls noch den Zwerg. Aber die beiden anderen müssen hier warten, bis ich zurückkomme.«

»Wir können laufen«, sagte Charity. »Fahren Sie einfach voraus und zeigen uns den Weg.«

»Laufen?!« Jean lachte, als hätte sie einen guten Witz gemacht. »Es sind fast zehn Kilometer. Ich brauche nur ein paar Minuten mit dem Pibike. Aber ich muß eben dreimal fahren.«

Charity übersetzte den anderen, was er gesagt hatte. Skudder verzog verärgert das Gesicht. »Eher krieche ich den ganzen Weg auf Händen und Füßen, als daß ich mich auf dieses *Ding* setze«, erklärte er. Net runzelte nur die Stirn, aber Gurk beeilte sich, Skudder mit einem heftigen Nicken beizupflichten.

»Unsinn!« entgegnete Charity. »Wir haben weder die Zeit noch die Kraft, sechs oder sieben Meilen durch eine leere Pipeline zu laufen. Der Junge hat recht — einer von uns sollte mitfahren und mit seinen Leuten sprechen, und die anderen warten hier.« Sie deutete auf die Wunde in Skudders Oberarm, wo ihn der glühende Metallsplitter getroffen hatte. »Das beste wird sein, du begleitest ihn. Du brauchst einen Arzt.«

Skudder machte eine wegwerfende Handbewegung. »Du fährst«, sagte er in einem Ton, der keinen Widerspruch mehr duldete.

»Er hat recht«, fügte Net hinzu. »Schon, weil du die einzige von uns bist, die seine Sprache spricht. Skudder und mir würde es schwerfallen, irgendwelche Fragen zu beantworten.«

»Und sie sind vielleicht nicht alle so freundlich wie dieser Kindskopf da«, fügte Gurk hinzu.

Charity sah den Zwerg ärgerlich an, aber sie widersprach nicht mehr. Der Gedanke, die drei anderen hier allein zurückzulassen, behagte ihr nicht, aber ihr blieb keine andere Wahl. Schweren Herzens nickte sie. »Also gut. Ich schicke ihn so schnell wie nur möglich zurück.«

Sie drehte sich um, ging zu Jean zurück und wollte zu ihm in den Sattel des Pibikes klettern, aber der Junge schüttelte den Kopf und bedeutete ihr mit einer Geste, noch einen Moment zu warten. Verblüfft sah sie zu, wie er sich über den Lenker beugte, sich einen Moment daran zu schaffen machte — und ihn dann mit einem Ruck abzog. Er drehte sich geschickt im Sattel des Motorrades herum, rutschte an sein hinteres Ende und befestigte ihn dort. Einen Augenblick später erlosch der Scheinwerfer, der Charity und die anderen bisher geblendet hatte, und dafür flammte auf der anderen Seite des Pibikes ein weißes Licht auf. Wahrscheinlich hat das Ding sogar zwei Motoren, dachte Charity verblüfft, oder der Junge hatte die Maschine so umgebaut, daß sie genauso schnell rückwärts wie vorwärts fuhr.

Sie warf Skudder einen letzten Blick zu, auf den sie ein fast schadenfrohes Grinsen des Hopis erntete, dann stieg sie hinter Jean in den Sattel des umgebauten Motorrads. »Halten Sie sich fest«, sagte Jean. »Es könnte ein bißchen holpern.«

Er startete den Motor. In dem engen, leeren Eisenrohr klang das Dröhnen der Maschine noch lauter, als es eigentlich war, und Charity mußte sich im ersten Moment beherrschen, um nicht erschrocken die Hände vor die Ohren zu schlagen.

»Fertig?« schrie Jean über das Brüllen des Motors hinweg, wobei er nervös am Gasgriff spielte und die Maschine immer wieder aufheulen ließ, als ob das Ding nicht schon genug Lärm machte.

»Fertig«, antwortete Charity. In der nächsten Sekunde klammerte sie sich mit aller Kraft um seine Hüfte und kämpfte verzweifelt darum, nicht einfach rücklings von der Maschine heruntergeschleudert zu werden, denn der junge Franzose gab rücksichtslos Gas: Die Maschine machte einen gewaltigen Satz nach vorn und raste wie ein Geschoß durch die Pipeline.

»Nicht so schnell!« brüllte Charity über das Kreischen des überdrehten Motors hinweg.

Tatsächlich nahm Jean ein wenig Gas weg und schaltete in einen höheren Gang, so daß das Dröhnen der Maschine nicht mehr ganz so ohrenbetäubend war.

»Fahren Sie nicht so schnell, Jean«, schrie Charity noch einmal. »Ich bitte Sie! Ich möchte lebend bei Ihren Leuten ankommen.«

Jean grinste sie über die Schulter hinweg voll jugendlicher Fröhlichkeit an. »Wir müssen so schnell fahren!« schrie er zurück.

»Aber warum denn?« brüllte Charity. »Es spielt doch gar keine Rolle, ob wir eine Minute eher oder später . . .«

Ein großer grauer Schatten huschte an ihnen vorüber, so schnell, daß Charity nicht einmal erkennen konnte, was es war, aber dem ersten Schemen folgte ein zweiter, dritter, und schließlich eine ganze Horde grauer, zottiger Körper.

Instinktiv klammerte sie sich fester an Jean und sagte nichts mehr, als er erneut Gas gab und das Pibike noch mehr beschleunigte. Das Muster aus schwarzen und roten Flecken an den Wänden der Pipeline wurde zu einem Mahlstrom aus Farben und Bewegung, der an ihnen vorüberjagte wie Sturmwolken in einem zu schnell ablaufenden Film.

Und immer wieder huschten diese grauen Körper vorbei: große, zottige Wesen mit glitzernden Augen und Krallen, die wie kleine Messer über den Stahl kratzten und manchmal nach ihnen zu schlagen versuchten, sie aber nicht erreichten, denn Jean entwickelte eine erstaunliche Geschicklichkeit darin, ihnen auszuweichen.

Charity fragte sich, wie er die Tiere bei dieser Geschwindigkeit rechtzeitig erkennen konnte — sie selbst nahm nichts als verschwommene Farben und Formen wahr.

Schließlich wurde das Fahrzeug langsamer. Sie rasten noch immer mit sicherlich sechzig oder siebzig Meilen durch den Tunnel, aber nach dem, was sie gerade erlebt hatte, kam Charity diese Geschwindigkeit fast wie eine Erholung vor.

»Was war das?« fragte sie.

»Ratten«, antwortete Jean, ohne sich zu ihr herumzudrehen.

Charity schauderte. Wenn das Ratten gewesen waren ... einige der Bestien mußten so groß wie ausgewachsene Schäferhunde gewesen sein!

Allmählich konnte Charity ihre Umgebung erkennen. Die Pipeline war nicht überall so unbeschädigt wie auf dem Stück, das sie bis jetzt zurückgelegt hatten. Zwei- oder dreimal passierten sie gewaltige Löcher, die offenbar gewaltsam in den Tunnel hineingeschlagen worden waren. Und einmal sahen sie eine Stelle, an der die Decke eingebrochen war, so daß sie sich tief über den Sattel der Maschine beugen mußten, um überhaupt hindurchzukommen.

Und schließlich bemerkten sie Licht.

Zuerst war es nur ein Funke in der Finsternis vor ihnen, der aber rasch zu einem Kreis von rötlicher Helligkeit wurde. Jean verlangsamte das Tempo nochmals, und Charity sah, wie er den Scheinwerfer mehrmals aufblendete; vermutlich, um irgend jemandem ein Zeichen zu geben.

Plötzlich endete der Eisentunnel, und das sonderbare Gefährt rollte in einen gewaltigen, kreisrunden Dom aus rostigem Stahl. Es begann zu wanken und kippte schließlich träge zur rechten Seite, vom Gewicht der riesigen Ausleger aus der Balance gebracht. Charity klammerte sich instinktiv fester an Jean.

Trotzdem wurde sie fast aus dem Sattel geschleudert, als die beiden rechten seitlichen Räder mit einem harten Ruck auf dem Boden aufsetzten.

Jean trat hart auf die Bremse, schaltete den Motor aus und drehte sich grinsend zu ihr um. »Alles in Ordnung?« fragte er fröhlich.

Charity zog eine Grimasse. »Ja«, knurrte sie. »Aber wo zum Teufel haben Sie fahren gelernt?«

Mit einer eleganten Bewegung schwang der Franzose sich von der Maschine, trat einen Schritt zurück und streckte die Hand aus, um Charity aus dem Sattel zu helfen. Einen Moment lang war sie versucht, seinen Arm zu ignorieren, aber dann griff sie nach seiner Hand, kletterte umständlich vom Sattel der Maschine, die wie ein gestrandetes Schiff schräg zum Stehen gekommen war, und sah sich zum ersten Mal gründlich um.

Überall in der gewaltigen stählernen Halle standen Pibikes,

wie Jean eines besaß, und keines ähnelte dem anderen. Es gab die absonderlichsten Konstruktionen, von denen einige nicht unbedingt so aussahen, als würden sie wirklich fahren. Ein Fahrzeug sah aus wie ein stählernes Spinnennetz, in dessen Zentrum ein Sitz angebracht war. Nun ja, dachte Charity spöttisch, warum auch nicht? Die Zeiten der industriellen Massenproduktion waren wohl endgültig vorüber. Was heutzutage hergestellt wurde, war Stück für Stück erlesene Handarbeit.

Sie löste ihren Blick von den Pibikes und drehte sich einmal im Kreis. Die Halle, in der sie sich befanden, war nichts anderes als ein riesiger, leerer Tank. Außer dem Tunnel, durch den sie selbst hereingekommen waren, mündete noch ein gutes Dutzend weiterer Pipelines in den rostigen Wänden. Auf der gegenüberliegenden Seite entdeckte sie ein mächtiges, aus schweren Eisenplatten zusammengeschweißtes Tor, das nachträglich eingebaut worden war. Wände und Decke zeigten auch hier ein wirres Fleckenmuster aus Rost und Teerschlamm, aber der Boden war überraschend sauber. Offensichtlich wurde diese Halle sehr oft benutzt.

Das Geräusch schwerer Schritte ließ sie herumfahren. Zwischen den willkürlich abgestellten Pibikes waren zwei Gestalten erschienen, die sich ihnen hastig näherten.

»Jean! Wo zum Teufel . . .«

Der Mann — er war ein paar Jahre älter als Jean, trug aber die gleiche Art von Kleidung und hatte ein Gewehr bei sich — verstummte überrascht, als er Charity bemerkte. Für eine Sekunde schien er einfach nur verwirrt zu sein, dann nahm er sein Gewehr mit einer lächerlich langsamen Bewegung von der Schulter und richtete es auf Charity.

»Wer sind Sie?« fragte er.

Charity wollte antworten, aber Jean kam ihr zuvor. »Nimm das Ding runter, Henry«, sagte er. »Sie ist in Ordnung.«

Doch Henry senkte seine Waffe nicht. Charity registrierte besorgt, wie stark seine Hände zitterten. Sie hoffte inständig, daß der Abzug dieser offenbar selbst gebastelten Waffe nicht zu empfindlich war.

»Wer sind Sie?« wiederholte Henry. In seiner Stimme klang Angst mit.

»Bitte, Henry«, sagte Jean. Er trat mit einem raschen Schritt zwischen Charity und den anderen und begann mit den Händen zu fuchteln. »Laß den Quatsch! Ich erkläre dir ja alles!«

Henry antwortete nicht, aber sein Begleiter trat mit zwei, drei schnellen Schritten zur Seite und richtete eine zweite, gleichartige Waffe auf Charity. Im Gegensatz zu Henry zeigte sein Gesicht nicht die mindeste Spur von Nervosität.

»Geh zur Seite, Jean«, sagte Henry noch einmal.

Diesmal gehorchte Jean. Er warf Charity einen raschen, fast beschwörenden Blick zu und setzte erneut an: »Wenn du mir einfach zwei Minuten zuhörst, dann wirst du begreifen, daß du auf dem besten Wege bist, dich lächerlich zu machen.«

Henry sah ihn einen Moment lang unsicher an und senkte das Gewehr ein Stück. »Wer ist sie?« fragte er. »Wo kommt sie her?«

»Ich habe sie draußen getroffen«, antwortete Jean. »Im Dschungel, und . . .«

»Im Dschungel?!« Henrys Augen weiteten sich vor Erstaunen. »Auf der *anderen* Seite?« Blitzartig hob er das Gewehr wieder. Er fuhr sich nervös mit der Zungenspitze über die Lippen.

Jean seufzte. »Ich würde es gern erklären«, entgegnete er, »wenn du mich ausreden lassen würdest.« Er machte eine erklärende Geste auf Charity, dann auf sein Pibike und schließlich auf den Tunnel, aus dem sie herausgekommen waren. »Ich war drüben. Irgendwas geht auf der anderen Seite des Flusses vor.«

»Es gab eine Explosion«, sagte Henry. »Die ganze Zone ist in Aufregung. Da draußen muß irgend etwas in die Luft geflogen sein.«

»Ich weiß«, sagte Jean. »Es war ein Gleiter.«

Henry blickte ihn voller unverhohlener Zweifel an. »Ein Gleiter?«

»Er hat uns angegriffen«, bestätigte Jean. »Mich und sie und die anderen. Wir haben praktisch danebengestanden, als er hochging.«

»Welche anderen?« mischte sich der zweite Mann ein.

Diesmal kam Charity Jean zuvor, als er antworten wollte. Mit einem schnellen Schritt trat sie neben ihn und wandte sich an den Mann, der noch immer sein Gewehr auf sie gerichtet hielt.

Obwohl er nur einen einzigen Satz von sich gegeben hatte, hatte sie das sichere Gefühl, daß er derjenige der beiden war, mit dem sie reden mußte.

»Meine Begleiter und ich«, sagte sie auf französisch.

»Da draußen sind noch mehr?«

»Es sind noch drei«, sagte Jean. »Sie warten darauf, daß ich zurückkomme und sie abhole.«

»Du wirst überhaupt nichts tun«, fuhr ihn der Mann an. Er gab Henry einen Wink, ohne Charity auch nur eine Sekunde aus den Augen zu lassen. »Geh und sage Barler Bescheid, daß wir Besuch bekommen haben. Ich passe auf sie auf.«

Henry zögerte einen Moment, bevor er im Laufschritt verschwand.

»Jetzt mach doch keinen Blödsinn«, begehrte Jean auf. »Die drei anderen warten auf mich. Ich habe versprochen, sie abzuholen. Willst du, daß die Ratten sie fressen?«

»Du bleibst hier«, beharrte der Mann. »Ihnen wird nichts passieren. Wir kümmern uns schon um sie, keine Angst. Und Sie . . .« Er machte eine knappe, aber befehlende Geste mit seinem Gewehr. ». . . legen bitte ganz vorsichtig Ihre Waffen auf den Boden.«

Charity schwieg und zog mit spitzen Fingern die Laserpistole aus dem Gürtel. Behutsam legte sie die Waffe vor sich auf den Boden und schob sie mit dem Fuß auf den Mann zu. Der Dunkelhaarige runzelte die Stirn, als er sah, daß es sich um einen der kleinen Strahler handelte, mit dem die *Ameisen* bewaffnet waren, sagte aber nichts.

Charity war plötzlich nicht mehr so sicher, daß sie sich mit Jeans Freunden wirklich die richtigen Verbündeten ausgesucht hatten. Sie warf Jean einen halb fragenden, halb zornigen Blick zu, den der Franzose mit einem verlegenen Achselzucken beantwortete.

»Das tut mir leid«, sagte er. »Ich verstehe auch nicht, was . . .«

»Schon gut«, unterbrach ihn Charity. »Im Grunde haben sie ja recht. Sie wären keine besonders guten Wachposten, wenn sie mir *nicht* mißtrauen würden.«

»Blödsinn!« Jeans Gesicht verfinsterte sich, während er den

Mann mit dem Gewehr anstarrte. Der andere erwiderte seinen Blick gelassen, und nach einer Weile wandte sich Jean wieder um und schlenderte scheinbar gelangweilt auf Charity zu.

»Hören Sie«, flüsterte er. »Sie . . . wissen nichts von der Festung. Und es wäre mir lieb, wenn das so bliebe.«

Charity sah den Jungen überrascht an. Im ersten Moment erschien es ihr fast unglaublich, daß Jean seinen Fund all die Jahre hindurch für sich behalten hatte — aber ein zweiter Blick in sein Gesicht bewies ihr, daß es ganz genau so war.

»Ich will es versuchen«, antwortete sie leise.

»Was habt ihr beiden da zu flüstern?« fragte der Mann mit dem Gewehr scharf.

»Nichts!« Jean funkelte ihn an. »Ich versuche nur, sie davon zu überzeugen, daß wir hier in der Freien Zone nicht alle solche Hornochsen sind wie ihr beide!«

Charity unterdrückte mit Mühe ein Lachen. Aber sie sagte nichts mehr.

7

Sein Zeitgefühl war durcheinandergeraten. Er wußte nicht, ob eine Stunde oder ein Tag vergangen war, seit man ihn hierhergebracht hatte. In seinem Inneren tobte ein Sturm von Gefühlen, die ihm fremd waren, obwohl sie doch aus ihm selbst stammten. Aber sie kamen aus einem Bereich seiner Seele, von dessen Existenz er bisher nichts geahnt hatte, als wäre da eine Mauer in seinen Gedanken gewesen, eine unsichtbare Wand, die er bisher nie hatte überschreiten können und die nun Risse bekommen hatte. Was dahinter lag, wußte er nicht. Aber es erschreckte ihn. Es war, als verfüge er plötzlich über zusätzliche Sinne; Sinne, die nicht den äußeren, sondern vielmehr den inneren Kosmos erforschten. All seine anderen, fast ins Unvorstellbare gesteigerten Sinne und Instinkte arbeiteten nach wie vor mit der gewohnten Präzision. Aber daneben begann er zu *fühlen*, was er fühlte, das war vornehmlich Schmerz; ein Schmerz, dessen wahren Grund er noch gar nicht kannte.

Kyle hörte die Schritte, die sich seiner Zelle näherten, Augenblicke, bevor sie die Tür erreichten. Langsam setzte er sich auf der schmalen, ungepolsterten Liege auf. Die dünnen, silberfarbenen Ketten bestanden aus einem Material, das selbst seinen Kräften standhielt. Er hatte ihnen gesagt, daß es nicht nötig war, ihn zu fesseln, aber natürlich hatten sie es trotzdem getan. Sie hatten ihn in diesen kleinen Raum mit Wänden und einer Tür aus Panzerstahl gebracht, der zudem von vier kleinen Kameras beobachtet wurde, die unter der Decke angebracht waren. Auch diese Kammer verwirrte Kyle. Er war nie zuvor in seinem Leben in einem solchen Raum gewesen, aber es war zweifelsfrei ein Gefängnis, das ganz speziell für jemanden wie ihn ausgelegt war. Kyle fragte sich verwirrt, warum es hier ein Gefängnis für Megakrieger gab. War er nicht der erste, dessen Konditionierung durcheinandergeriet?

Die Tür öffnete sich vollends, und ein Megakrieger betrat den Raum. Rasch löste er Kyles Fesseln und trat einen Schritt zurück. Dann verließ er die Zelle und wandte sich nach rechts. Auf dem Gang wartete ein zweiter Megakrieger auf ihn. Es waren ältere, erfahrene Männer, keine halben Kinder wie die beiden, denen er im Wald begegnet war. Schweigend nahmen sie ihn in die Mitte und eskortierten ihn zu einer Liftkabine am Ende des Korridors.

Als die Türen wieder aufglitten, blendete helles, türkisgrünes Sonnenlicht Kyles Augen. Verwirrt registrierte er, daß er fast eine Sekunde brauchte, um sich auf die veränderten Lichtverhältnisse einzustellen. Er schien mehr und mehr seiner Anpassungsfähigkeit einzubüßen. Zumindest wußte er jetzt wieder, wo er sich befand. Vorbei an den drei riesigen, silber schimmernden Kuppeln des Trainingskomplexes bewegten sie sich auf den Turm zu, und nicht zum ersten Mal fragte er sich, welchen Zweck diese sonderbare Konstruktion ursprünglich gehabt haben mochte. Der Turm war über dreihundert Meter hoch; selbst neben den titanischen Halbkugeln der Trainingshalle wirkte er noch beeindruckend — zumal er eine Schöpfung der primitiven Eingeborenenrasse war, die diesen Planeten vor der Kolonisation beherrscht hatte.

Kyle hob unwillkürlich den Blick und versuchte, den massigen Körper der Königin unter seiner Spitze zu erkennen. Aber er sah nichts als ein dunkles Glitzern, von dem er nicht ganz sicher war, ob es von riesigen, kalten Insektenaugen stammte, die ihn voller Haß und Mißtrauen musterten.

Doch selbst wenn die Königin ihn sah, würde sie kaum wissen, wer er war. Außerdem würde es sie auch kaum interessieren. Sie hatte andere Dinge zu tun, als sich um einen einzelnen Megakrieger zu kümmern, dessen Konditionierung durcheinander geraten war.

Trotzdem ließ ihn der Gedanke nicht los, während er zwischen seinen Bewachern den langgestreckten Glaskomplex des Hauptquartiers ansteuerte. Er wußte, daß die Königin mehr war als die stumpfsinnige, riesige Gebärmaschine, als die sie einem Außenstehenden erscheinen mochte. Aber er hatte sich nie Gedanken darüber gemacht, was sie wirklich war.

Sie betraten das Glaslabyrinth des Hauptquartiers und fuhren in einem Aufzug, dessen Wände ebenfalls aus Glas bestanden, zwei Etagen hinauf. Dann wurde er in einen weitläufigen, mit weißen und roten Kunststoffmöbeln ausgestatteten Raum geführt.

Kyle erstarrte, als er sah, wer dort auf ihn wartete. Vor dem Fenster an der gegenüberliegenden Wand standen drei Gestalten. Zwei davon ähnelten den Dienerkreaturen, die Captain Laird und ihre Freunde als *Ameisen* bezeichneten, nur daß ihr Panzer von einem harten, fast schon unangenehm anzuschauenden Weiß war. Nur ein einziges Mal hatte er einen der Inspektoren zu Gesicht bekommen; und zwar vor Jahren, als es einen Unfall in einer der Trainingskuppeln gegeben hatte und fast dreißig Novizen ums Leben gekommen waren.

Der Anblick der dritten Gestalt versetzte ihm einen Schock.

Es war Stone.

Der Planeten-Governor stand völlig reglos unter dem Fenster und sah Kyle an. Auf seinem Gesicht rührte sich nichts, aber Kyle spürte den Sturm von Gefühlen, der plötzlich in Stone losbrach. Dessen Puls- und Atemfrequenz verdoppelte sich fast. Hätte der Megamann nicht gewußt, daß es im Grunde unmöglich war, dann hätte er in diesem Moment geschworen, daß Stone kurz davor stand, vor lauter Angst den Verstand zu verlieren.

Und Kyle selbst . . .

. . . spürte Haß.

Es war ein Gefühl, das ihm vollkommen fremd war.

Zorn, Ärger, Enttäuschung, ja sogar Wut — all das kannte er, wenn auch zumeist aus der Zeit, bevor er seine Ausbildung beendet hatte, aber er hatte niemals gewußt, was es hieß, einen Menschen zu hassen.

Jetzt spürte er es.

Der Mann auf der anderen Seite des Zimmers hatte versucht, ihn zu töten; er hatte ihn verraten und ihn schließlich gezwungen, den größten Frevel zu begehen, den ein Megakrieger begehen konnte.

Für einen winzigen Moment, nicht lange genug, als daß er wirklich die Beherrschung über sich verlieren konnte, aber entschieden zu lange, als daß er das Gefühl nicht in seiner ganzen, schrecklichen Tiefe auskostete, wünschte Kyle sich, Stone zu packen und umzubringen.

Die beiden Megakrieger mußten spüren, was in ihm vorging, denn sie hoben kampfbereit die Hände. Aber dann hatte sich Kyle wieder in der Gewalt und lächelte müde. »Es ist gut«, sagte er. »Ich werde . . . nichts tun.«

Die beiden Megamänner entspannten sich ein wenig. Sie wußten, daß er die Wahrheit sagte, denn mehr als seine Worte verrieten ihnen die Reaktionen seines Körpers. Trotzdem blieben sie weiter aufmerksam, bereit, jederzeit einzugreifen, falls er doch die Kontrolle über sich verlieren sollte.

»Bringt ihn raus!« verlangte Stone.

»Das ist nicht nötig«, sagte Kyle ruhig. »Ich habe mich wieder in der Gewalt.«

»Ich traue ihm nicht«, beharrte Stone. »Er wird mich angreifen. Er hat sich meinen Befehlen schon einmal widersetzt.«

Kyle blickte Stone einen Moment lang durchdringend an, dann wandte er sich mit einem fragenden Blick an den Inspektor, der rechts neben Governor Stone stand; die winzige dunkelrote Tätowierung über seinem rechten Auge wies ihn als den ranghöheren der beiden Inspektoren aus.

»Ihr sollt ihn fortschaffen!« verlangte Stone erregt. »Ich . . .«

»Schweigen Sie!«

Die Stimme des Inspektors klang kalt und metallisch. Es war nicht wirklich seine Stimme, sondern das synthetische Produkt eines winzigen Übersetzungscomputers, der in seinen Kehlkopf implantiert worden war.

»Es besteht keine Gefahr«, fuhr der Inspektor fort. »Seine Konditionierung macht es ihm unmöglich, Sie anzugreifen. Solange ihm dies nicht ausdrücklich befohlen wird.«

Stone sah die weiße Riesenameise einen Moment lang unsicher an. Aber dann nickte er und trat mit ärgerlichem Gesichtsausdruck ein Stück zurück.

Der Inspektor wandte sich an Kyle. Seine kalten Insektenaugen musterten ihn auf eine Art und Weise, die ihm sonderbar unangenehm war. Er hatte niemals Angst vor diesen Geschöpfen gehabt, aber jetzt begann er, in ihrer bloßen Nähe ein Unbehagen zu verspüren. Er veränderte sich. Etwas in ihm war dabei, sich zu verwandeln.

»Du kennst die erste und einzige Regel deiner Klasse?« begann der Inspektor.

Kyle nickte. »Keinem Megakrieger ist es erlaubt, nach Abschluß seiner Ausbildung jemals wieder nach Shai zurückzukehren.«

»Warum bist du dann hier?« fragte der Inspektor kalt.

»Es geschah nicht freiwillig.«

»Du willst damit sagen, daß es ein Unfall war?«

Kyle zögerte einen Moment. »Nein«, sagte er schließlich.

»Wie kam es dann dazu?«

Kyle war ein wenig verwirrt. Die Inspektoren mußten den Grund wissen. Zweifellos hatten sie mit Stone gesprochen. Konnte es sein, daß er ihnen die Unwahrheit gesagt hatte? Der Gedanke erschien Kyle fast lächerlich, und doch war er im Moment die einzige Erklärung für die sonderbaren Fragen.

»Warum antwortest du nicht?« fragte der Inspektor.

»Wahrscheinlich, weil er sich gerade eine plausible Erklärung zurechtlegt«, sagte Stone. Er deutete anklagend mit der Hand auf Kyle. »Warum redet ihr überhaupt mit ihm? Allein die Tatsache, daß er hier ist, beweist doch, daß er nicht mehr ordnungsgemäß funktioniert! Vernichtet ihn, bevor er noch mehr Schaden anrichtet!«

»Schweigen Sie, Governor Stone!« Die Stimme des Inspektors klang immer noch kalt und sachlich. Trotzdem glaubte Kyle plötzlich, einen drohenden Unterton zu vernehmen.

Einen Moment lang blickte die weiße Riesenameise Stone ausdruckslos an, dann drehte sie sich mit einem Ruck wieder zu Kyle herum und machte eine auffordernde Geste mit zwei ihrer vier Arme. »Also?«

»Ich wurde von Governor Stone in den Transmitter hineingestoßen«, antwortete Kyle.

»Das ist nicht wahr!« schrie Stone. »Er lügt!«

Der Inspektor beachtete seine Worte gar nicht. »Warum sollte Governor Stone so etwas tun?« fragte er den Megamann.

»Das weiß ich nicht«, antwortete Kyle. »Möglicherweise, um mich auf diese Art loszuwerden.«

Stone wollte abermals auffahren, aber diesmal brachte ihn der Inspektor mit einer herrischen Geste zum Verstummen, noch ehe er ein einziges Wort sagen konnte. »Erklären Sie, wie Sie zu dieser Vermutung gelangen«, sagte er.

»Mir sind gewisse Unregelmäßigkeiten aufgefallen«, begann Kyle. »Governor Stone verhält sich nicht so, wie man es von einem Mann in seiner Position erwartet. Ich glaube, daß er seine Macht ausnützt, um persönliche Vorteile zu erlangen; zum Nachteil seiner eigentlichen Aufgabe.«

»Das ist lächerlich«, sagte Stone.

Auch diesmal ignorierte der Inspektor Stones Einwurf und gab Kyle mit einer Handbewegung zu verstehen, daß er fortfahren sollte.

»Mein Auftrag war, Captain Charity Laird und ihre Begleiter einzufangen oder zu eliminieren, falls dies nicht möglich sein sollte. Ich stieß auf unerwartete Schwierigkeiten. Die mit dem Namen Charity Laird bezeichnete Planetengeborene erwies sich als sehr viel gefährlicher, als Governor Stone behauptet hatte.«

»Dieser Teil der Geschichte ist uns bekannt«, sagte der Inspektor. »Was wir nicht wissen ist, was im Inneren des Shai-Taan geschah.«

»Governor Stones Truppen eröffneten das Feuer auf mich«, antwortete Kyle.

»Sie hielten ihn für einen Eindringling«, verteidigte sich

Stone. »Ihr Befehl lautete, jeden zu töten, der nicht ausdrücklich zum Betreten des Shai-Taan autorisiert ist. Es war nicht meine Schuld.«

Kyle sah Stone einen Herzschlag lang beinahe überrascht an. Er war jetzt vollkommen sicher, daß Stone log. War es bisher nur eine Vermutung gewesen, so wußte er jetzt, daß die Soldaten im Shai-Taan nicht zufällig, sondern auf Stones *ausdrücklichen* Befehl hin das Feuer auf ihn eröffnet hatten.

»Es gelang mir trotzdem, Captain Laird zu stellen«, fuhr er fort. »Aber da ich gleichzeitig gegen Stones Krieger kämpfen mußte, gelang es ihr und ihren Begleitern im letzten Moment, die Flucht zu ergreifen. Sie benutzten die gleiche Transmitterverbindung, über die ich hierhergekommen bin. Ich wollte ihnen folgen, erkannte aber im letzten Moment, auf welches Ziel der Transmitter justiert war.«

»Wieso haben die Soldaten Kyle angegriffen?« Der Inspektor wandte sich an Stone.

Der Governor zuckte trotzig mit den Achseln. »Wie ich schon sagte: Sie müssen ihn für einen Eindringling gehalten haben.«

»Sein Anzug sendet ein Erkennungssignal aus«, erklärte der zweite Inspektor.

Stone starrte ihn einen Moment lang fast haßerfüllt an. »Vielleicht war er beschädigt«, erwiderte er. »Kyle war mehr tot als lebendig, als er das Shai-Taan erreichte. Sein Anzug hing in Fetzen. Vielleicht wurde das Signal nicht ausgestrahlt.«

»Sein Anzug sieht nicht sehr beschädigt aus«, antwortete der Inspektor.

»Verdammt! Sie wissen so gut wie ich, daß sich diese Dinger genauso regenerieren wie diese . . . diese Ungeheuer«, antwortete Stone aufgebracht und deutete auf Kyle. »Ich weiß nicht, was passiert ist. Als er in die Halle stürmte, schoß er jedenfalls wie ein Wilder um sich. Ich fühlte mich selbst von ihm bedroht.«

Diesmal blickte der Inspektor Stone eine ganze Weile lang an. Und obwohl sein starres Chitingesicht gar nicht in der Lage war, irgendwelche Gefühle zu zeigen, glaubte Kyle zu spüren, wie wenig Glauben er Stones Worten schenkte. Aber er sagte nichts, sondern wandte sich schließlich wieder an Kyle und wiederholte seine auffordernde Geste.

»Als ich sah, auf welche Empfangsstation der Transmitter geschaltet war«, fuhr Kyle fort, »brach ich die Verfolgung ab. Governor Stone kam zu mir und forderte mich auf, Captain Laird zu folgen, aber ich erklärte ihm, daß das unmöglich sei.«

»Und dann?«

»Er stieß mich in den Transmitter«, sagte Kyle. »Ich war schwer verletzt und wurde von seinem Vorgehen völlig überrascht. Ich konnte nichts dagegen tun.«

»Aber das ist nicht wahr«, verteidigte sich Stone aufgebracht. »Ich wollte ihm aufhelfen, dabei muß er gestolpert sein.«

»Nach Ihrer Ankunft hier haben Sie zwei Soldaten und eine Priesterin getötet, Kyle«, fuhr der Inspektor fort, ohne Stones Einwand auch nur Beachtung zu schenken.

»Warum?«

»Die Soldaten griffen mich an«, erklärte Kyle. »Ich mußte mein Leben verteidigen. Am Tod der Priesterin trifft mich nur indirekt die Schuld. Als sie erkannte, wer ich war, setzte sie ihrem Leben freiwillig ein Ende.«

»Und danach ließen Sie Charity Laird und ihre Begleiter entkommen«, sagte der Inspektor.

Kyle nickte. »Das stimmt«, antwortete er zögernd. »Ich . . . war verwirrt. Ich wußte nicht mehr, was ich tun sollte. Die erste und einzige Regel war durchbrochen, und ich . . . ich . . .«

Er stockte, sah Stone und die beiden riesigen, weißen Ameisengeschöpfe fast verzweifelt an und wiederholte: »Ich war verwirrt.«

»Er lügt!« sagte Stone noch einmal. »Verdammt — begreift Ihr denn nicht? Der Kerl lügt mit jedem Wort! Er ist völlig außer Kontrolle geraten. Er steht auf ihrer Seite, nicht mehr auf unserer. Vernichtet ihn, ehe er uns alle umbringt!«

Die beiden Inspektoren antworteten nicht darauf, aber Kyle spürte ein neues, heftiges Aufwallen von Zorn. Erst jetzt fiel ihm auf, welche Worte Stone benutzte. Er sprach über ihn wie über eine Maschine, ein Ding ohne Seele und Bewußtsein, nicht wie über einen Menschen. *Aber das sind Sie, Kyle,* hatte Captain Laird gesagt. *Sie sind ein Mensch, und Sie werden es immer bleiben, ganz egal, was sie mit Ihnen gemacht haben.*

»Du weißt, was du getan hast, Kyle?« fuhr der Inspektor nach einer sehr langen Pause fort.

Kyle nickte.

»Du dürftest nicht mehr am Leben sein. Es ist denkbar, daß deine Überlebensinstinkte alles andere unterdrückt haben, als du gegen die beiden Soldaten kämpfen mußtest. Aber danach hättest du dich selbst töten müssen. Warum hast du es nicht getan?«

»Ich weiß es nicht«, sagte Kyle. Seine Stimme zitterte. »Ich . . . ich weiß nicht . . . was . . . was mit mir geschieht«, murmelte er gequält.

»Deine Konditionierung wurde durchbrochen«, antwortete der Inspektor. »Das ist erstaunlich. Ein bisher einmaliger Vorgang. Wir werden ihn untersuchen müssen.«

»Ihr wollt ihn doch nicht etwa am Leben lassen?« ächzte Stone. »Ihr müßt verrückt sein! Ihr . . . ihr wißt genau, wozu er in der Lage ist!«

»Etwas, das nicht geschehen kann, ist geschehen«, antwortete der Inspektor sachlich. »Seine Konditionierung wurde durchbrochen. Wir müssen herausfinden, wie das geschehen konnte.«

»Ja, falls er euch Zeit dazu läßt«, sagte Stone zornig.

Der Inspektor befahl ihm mit einer Geste zu schweigen und deutete dann wieder auf Kyle. »Wir werden dich untersuchen, Kyle. Deine Programmierung wird überprüft und wenn nötig erneuert. Über das, was vorher im Shai-Taan von Colorado geschah, wird später entschieden werden. Ebenso, wie über dein weiteres Schicksal.«

Es dauerte gute zwanzig Minuten, bis Barler kam. Charity und Jean versuchten in dieser Zeit mehrmals, ihren Bewachern zu erklären, wer sie war, aber die Männer hatten sie nicht verstehen wollen und lediglich drei weitere Pibikes losgeschickt, um Skudder und die beiden anderen abzuholen. Kurz bevor der Führer der Freien Zone in dem umgebauten Öltank erschien, kehrten sie zurück.

Weder Skudder noch Net sagten auch nur ein einziges Wort,

als sie von den Rädern gezerrt und zu Charity gebracht wurden, nur Gurk schimpfte ununterbrochen in seiner unverständlichen Muttersprache vor sich hin und warf Charity einen bitterbösen Blick zu.

Als Barler schließlich erschien, erkannte ihn Charity sofort, noch bevor Jean ihr seinen Namen zugeflüstert hatte. Der Franzose mochte ungefähr vierzig sein, er war fast so groß wie Skudder, aber weniger muskulös. Er hatte dunkles, kurzgeschnittenes Haar, nur auf der linken Seite des Kopfes prangte die unverwechselbare Narbe einer alten Laserverletzung. Außerdem zog er das linke Bein ein wenig nach.

Aber trotz dieser Behinderung strahlte er eine ungeheure Selbstsicherheit und Stärke aus. Als Barler sah, daß Charity und die drei anderen von fast zwei Dutzend schwer bewaffneten Männern bewacht waren, schürzte er rasch und abfällig die Lippen. Aber er sagte nichts, sondern trat auf Charity zu, maß sie mit einem langen, nicht unbedingt unfreundlichen Blick und fragte in beinahe akzentfreiem Englisch: »Wer zum Teufel sind Sie?«

Skudder wollte antworten, aber Charity trat rasch einen halben Schritt auf Barler zu. Sofort hob der Mann hinter ihm drohend sein Gewehr. Barler wandte den Kopf und schenkte ihm einen ärgerlichen Blick, worauf der Mann mit einer fast verlegenen Geste seine Waffe wieder senkte.

»Also?« wiederholte Barler. »Wer seid ihr? Und wo kommt ihr her?«

»Mein Name ist Laird«, antwortete Charity. »Captain Charity Laird, US Space Force.« Sie lächelte flüchtig, als sie Barlers Stirnrunzeln bemerkte. »Aber das wird Ihnen wohl kaum etwas sagen.«

»Was bringt Sie auf diesen Gedanken, Miss Laird?« antwortete Barler. Er seufzte und sah für einen ganz kurzen Moment fast bekümmert aus. »Ich weiß nicht, welchen Eindruck Sie bisher von uns bekommen haben«, sagte er, »aber ich fürchte, er ist nicht ganz richtig. Wir sind weder Trottel noch Wilde. Ich weiß sehr wohl, was die US Space Force ist. Und ich weiß auch«, fügte er nach einer kurzen, aber bedeutungsschweren Pause hinzu, »daß sie seit fast sechzig Jahren nicht mehr existiert.«

»Das stimmt«, antwortete Charity vorsichtig. »Ich bin irgendwie übriggeblieben, wissen Sie?«

In Barlers Augen blitzte es ärgerlich auf. »Hören Sie auf, Unsinn zu reden, Captain Laird«, sagte er scharf. »Wer sind Sie? Und was ist das für eine Geschichte, daß Jean Sie drüben im Dschungel getroffen hat?«

»Das ist die Wahrheit«, antwortete Charity. »Aber es läßt sich nicht so einfach erklären. Es ist eine . . .« Sie zögerte. ». . . eine ziemlich lange Geschichte.«

Barler lächelte gequält. »Wir haben sehr viel Zeit«, antwortete er. »Und ich bin ein geduldiger Zuhörer.«

Charity seufzte. Sie hatte gewußt, daß es nicht leicht sein würde, die Bewohner der Freien Zone davon zu überzeugen, daß sie wirklich die waren, für die sie sich ausgaben. Und trotzdem war sie im Moment verwirrt. Barler war so ganz anders, als sie erwartet hatte. Sie spürte, wie zerbrechlich das Eis war, auf dem sie sich bewegte. Barler war zweifellos ein Mann von großer Intelligenz — aber er würde keine Sekunde zögern, sie erschießen zu lassen, wenn sie auch nur eine falsche Antwort gab.

»Also gut«, begann sie. »Mein Name ist Charity Laird, und ich stamme aus . . .«

Er hatte Angst. Er sehnte sich nach der Wärme seiner Mutter zurück, nach ihrer sanften Stimme und ihrem Geruch, aber statt dessen hatte er sich in einem Universum aus schimmerndem Chrom und kalten, funkelnden Geräten wiedergefunden, die er nicht verstand. In einer Welt voller riesiger Wesen, die ihn aus glitzernden Augen anstarrten und ihn manchmal mit ihren harten Krallen schmerzhaft berührten. Eine Zeitlang hatte er geschrien, aber niemand hatte darauf reagiert, und irgendwann war sein Schreien zu einem Wimmern geworden und schließlich ganz verstummt. Seither lag er hier, in einem Bett, das viel weicher war, als er es kannte. Er war zwei Jahre alt.

Als es Abend wurde, begann er wieder zu weinen, und diesmal reagierte jemand darauf: Er hörte schwere, sonderbar klickende Schritte, und dann beugte sich eines der sonderbaren Wesen über sein Bett und starrte aus Augen auf ihn herab, die aus Millionen winziger geschliffener Glasflächen zu bestehen schienen.

Der Anblick dieses Wesens erschreckte ihn. Es war groß und hart, und es hatte zu viele Arme, dafür aber kein Gesicht. Er begann mit den Beinen zu strampeln und nach den dünnen, schwarzen Armen zu schlagen, die ihn aus seiner Wiege nahmen, aber natürlich erreichte er nichts. Das böse, schwarze Ding trug ihn zu einem Tisch, legte ihn darauf und hielt ihn mit zwei seiner schrecklichen Hände fest, während die beiden anderen sich an seinem Körper zu schaffen machten und ihm große Schmerzen zufügten. Sein Hals tat bald weh vom Schreien, und seine Kräfte erlahmten; trotzdem hörte er nicht auf, sich nach Leibeskräften zu wehren.

Das schwarze Ungeheuer zwang ihn, den Mund zu öffnen und zu trinken. Was in seine Kehle hinunter rann, schmeckte bitter. Er hustete, würgte das meiste wieder hervor und wäre fast an seinem eigenen Erbrochenen erstickt. Augenblicke später geschah etwas Seltsames: Eine wohlige Ruhe begann sich in seinen Gliedern breitzumachen, ein Gefühl von Wärme und Stärke, wie er es zuvor noch nie erlebt hatte, und gleichzeitig griff eine sonderbare Willenlosigkeit nach seinen Gedanken. Er wußte noch immer, wo er war, er wußte noch immer, daß man ihm seine Mutter genommen und ihm statt dessen dieses furchtbare, schwarze Ungeheuer gegeben hatte, und doch hatte er plötzlich nicht mehr die Kraft, sich zu wehren. Er hörte auf zu schreien, und nach einer Weile schloß er die Augen und schlief ein.

In dieser Nacht begannen die Träume.

Kyle wimmerte vor Schmerzen, als er die Augen öffnete. Es war keine körperliche Qual, sondern eine Pein, die tief aus seiner Seele emporstieg und die keine Droge, keine Konditionierung zu mildern vermochte. Es war die Qual der Erinnerung daran, wer er wirklich war und was sie mit ihm getan hatten.

»Er erwacht.«

Kyle fühlte, wie harte, kalte Insektenhände nach seinem Arm griffen und eine dünne Nadel in seinen Arm stachen. Augenblicke später lief eine heiß brennende Flüssigkeit in seinen Arm. Instinktiv versuchte er, seine veränderte Körperchemie dazu einzusetzen, das Medikament zu analysieren und zu neutralisieren. Aber es gelang ihm nicht. Was immer es war, es war stärker als er; eine Droge, die die Abwehrmechanismen seines Körpers überrannte und schon nach Sekunden seinen Kreislauf überschwemmte und sein Gehirn erreichte. Seine Umgebung begann wieder vor seinen Augen zu verschwimmen. Er sah die beiden weißen Gestalten der Inspektoren wie diffuse Gespenster vor sich, zwischen denen ein dritter, kleinerer Schatten tanzte.

»Warum tut ihr das?«

Er kannte diese Stimme. Sie gehörte Stone. Und er spürte, daß dieser Name etwas Besonderes für ihn war; etwas, das wichtig war und das er haßte wie sonst nichts auf dieser Welt.

»Er muß sich erinnern.« Diese Stimme klang anders, sie war kalt, als spräche eine Maschine und kein lebendes Wesen.

»Wir müssen den Moment finden, an dem sich ein Fehler in seine Konditionierung eingeschlichen hat. Nur so können wir sie erneuern. Und verhindern, daß er sich bei anderen wiederholt.«

Kyle war plötzlich nicht mehr in der Lage, sich zu konzentrieren. Die ungleichen Schatten begannen vor seinen Augen zu verschwimmen, und alles wurde unwirklich und unwichtig.

Er schloß die Augen und war wieder zwei Jahre alt.

»Und diese Geschichte soll ich jetzt glauben?« Barler lächelte kopfschüttelnd und fuhr sich mit einer unbewußten Geste über die verbrannte Haut an seiner linken Schläfe. Er stand in lässiger Haltung gegen eines der Pibikes gelehnt. Sein sympathisches Gesicht und die sanftmütigen Augen täuschten Charity keine Sekunde darüber hinweg, wie gefährlich Barler in Wahrheit war.

»Sie behaupten also, die Invasion der Marine miterlebt zu haben? Sie haben die letzten fünfundfünfzig Jahre in einer Tiefkühlkammer zugebracht, und nachdem Sie aufgewacht sind, haben Sie natürlich sofort damit begonnen, die Erde von der Tyrannei der Invasoren zu befreien. Und nicht genug damit — es ist Ihnen sogar gelungen, das Vertrauen eines Jägers zu erringen.«

»Das weiß ich nicht«, erklärte Charity. »Aber immerhin hat er uns laufen lassen.«

Barler schüttelte abermals den Kopf. »Angenommen, Sie sagen die Wahrheit, Captain Laird. Dann versuchen Sie doch bitte, sich in meine Lage zu versetzen und mir zu sagen, ob Sie all das glauben würden, was Sie mir erzählt haben.«

Charity seufzte tief. Sie hatte diese Frage befürchtet, ohne darauf eine befriedigende Antwort zu wissen.

»Was zum Teufel erwarten Sie von uns«, fragte Skudder schlechtgelaunt. »Einen Persilschein der Moroni, von Stone gegengezeichnet?«

Barlers Fingerspitzen begannen, einen schnellen, leisen Rhythmus auf den Tank des Pibikes zu trommeln, an dem er lehnte, während er abwechselnd Charity und den Hopi ansah. »Ich weiß nicht, wer Stone ist«, sagte er. »Aber ich weiß, daß das, was Sie da erzählen, ziemlich unglaublich klingt.«

»Aber es ist die Wahrheit«, sagte Net. »Fragen Sie doch Jean. Er war bei uns. Immerhin haben uns die *Ameisen* um ein Haar umgebracht.«

»Ich bezweifle nicht, daß sie Ihre Feinde sind«, antwortete Barler geduldig, »aber Ihre Feinde müssen nicht unbedingt unsere Freunde sein. Außerdem«, fuhr er mit leicht erhobener Stimme fort, »stimmt mich vielleicht gerade die Tatsache Ihres Entkommens nachdenklich.«

»Wäre es Ihnen lieber, sie hätten uns erschossen?« fragte Net giftig.

»Ich lebe jetzt seit über vierzig Jahren hier«, erwiderte Barler, »und ich habe selbst ein paar von diesen Biestern erledigt. Aber ich habe noch nie gehört, daß es jemandem gelungen sein soll, einem Gleiter zu entkommen, geschweige denn, ihn zu vernichten.«

»Das waren wir nicht«, sagte Charity zum wiederholten Mal. »Es war dieser Panzer.«

Statt etwas zu entgegnen, warf Barler Jean einen langen, fast vorwurfsvollen Blick zu. Charity hatte erst nach einer Weile begriffen, daß tatsächlich niemand hier in der Freien Zone von der Existenz des Leopards wußte. Jean hatte seine Entdeckung wirklich jahrelang für sich behalten. Barler hatte bisher kein Wort darüber verloren, wohl aber zwei Männer zur Insel geschickt, damit sie sich Jeans Festung ansahen.

»Selbst wenn es diesen Panzer gibt«, sagte Barler nach einer Weile, »dann erklären Sie mir eines: Die Gleiter patrouillieren fast ununterbrochen über dem Fluß, und Sie sind nicht die ersten Menschen, die von ihnen angegriffen werden. Wenn dieses Ding dort steht, und wenn es automatisch reagiert, sobald ein menschliches Leben bedroht wird, wieso hat es dann nicht schon vor fünfzig Jahren zugeschlagen?«

Charity zögerte einen Moment, zu antworten. Sie hatte sich diese Frage schon vor Stunden gestellt, als sie zusammen mit Jean im Inneren des Leopards gewesen war. Und sie glaubte die Antwort zumindest zu ahnen.

»Ich glaube, er hat nicht *uns* verteidigt«, sagte sie zögernd, »sondern *mich.*«

Barler zog die Augenbrauen zusammen. »Ich verstehe«, sagte er spöttisch. »Sein Elektronengehirn ist darauf programmiert, fünfundachtzigjährige Astronautinnen zu retten. Zumindest, wenn sie so gut erhalten sind wie Sie.«

»Nein«, antwortete Charity ernst. »Aber dieses Ding.« Sie öffnete die beiden oberen Knöpfe ihrer Uniformjacke, streifte die dünne, unzerreißbare Kette über den Kopf und hielt Barler ihre ID-Plakette entgegen, zog sie aber mit einem bedauernden Achselzucken wieder zurück, als der Franzose danach greifen wollte.

»Er würde Ihnen nichts nützen«, sagte sie erklärend. »Fragen Sie mich bitte nicht, wie es funktioniert, aber diese Ausweise sind auf ihre Träger abgestimmt. Sie funktionieren nur, solange sie sich in der Hand ihres rechtmäßigen Besitzers befinden.«

»Ein Class-A-Ausweis.« Barler verzog anerkennend die Lippen.

»Sie wissen, was das ist?«

»Natürlich«, antwortete Barler ruhig. »Ich sagte es doch schon einmal, Captain Laird — ich bin über einiges im Bilde.« Er lehnte sich wieder gegen die Maschine, starrte einen Moment lang an Charity vorbei ins Leere und wandte sich schließlich an Jean. »Du hast dieses Fahrzeug also vor fünf Jahren entdeckt«, sagte er.

Jean nickte. »Ja«, gestand er kleinlaut.

»Es ist dir nie gelungen, irgend etwas damit anzufangen?«

fragte Barler. »Ich meine, außer darin herumzusitzen und unser aller Leben aufs Spiel zu setzen?«

Jean wich seinem Blick aus, während er verlegen den Kopf schüttelte. »Nicht viel. Ich . . . habe entdeckt, wie man den Hauptcomputer einschaltet. Er ist irgendwie verschlüsselt, aber ich bin sicher, daß ich den Code herausfinden kann. Ich hatte schon angefangen, alle Möglichkeiten durchzuprobieren.«

»Oh«, Barler lächelte amüsiert. »Du meinst, du wolltest einfach wild herumprobieren, bis du den richtigen Code gefunden hast?«

Jean nickte. »Wie sonst?«

»Ja, wie sonst«, erwiderte Barler. Er sah Jean fast mitleidig an und schüttelte den Kopf, als könne er seine Naivität einfach nicht begreifen. »Ich fürchte, du hättest ziemlich lange herumprobieren können. Was meinen Sie, Captain Laird — wie lange hätte er gebraucht?«

Charity zuckte mit den Achseln. »Ich bin nicht sicher«, sagte sie, »aber wenn er jeden Tag zehn Stunden daran gearbeitet hätte . . . hundert, vielleicht auch hundertfünfzigtausend Jahre.«

Jean erbleichte, und Barler lächelte einen Moment amüsiert und deutete dann auf die kleine ID-Plakette, die Charity noch immer in der Hand hielt. »Sie glauben also, daß der Panzer darauf reagiert hat?«

»Ich weiß es nicht«, gestand Charity, »aber wenn all seine Systeme noch einwandfrei funktionieren, dann muß er das Signal aufgefangen und ausgewertet haben. Und wenn sein Elektronenrechner zu dem Schluß kam, daß dieser Angriff mein Leben bedroht . . .« Sie machte eine vage Geste mit beiden Händen. »Nun, dann hat er so reagiert, wie es seine Programmierung für einen solchen Fall vorsieht.«

»Nur Nato-Generäle und hochrangige Regierungsbeamte bekommen einen Class-A-Ausweis«, sagte Barler.

»Ich weiß.«

Er sah Charity fragend an. »Sind Sie eines von beidem?« fragte er.

»Nein«, antwortete sie. »Aber ich habe trotzdem einen — wie Sie sehen.«

»Wenn dieses Ding echt ist«, sagte Barler.

»Das ist es«, antwortete Charity verärgert. »Aber ich habe leider nicht die geringste Ahnung, wie ich es Ihnen beweisen soll.« Sie streifte die Kette wieder über den Kopf, verbarg den Anhänger unter ihrer Jacke und schloß die Knöpfe wieder.

»Ich kann ja verstehen, daß Sie uns nicht trauen, Barler«, fuhr sie fort, »aber die Geschichte, die ich Ihnen erzählt habe, ist wahr. Und wir haben einfach nicht genug Zeit, darauf zu warten, bis Sie sich entschlossen haben, uns zu glauben oder nicht. Früher oder später werden Kyles Brüder hier auftauchen, um nach uns zu suchen. Und es wäre besser für Sie, wenn wir dann nicht mehr hier sind.«

»Sie kommen nicht hierher«, antwortete Barler in so überzeugtem Ton, daß Charity ihm nicht mehr widersprach. »Und was die Frage angeht, ob ich Ihnen glaube oder nicht . . .« Er sah Charity einen Moment lang nachdenklich an, stand plötzlich auf und machte eine auffordernde Handbewegung. »Folgen Sie mir!«

Barler winkte ab, als auch Skudder, Net und Gurk aufstehen wollten, um ihm zu folgen. »Nur Sie«, sagte er.

Skudder runzelte die Stirn, und Charity warf ihm einen raschen, besänftigenden Blick zu. »Es ist schon gut«, sagte sie. »Ich traue ihm.«

»Ich nicht«, sagte Skudder. »Wenn Sie ihr etwas antun, bringe ich Sie um«, rief er Barler nach.

Der Franzose lächelte und ging mit raschen Schritten um das Pibike herum auf das riesige Stahltor zu, wo er noch einmal stehenblieb und darauf wartete, daß Charity ihm folgte. Henry und ein zweiter Mann wollten sich ihm anschließen, aber Barler schüttelte den Kopf.

»Wir gehen allein«, sagte er. »Gebt inzwischen gut auf unsere Gäste acht.« Er deutete auf Skudder. »Und jemand soll sich um seinen Arm kümmern. Die Wunde sieht nicht gut aus.« Sie verließen den Raum und wandten sich nach links. Barler führte sie durch einen schmalen, niedrigen Korridor aus rostigem Metall, der am Fuße einer ebenfalls verrosteten Treppe endete. Charity war ein wenig überrascht, daß hier draußen nirgendwo Männer auf sie warteten. Barler schien wirklich allein mit ihr bleiben zu wollen. Das war ziemlich ungewöhnlich. Wenn er tatsächlich wußte, was die Space Force gewesen war, dann mußte er auch wissen, daß zu ihrer Schulung auch eine Nahkampfausbildung gehörte.

Die Treppe endete auf einem Korridor, an dessen gegenüberliegender Seite eine zweite, breitere Metalltreppe nach oben führte. Barler wandte sich in die entgegengesetzte Richtung und machte eine auffordernde Handbewegung, als sie zögerte, ihm zu folgen.

»Wohin gehen wir?«

»Das werden Sie schon sehen«, antwortete Barler grob.

Fast eine Viertelstunde lang folgte Charity dem Franzosen durch gleichförmige, leere Gänge aus rostigen Eisenplatten, die ein regelrechtes Labyrinth unter der Erde bildeten, dann erreichten sie eine niedrige Metalltür.

Charity hielt überrascht mitten im Schritt inne, als Barler die rostige Stahltür öffnete, und sie sah, wo sie sich befanden.

Vor ihnen lag eine gewaltige, weiß gekachelte Halle, deren ganze Größe im flackernden Schein der wenigen Fackeln, die an den Wänden angebracht waren, nur zu ahnen war. Nur ein kleines Stück von der Tür entfernt begannen die unteren Stufen einer breiten, völlig verrotteten Rolltreppe. Auf der anderen Seite erstreckte sich fast ein halbes Dutzend schimmernder Schienenstränge, die am Ende der Halle zusammenliefen und in zwei riesigen, halbrunden Tunneln endeten. Charity registrierte beiläufig, daß sich auf diesen Schienen keine Spur von Rost zeigte.

»Das ist die Metro!« sagte Charity verblüfft.

Barler blieb stehen und blickte mit einem flüchtigen Lächeln zu ihr zurück. »Natürlich ist sie das«, sagte er. »Was haben Sie erwartet?«

Charity starrte fassungslos auf den gelbgestrichenen U-Bahn-Zug, der nur wenige Schritte entfernt stand. Er hatte nur einen Wagen, aber seine Türen standen offen und die Innenbeleuchtung brannte — zumindest soweit die Leuchtstoffröhren noch intakt waren. Charity hörte ein leises, vertrautes Summen; ein Geräusch, das ihr früher so selbstverständlich gewesen war, daß sie es gar nicht mehr wahrgenommen hatte.

»Sie . . . funktioniert noch?« fragte sie ungläubig.

»Sie funktioniert *wieder«*, verbesserte sie Barler. Wieder lächelte er dieses seltsame, fast traurige Lächeln. »Nicht mehr ganz so zuverlässig und pünktlich wie früher, und die Züge fahren auch nicht mehr so oft. Aber dafür kann man jetzt getrost hier herunterkommen und braucht keine Angst zu haben, überfallen und ausgeraubt zu werden.«

Charity blickte abwechselnd ihn und den U-Bahn-Zug an. Der Anblick dieses zwar heruntergekommenen, aber völlig intakten Metro-Zuges erschütterte sie mehr, als sie selbst verstand.

»Wir benutzen sie nur sehr selten«, sagte Barler, dem ihr Erstaunen natürlich nicht entgangen war. »Sie verbrauchen eine Menge Strom, und die Ersatzteile für die Wagen werden allmählich knapp.« Er schien auf eine Antwort zu warten und machte dann eine einladende Geste auf den Wagen. »Kommen Sie!«

Charity war viel zu verblüfft, um zu widersprechen. Gehorsam folgte sie Barler und betrat das U-Bahn-Abteil. Sie fuhr erschrocken zusammen, als sich die Türen hinter ihnen selbsttätig schlossen, und griff hastig nach einem Halt, denn der Wagen setzte sich mühsam und mit kleinen, harten Rucken in Bewegung. Die Metrostation huschte an den Fenstern vorüber, dann tauchte der Wagen in einen der Tunnel ein, und Dunkelheit umgab sie.

»Setzen Sie sich, Captain Laird«, sagte Barler freundlich. »Es wird eine Weile dauern.«

Charity gehorchte, während Barler nach vorn ging, um mit dem Fahrer zu sprechen.

Das sanfte Rütteln des Wagens und das monotone, auf so erschreckende Weise fast vertraute Geräusch der eisernen Räder auf den Schienen begannen eine sonderbare Wirkung auf Charity auszuüben. Sie ließ sich in den zerschlissenen Kunststoffpolstern zurücksinken und bettete die Schläfe an der Scheibe, schloß die Augen und genoß das Gefühl des kühlen Glases auf der Haut, wie sie es so oft getan hatte, früher, in einem anderen, verlorenen Leben.

Aber vielleicht, dachte sie, hatten sie eine zweite Chance.

Vielleicht war es ihnen — nicht ihr oder Skudder, sondern den Generationen, die nach ihnen kamen, möglich, eine neue und vielleicht sogar bessere Welt aufzubauen. Möglicherweise hatten die Moroni nichts anderes getan, als eben den natürlichen Lauf der Dinge zu beschleunigen. Die Kultur des 20. Jahrhunderts war nicht die erste Zivilisation, die fast spurlos vom Antlitz dieser Welt verschwunden war.

Aber vielleicht war es die letzte. Wenn es ihnen nicht gelang, die Moroni zurückzuschlagen, dann würde es keine neue Zivilisation mehr geben, die sich wie Phönix aus der Asche aus den Trümmern der Welt erhob.

Es war so . . . unfair, dachte sie. Fünfzig Jahre später, dachte sie bitter, und sie hätten diese Bestien dorthin zurückgejagt, wo sie hergekommen waren. Lächerliche fünfzig Jahre, bei einer Welt, deren Geschichte mehr als zehn Jahrtausende zurückreichte!

Das Gefühl, nicht mehr allein zu sein, ließ sie die Augen öffnen. Barler stand vor ihr, den linken Arm leicht angewinkelt, den Daumen unter den Gürtel gehakt, und blickte auf sie herab. Ein sonderbarer Ausdruck lag auf seinem Gesicht: eine Mischung aus Bewunderung und Mißtrauen, in der keine Spur von Feindschaft zu liegen schien.

»Woran denken Sie?« fragte der Franzose.

»An . . . nichts«, sagte Charity ausweichend. »Warum?«

Barler deutete ein Achselzucken an und lächelte ganz leicht. »Da war so ein sonderbarer Ausdruck auf Ihrem Gesicht«, antwortete er. »Irgendwie traurig.«

Charity zwang sich zu einem Lächeln und schüttelte abermals den Kopf. »Es ist nichts«, sagte sie noch einmal. Nur um das Thema zu wechseln, richtete sie sich ein wenig im Sitz auf und deutete aus dem Fenster. Jenseits der blind gewordenen Scheiben herrschte absolute Finsternis. Die Fahrt durch diesen unterirdischen, leeren Tunnel, in dem seit einem halben Jahrhundert kein Licht mehr gebrannt hatte, wurde unwirklich, fast bedrückend, wie eine Szene aus einem Alptraum.

»Wie lange dauert die Fahrt noch?«

Barler setzte sich und blickte ebenfalls aus dem Fenster. »Noch eine ganze Weile«, antwortete er. »Wir müssen fast ans andere Ende der Stadt.«

Charity hatte irgendwie gehofft, daß er ihr sagen würde, wohin sie fuhren, aber diesen Gefallen tat er ihr nicht. Eine Weile sah sie ihn wortlos an, dann ließ sie sich wieder zurücksinken und legte erneut den Kopf gegen die Scheibe, aber diesmal ohne die Augen zu schließen. »Sie sind ein sonderbarer Mann, Barler«, sagte sie.

Ihr Gegenüber sah auf. »So?«

»Als ich das letzte Mal auf jemanden wie Sie getroffen bin«, sagte Charity, »wäre ich beinahe umgebracht worden. Und Skudder und die anderen auch. Sie haben uns nicht geglaubt, daß wir die sind, für die wir uns ausgeben.«

»Wer sagt Ihnen, daß ich Ihnen glaube?«

»Wir sind hier, oder?« antwortete Charity. »Ich meine, wenn Sie glauben würden, daß wir Spione der Moroni sind, dann wäre es ziemlich leichtsinnig von Ihnen, ganz allein mit mir in diesen Zug zu steigen. Oder halten Sie mich für harmlos, weil ich eine Frau bin?«

Zu ihrer Überraschung lachte Barler leise. Charity sah ihn verwundert an, und der Führer der Freien Zone antwortete mit einer erklärenden Geste: »Diese Frage allein beweist schon fast, daß Sie kein *Spion* sind, Captain Laird.«

»Wieso?« Die Art, auf die er das Wort Spion betont hatte, ließ sie aufhorchen.

»Wenn Sie die sind, für die Sie sich ausgeben«, antwortete Barler lächelnd, »dann habe ich nichts zu befürchten, oder? Und wenn nicht . . .« Er zuckte mit den Schultern. »Wenn Sie und Ihre Freunde wirklich Jäger sind, die gekommen sind, um mich umzubringen . . . Nun, dann können Sie das genauso gut hier wie an jedem anderen Ort tun. Es gibt so oder so nichts, was ich dagegen unternehmen könnte.«

Charity schwieg eine Weile. Die Antwort verblüffte sie. »Was sind Sie, Barler?« fragte sie schließlich. »Ein Fatalist oder Zyniker?«

»Vielleicht von beidem etwas.«

»Wird man so, wenn man vierzig Jahre lang auf der Flucht lebt?« fragte Charity ernst.

»Auf der Flucht?« Barler runzelte verblüfft die Stirn. Dann lächelte er wieder und schüttelte den Kopf. »Sie täuschen sich,

Captain Laird. Wir sind keine Flüchtlinge oder Gefangenen.«

»Aber Sie sind ...«

»Später«, unterbrach sie Barler. »Lassen Sie uns später darüber reden, Captain Laird. Ich bitte Sie darum.«

Charity respektierte seinen Wunsch. Für den Rest der Fahrt, die tatsächlich noch eine gute halbe Stunde dauerte, schwieg sie. Nach einer halben Ewigkeit wurde der Zug langsamer und kam schließlich in einer weiteren Metro-Station zum Stehen. Anders als die, aus der sie abgefahren waren, war diese unterirdische Halle nicht erleuchtet. Aus den Fenstern des Wagens fiel ein wenig Licht auf den Bahnsteig.

Barler stand auf, ging in den hinteren Teil des Wagens und kam mit einem großen Handscheinwerfer und zwei Pechfackeln zurück. Er hängte sich den Scheinwerfer an den Gürtel, reichte Charity eine der Fackeln und trat wortlos auf den Bahnsteig hinaus. Dann entzündete er beide Fackeln. Das rote Licht schuf einen Kreis unsicherer Helligkeit rings um sie herum, aber es reichte längst nicht aus, die gewaltige, mit geborstenen, weißen Fliesen gekachelte Halle zu erhellen. Außerdem stanken die Fackeln erbärmlich, und von ihrem pechgetränkten Ende fielen immer wieder kleine Funken auf Charitys Hand herab.

Sie deutete auf den Scheinwerfer an Barlers Gürtel. »Funktioniert das Ding nicht?«

»Doch.« Barler nickte. »Aber wir benutzen sie nur, wenn es gar nicht anders geht. Die Batterien werden allmählich knapp, und es werden schon lange keine neuen mehr produziert.«

Charity entschuldigte sich in Gedanken bei Barler für diese dumme Frage. Das wenige, das sie bisher von der Freien Zone gesehen hatte — Jeans Pibike, diese Metro, die aus unerfindlichen Gründen noch funktionierte —, begann sie bereits vergessen zu lassen, wo sie sich befand. Die Welt hatte sich grundlegend verändert. Es gab nicht einmal mehr so selbstverständliche Dinge wie eine Batterie, die man achtlos wegwarf und gegen eine neue austauschte, wenn sie verbraucht war. Die Menschen des 21. Jahrhunderts lebten ausschließlich von den Resten, die ihnen die untergegangene Zivilisation übriggelassen hatte.

Sie durchquerten die Halle und benutzten die kaputte Rolltreppe, um nach oben zu gelangen. An ihrem Ende befand sich ein Netz aus breiten dunklen Flächen und schmalen Lichtstreifen, und als sie näher kamen, erkannte Charity, daß der Zugang mit einer provisorischen Bretterwand verschlossen war. Sie wollte Barler dabei helfen, die kleine Tür darin zu öffnen, aber er forderte sie mit einer Geste auf, seine Fackel zu halten, während er sich mit den quietschenden Scharnieren abmühte. Charity sah sich schaudernd um. Das Licht der beiden Fackeln reichte nicht besonders weit, aber was sie sah, ließ in ihr nicht den Wunsch aufkommen, mehr zu sehen. Am Rande des flackernden roten Kreises erkannte sie einen schattenhaften Körper, der ausgestreckt auf den Stufen der gegenüberliegenden Rolltreppe lag.

Draußen herrschte noch immer heller Tag. Nach dem Halbdunkel unter der Erde kam Charity selbst das milde grüne Licht dieser falschen Sonne fast unangenehm intensiv vor. Sie blinzelte, fuhr sich mit dem Handrücken über die Augen und brauchte einen Moment, um sich wieder an die veränderte Helligkeit zu gewöhnen.

Barler löschte seine Fackel, legte sie aber nicht aus der Hand, und Charity folgte seinem Beispiel. Sie entfernten sich in nördlicher Richtung vom U-Bahn-Schacht und bogen an der ersten Kreuzung ab. Charity sah sich aufmerksam um, während sie Barler folgte. Die Stadt war auch hier ein Opfer des Dschungels geworden; und doch unterschied sie sich völlig von dem, was sie auf der anderen Seite des Flusses gesehen hatte. Die Pflanzen wuchsen längst nicht so ungezügelt wie dort. Das Unterholz war weniger undurchdringlich, und es war sehr still.

Es dauerte einen Moment, bis Charity den Grund dieser Stille begriff: Das Gekreische der Tiere, das sie auf der anderen Seite des Flusses so erschreckt hatte, fehlte hier vollkommen. Sehr weit entfernt hörte sie lediglich das wehklagende Schreien eines Vogels, und einmal glaubte sie einen dunklen Schatten durch das Geäst brechen zu sehen. Die Menschen schienen hier die Tiere zurückgedrängt zu haben.

Auf ihre Fragen gab Barler bereitwillig Auskunft. »Wir haben von Anfang an darauf geachtet, daß die Biester nicht überhandnehmen«, sagte er. »Natürlich ist es uns nicht gelungen, sie völlig auszurotten. Ich würde Ihnen nicht unbedingt raten, allein und waffenlos in diesem Wald spazierenzugehen. Aber solange Sie auf den Straßen bleiben und ein wenig die Augen offenhalten, kann Ihnen kaum etwas passieren.«

Charity sah ihn überrascht an. »Sie haben die ganze Freie Zone gesäubert?«

Barler zuckte mit den Achseln und blieb stehen. »Oh, sie ist nicht so groß, wie Sie glauben«, antwortete er. »Nicht ganz elf Kilometer am Fluß entlang und knapp fünf in diese Richtung.« Er deutete nach Westen bis zur *Mauer.*

»Und dahinter?«

Barler maß sie mit einem undeutbaren Blick. »Das sollten Sie besser wissen als ich.«

»Diese Mauer«, fuhr Charity fort, »was genau ist sie?«

»Wenn wir das wüßten, hätten wir sie wahrscheinlich schon beseitigt«, erwiderte Barler ernst. »Es ist jedenfalls keine richtige Mauer. Ich werde sie Ihnen zeigen. Es ist nicht mehr weit von hier.«

Er ging weiter, so daß Charity keine Gelegenheit fand, eine weitere Frage zu stellen, sondern sich beeilen mußte, nicht den Anschluß zu verlieren.

Barler blieb plötzlich stehen und deutete auf einen gut zwei Meter hohen, schmiedeeisernen Zaun, der von Ranken und wuchernden Blättern fast zu einer undurchdringlichen Hecke gemacht worden war. Dahinter befand sich ein zweigeschossiges Gebäude aus weißem Marmor, das früher einmal ein wahrer Prachtbau gewesen sein mußte. Charity hatte das Gefühl, dieses Haus schon einmal gesehen zu haben. Dann fiel ihr Blick auf eine blind gewordene Messingtafel neben dem Tor, und nach einem Moment entzifferte sie die kaum noch leserliche Aufschrift:

EMBASSY OF THE UNITED STATES OF AMERICA

Überrascht sah sie Barler an. »Die Botschaft?«

Barler drehte sich zu ihr herum und nickte. Er lächelte flüchtig. »Warum nicht? Ich bin sicher, Ihr Botschafter kann Sie identifizieren.«

Er sagte das mit solchem Ernst, daß es einen Moment dauerte, bis Charity überhaupt begriff, daß er einen Scherz gemacht hatte. Sie lachte gezwungen, ging weiter und ließ den Blick dabei neugierig über die Fassade des weitläufigen Prachtbaus schweifen.

Die Zerstörung, der ganz Paris anheimgefallen war, war auch an dem Botschaftsgebäude nicht spurlos vorübergegangen: Die meisten Fensterscheiben waren zerborsten, das Dach und ein Teil des darunterliegenden Stockwerkes waren zerstört; nur ein paar geschwärzte Balken ragten noch heraus. Die leeren Fensterhöhlen waren brandgeschwärzt. Charity fragte sich flüchtig, was hier geschehen war. Anders als New York, dessen Untergang sie mit eigenen Augen mitangesehen hatte, schien Paris nicht schnell und lautlos besiegt gestorben zu sein. Die Ruinen, die verkohlten Häuser und die gewaltigen Krater, denen sie auf Schritt und Tritt begegnet waren, sprachen ihre eigene Sprache.

Sie blieb vor der breiten Marmortreppe stehen, die zum Eingang hinaufführte. »Was wollen wir hier?«

Barler deutete zur Tür: »Gehen Sie weiter, Captain Laird. Dort drinnen finden wir die Antwort auf die Frage, wer Sie wirklich sind.«

Im Innern des Gebäudes war es so dunkel, wie sie erwartet hatte. Als sie die Tür hinter sich schloß und einen Moment stehenblieb, um sich an das Dämmerlicht zu gewöhnen, hörte sie ein leises, monotones Summen. Sie fuhr überrascht zusammen, als sie begriff, was es war. »Die Air Condition . . .« murmelte sie überrascht.

Barler sah sie wortlos an.

»Sie funktioniert noch«, sagte Charity fassungslos. »Nach all dieser Zeit.«

Der Franzose nickte. »Hier drinnen funktioniert noch eine ganze Menge«, sagte er. Er hob die Hand und wies auf eine offenstehende Tür. »Sehen Sie.«

Charity erkannte einen Schreibtisch, in dessen Sessel ein vornübergesunkenes Skelett vergeblich versuchte, die schwarze Paradeuniform eines Marineinfanteristen auszufüllen. Vor dem fünfzig Jahre alten Leichnam stand ein staubbedecktes Computerterminal, auf dessen Bildschirm grüne Leuchtbuchstaben flimmerten.

»Unglaublich!« murmelte Charity.

Barler lächelte leicht. »Tja«, sagte er achselzuckend, »Vorkriegsware. Damals wurde eben noch Qualität hergestellt.«

Charity sah ihn verwirrt an. Sie war nicht sicher, ob in Barlers Stimme wirklich Spott mitschwang. »Was wollen wir hier?« fragte sie. »Sie haben mich doch nicht hierhergebracht, um mir das zu zeigen?«

»Natürlich nicht«, antwortete Barler. »Ich dachte nur, es interessiert Sie.« Er gab ihr mit einer Geste zu verstehen, ihm zu folgen.

Sie durchquerten das Erdgeschoß des Botschaftsgebäudes. Der tote Soldat draußen im Vorzimmer war nicht der einzige, auf den sie stießen. Charity hörte irgendwann auf, die halbzerfallenen Skelette zu zählen. Die meisten trugen die gleiche schwarze Marineinfanterieuniform wie der Mann draußen, und fast alle waren bewaffnet. Sie waren mit den Waffen in den Händen gestorben.

»Was ist hier passiert?« fragte Charity, als Barler vor einer schmalen Tür am Ende des Korridors stehenblieb und sich an ihrem Schloß zu schaffen begann.

»Sie haben versucht, sie aufzuhalten — aber Sie sehen ja, mit welchem Erfolg.«

Charity schüttelte den Kopf. »Wieso ist die Stadt so zerstört?«

Barler hörte für einen Moment auf, an der Tür zu hantieren, und warf ihr einen sonderbaren Blick über die Schulter hinweg zu. »Ich dachte«, sagte er, zwar lächelnd, aber plötzlich in wieder lauerndem, beinahe mißtrauischem Tonfall, »*Sie* waren dabei — nicht ich.«

Charity nickte. »Ich habe gesehen, wie New York unterging«, bestätigte sie. »Es geschah in wenigen Minuten, und sie setzten eine Waffe ein, die nur organisches Leben zerstörte. Doch Paris sieht aus, als hätten sie die Stadt Haus für Haus erobern müssen.«

Barler zuckte mit den Achseln und wandte sich wieder dem Schloß zu. »So ungefähr muß es auch gewesen sein«, antwortete er. »Ich war zwar nicht dabei, aber nach allem, was ich gehört habe, müssen die Kämpfe fast ein halbes Jahr gedauert haben.«

»Aber warum?« wunderte sich Charity. »Wenn sie . . .«

»Warum fragen Sie sie nicht selbst?« unterbrach sie Barler ärgerlich. Er sah wieder auf und lächelte entschuldigend. »Verzeihung«, sagte er, »das war wohl nicht besonders taktvoll.«

»Das macht nichts«, antwortete Charity. Plötzlich erscholl ein metallisches Klicken, und die Tür schwang einen Spaltbreit auf.

Barler trat zurück, um sie ganz zu öffnen, entzündete seine Fackel wieder und verschwand ohne ein weiteres Wort auf der schmalen Treppe, die hinter der Tür begann. Charity folgte ihm. Der Weg führte steil in die Tiefe. Die Wände bestanden aus nichts als nacktem Beton. Sie durchquerten einen Kellerraum, der mit allerlei Gerümpel vollgestopft war, bückten sich unter einer niedrigen Tür hindurch und gingen eine weitere Treppe hinab. Barlers Schritte wurden langsamer, und im unsicheren Licht der Fackel erkannte sie eine weitere, diesmal aus massivem Metall bestehende Tür.

Es dauerte auch jetzt eine Weile, bis er dieses weitere Hindernis geöffnet hatte, und dann löste er den Handscheinwerfer von seinem Gürtel, schaltete ihn ein und löschte sorgsam seine Fackel.

Charity sah ihn fragend an. Barler ließ den bleichen Strahl des Handscheinwerfers durch den Raum hinter der Tür gleiten; er enthüllte nichts als Staub und Beton. Dann richtete er den Strahl des Scheinwerfers gegen die Decke, und sie erkannte die winzigen, in konzentrischen Kreisen angeordneten Löcher in der Kunststoffverkleidung. Eine Sprinkler-Anlage. Und Barlers Verhalten nach zu urteilen schien sie sogar noch zu funktionieren.

Der Franzose betrat den Raum, machte ein paar Schritte und blieb wieder stehen. Charity blinzelte, als er den Handscheinwerfer hob und ihr direkt ins Gesicht leuchtete. »Kommen Sie, Captain Laird«, sagte er. »Jetzt wird sich zeigen, ob Ihr Ausweis echt ist.«

Ein sehr ungutes Gefühl beschlich Charity, während sie dem

Franzosen folgte. Barler nahm die Lampe wieder herunter, aber ihre Augen tränten von dem grellen Licht, und im ersten Moment hatte sie Schwierigkeiten, überhaupt etwas zu sehen. Als sich ihre Augen wieder umgestellt hatten, erkannte sie, daß sie sich nur in einer weiteren leeren Betonkammer befanden. Auf dem Boden lag der Staub von fünf Jahrzehnten. Fragend schaute sie Barler an.

Der Franzose trat einen Schritt zur Seite und schwenkte seinen Scheinwerferstrahl wie einen Zeigestab herum — und dann erkannte Charity schlagartig, wo sie sich befand!

Sie war so überrascht, daß sie im ersten Moment nur die von einem zerschrammten Aluminiumrahmen eingefaßte Tür anstarrte. Der Gang dahinter lag in völliger Dunkelheit, aber wenn man aufmerksam hinsah, dann konnte man das schwache Glimmen grüner und orangefarbener Lichter erkennen, die irgendwo sehr weit entfernt leuchteten.

Barler ließ ihr ausreichend Zeit, ihre Überraschung zu überwinden. Dann trat er näher an die Tür heran und ließ seinen Scheinwerferstrahl in den Gang dahinter fallen — und Charity zuckte ein zweites Mal zusammen.

Auf dem nackten Beton hinter der Tür lagen vier Tote. Zwei davon waren Menschen, die beiden anderen *Ameisen.* Sowohl die Menschen als auch die Insektenkreaturen waren auf fürchterliche Weise entstellt: Die beiden Toten mußten schon sehr lange hier liegen, denn die Körper waren mumifiziert, aber Charity konnte trotzdem erkennen, wie verzerrt die Gesichter waren, als hätten sie unvorstellbare Qualen erlitten, ehe sie starben.

Sie schlug sich erschrocken die Hand vor den Mund und prallte einen halben Schritt zurück. Barler schwieg, dann trat er einen weiteren Schritt auf die Tür zu und hob die Hand.

Die Bewegung schien einen verborgenen Mechanismus auszulösen, denn plotzlich wich die Dunkelheit auf der anderen Seite der Tür einem milden, sanft gelben Licht, und im Türrahmen selbst erschien ein schmales, rotes Leuchtband. Ein elektrisches Summen erklang, und irgendwo schaltete sich ein Tonband ein und leierte eine Warnung herunter. Die Worte waren nicht mehr zu verstehen; das Band mußte so oft abgelaufen sein, daß es unbrauchbar geworden war.

»Also?« Barler legte den Kopf auf die Seite und sah sie prüfend an. *»Was ist das?«*

Charity glaubte die Antwort zu wissen, doch instinktiv hob sie die Hand und tastete mit den Fingerspitzen über das kühle Metall der Ausweisplakette. Sie hatte Angst davor, diese Tür zu durchschreiten. Sie wußte sehr genau, was auf der anderen Seite war, und sie wußte auch, daß sie es im Grunde nicht zu fürchten brauchte — aber das Ding an ihrem Hals war fast sechzig Jahre alt. Sie hatte keine Garantie, daß es nach all dieser Zeit ebenso verläßlich funktionierte wie die Todesmaschinerie, die in die Decke des Ganges eingelassen war. Doch ihr blieb keine andere Wahl. So raffte sie all ihren Mut zusammen, schloß die Augen — und machte einen entschlossenen Schritt.

Nichts geschah.

Das Tonband schaltete sich mit einem hörbaren Klicken ab, und das Licht im Türrahmen flackerte. Charity machte einen weiteren Schritt, sah sich suchend um und entdeckte den kleinen Schaltkasten an der Wand, vier, vielleicht fünf Schritte vor ihr; allerhöchstens noch einen Meter von der ausgestreckten Hand eines der toten Insektenkrieger entfernt, der noch sterbend versucht hatte, ihn zu erreichen.

Sie überwand ihren Widerwillen, ging mit klopfendem Herzen weiter und schlug dabei einen respektvollen Bogen um die beiden toten Menschen und die Kadaver der beiden *Ameisen.* Mit zitternden Händen löste sie die ID-Plakette von der Kette an ihrem Hals, schob sie in den schmalen Schlitz des Gerätes und lauschte mit angehaltenem Atem.

Eine, zwei, drei entsetzliche, endlose Sekunden hindurch geschah nichts. Dann hörte das Summen auf, und das Licht im Schaltkasten wechselte von Rot auf Grün. Mit einem leisen Summen glitt die Plakette wieder aus dem Schlitz des Minicomputers, und Charity griff danach und befestigte sie hastig wieder an der Kette. Dann drehte sie sich zu Barler herum und winkte.

»Es besteht keine Gefahr mehr. Sie können hereinkommen.«

Barler zögerte. Einen Augenblick lang verweilte sein Blick auf den beiden Toten, dann überwand er sich, machte einen Schritt durch die Tür und blieb abermals stehen. Er sah sich unsicher um, aber nach einigen weiteren Sekunden schien er zu begreifen, daß, was immer die beiden Menschen und die beiden *Ameisen* umgebracht hatte, zumindest im Augenblick keine Gefahr mehr darstellte.

Aufatmend ging er weiter und blieb vor Charity wieder stehen. »Sie gehören also tatsächlich zur Space Force«, sagte er. »Und Sie scheinen mehr als ein kleiner Captain gewesen zu sein.«

Charity schüttelte den Kopf. »Sie täuschen sich«, sagte sie. »Meine Kameraden und ich hatten den Auftrag, den Präsidenten und andere Regierungsmitglieder in Sicherheit zu bringen. Aus diesem Grund erhielten wir diese Ausweise.«

Barler zuckte mit den Schultern und lächelte. »Es spielt ja auch keine Rolle, warum Sie ihn haben. Hauptsache, Sie haben ihn. Was ist das hier?«

Charity zögerte einige Sekunden, bis ihr bewußt wurde, wie albern ihr Zögern war. Die Zeiten, in denen diese unterirdische Anlage der höchsten Geheimhaltungsstufe unterlegen war, gehörten längst der Vergangenheit an.

»Eine geheime Anlage«, antwortete sie. »Ich glaube, es handelt sich um einen geheimen NATO-Stützpunkt. Es gab eine Reihe solcher Stationen damals, aber ich wußte nicht, daß eine direkt unter der Botschaft lag.«

»Auf jeden Fall arbeitet sie noch«, sagte Barler. »Nicht einmal diesen verdammten *Ameisen* ist es gelungen, sich Zugang zu verschaffen.« Zum ersten Mal, seit Charity ihn getroffen hatte, verlor er die Beherrschung: Er versetzte einem der toten Insektenwesen einen zornigen Fußtritt. Der Chitinpanzer barst auseinander und flog durch den Korridor. Charity sah, daß das verwundbare Fleisch des Geschöpfes zu grauem Staub verfallen war.

»Eine Mikrowellen-Sperre«, sagte sie leise. Ein neuerlicher eisiger Schauer fuhr über ihren Rücken, als sie daran dachte, daß sie jetzt ebenso tot sein könnte wie die zwei unglücklichen Männer, hätte der winzige Ausweis seinen Dienst nicht getan. »Wer immer hier hereinkommt und nicht dazu berechtigt ist«, fuhr sie auf Barlers fragenden Blick hin fort, »der hat keine Chance. Die Strahlung ist absolut tödlich.«

»Ich weiß«, antwortete Barler ruhig. »Sie tötet sogar Jäger.«
Charity sah ihn überrascht an, aber Barler nickte. »Sie haben vor ein paar Jahren versucht, einen dieser lebenden Roboter hier hereinzuschicken«, sagte er. »Irgendwie ist er wieder herausgekommen, aber er hat es nicht lange überlebt.«

»Und ich dachte, es gäbe nichts, was ihnen schaden könnte«, sagte Charity.

»Das hier schon«, antwortete Barler grimmig. »Es war das erste und letzte Mal, daß einer von ihnen starb.« Er überlegte einen Moment. »Jetzt, wo wir uns hier frei bewegen können, können wir es vielleicht als Waffe benutzen.«

»Kaum«, antwortete Charity. Allein bei der Vorstellung, diese entsetzliche Waffe gegen ein lebendes Wesen einzusetzen, krampfte sich etwas in ihr zusammen. »Es sei denn, Sie wollen den ganzen Gang ausbauen und versuchen, sie eine nach dem anderen hereinzulocken.«

Barler sah sie einen Moment lang verstört an. »Also«, sagte er, »dann schauen wir uns ein wenig um.«

Charity versuchte sich einzureden, daß ihr Mißtrauen völlig unbegründet war, aber es gelang ihr nicht. Daß diese Anlage nach all der vergangenen Zeit noch funktionierte, bewies deutlich genug, welchen Wert ihre Konstrukteure darauf gelegt hatten, sie vor unbefugtem Zutritt zu schützen. Es mochte sein, daß hier Dinge lagen, die besser für immer vergessen blieben.

»Ich verstehe nicht, daß sie sich nicht einfach gewaltsam Zutritt verschafft haben«, sagte sie, während sie Barler durch den schmalen Korridor folgte. »Die Macht dazu haben sie.«

Barler nickte. »Sicher«, sagte er, »aber ich glaube, was immer hier unten ist, war ihnen so wichtig, daß sie es nicht zerstören wollten.« Er sah sie fragend an. »Und ich nehme doch an, daß es eine entsprechende Vorrichtung gibt?«

Erneut war Charity überrascht. Es gab tatsächlich eine Selbstzerstörungsanlage, die den ganzen Komplex in die Luft jagen würde, sobald der Sicherheitscomputer zu dem Schluß kam, daß er Feinden in die Hand zu fallen drohte. Aber sie war überrascht, wieviel Barler wußte.

»Wenn ich eine solche Anlage konstruieren würde, dann würde ich dafür sorgen, daß sie niemand unbeschadet in die

Hände fällt, der es schafft, sich gewaltsam Zutritt zu verschaffen«, erklärte Barler, als hätte er ihre Gedanken gelesen.

Sie hatten das Ende des Ganges erreicht, an dem sich eine einzelne schmale Metalltür befand. Barler drückte die Klinke herunter, blieb einen Moment stehen und öffnete sie dann mit einem Ruck.

Sofort flammte in dem dahinterliegenden Raum weißes Neonlicht auf. Charity trat mit einem Schritt neben ihn. Sie wußte nicht, was sie erwartet hatte — aber das hier ganz bestimmt nicht. Hinter der Panzertür erstreckte sich ein gewaltiger, halbrunder Saal, der mit Computerbänken vollgestopft war. Die gesamte gegenüberliegende gerade Wand wurde von einem riesigen Bildschirm eingenommen, der aus zahlreichen, parallel geschalteten kleineren Monitoren bestand. Einige davon waren ausgefallen, die meisten aber noch intakt. Sie zeigten eine farbige, dreidimensionale Weltkarte, auf der zahllose rote und grüne Lichter glommen. Auch die meisten anderen Computermonitore waren noch in Betrieb; ihr grünes Flackern erfüllte den Raum mit einer unheimlichen Helligkeit, die Charity an das falsche Licht der türkisfarbenen Sonne erinnerte. Und überall lagen Tote: Männer in dunkelblauen Marine- und Army-Uniformen, aber auch Zivilisten, die wie schlafend auf den Pulten zusammengesunken waren oder vor den einfachen Kunststoffstühlen lagen. Keiner von ihnen war gewaltsam gestorben, das erkannte Charity sofort. Und keiner dieser Toten war jünger als fünfzig Jahre.

»Großer Gott«, flüsterte Barler. »Was ist hier passiert?«

Charity antwortete nicht. Aber es war nicht besonders schwer, sich vorzustellen, was hier geschehen sein mußte: Die Invasoren hatten die Botschaft gestürmt, aber es war ihnen trotz ihrer Überlegenheit nicht gelungen, in diesen unterirdischen Komplex vorzudringen. Aber die Botschaftsangehörigen waren im Keller gefangen. Vielleicht hatten sie Monate ausgehalten, bis die Lebensmittel allmählich knapp wurden und sie einsahen, daß es keine Rettung mehr gab.

Charity drängte sich neben Barler durch die Tür und trat zögernd an eines der Computerpulte heran. Ihr Herz begann zu klopfen, als ihr Blick auf den flimmernden Monitor fiel. Sie verstand wenig von dem, was sie dort las, aber das, was sie bisher befürchtet hatte, wurde mehr und mehr zu Gewißheit. Unsicher streckte sie die Hand aus, tippte einige Worte in die dazugehörige Tastatur und wartete darauf, daß etwas geschah.

Auf dem Monitor erschienen grüne Leuchtbuchstaben, dann zischte etwas, und ein blauer Funkenregen quoll aus dem Gerät. Eine Sekunde später wurde der Bildschirm schwarz.

»Nun?« fragte Barler von der Tür aus. »Was ist das?«

Charity beachtete ihn gar nicht, sondern trat an eines der anderen Pulte. Mit klopfendem Herzen wiederholte sie die Eingabe, und diesmal gab das Gerät ihr bereitwillig Auskunft. Auf dem Monitor begannen grüne und weiße Zahlenkolonnen zu flackern.

Es dauerte fast eine Viertelstunde. Barler trat nach einer Weile neben sie und sah ihr neugierig über die Schulter hinweg zu, unterbrach sie aber nicht mehr, während sich Charity behutsam tiefer in die Geheimnisse des Computersystems hineinarbeitete. Es fiel ihr sehr schwer. Nichts von dem, was sie hier sah, gehörte zu ihren eigentlichen Aufgaben, aber sie wußte, wonach sie zu suchen hatte.

Schließlich richtete sie sich wieder auf und sah zuerst Barler, dann den riesigen Wandmonitor betroffen an. »Ich glaube, ich weiß jetzt, warum sie so scharf darauf waren, das hier unbeschädigt in die Hand zu bekommen«, sagte sie leise.

Barler sah sie fragend an und schwieg.

»Es muß so etwas wie das Gegenstück des nordamerikanischen NORAD sein«, murmelte Charity.

Barler sah sie wieder fragend an, und Charity erklärte: »Ich kann mich täuschen, aber ich bin fast sicher, daß hier unten beinahe die gesamte NATO-Logistik abgespeichert ist.« Sie machte eine Handbewegung auf den Bildschirm. »Jedes Waffenlager, jeder Flugplatz, jeder geheime Stützpunkt . . . Einfach alles.«

»Ich fürchte, ich verstehe nicht«, sagte Barler.

Charity deutete erregt auf den Bildschirm. »Sie haben uns geschlagen, Barler«, sagte sie erregt. »Und wir haben ihnen auch noch dabei geholfen, indem wir ihnen die Tür aufgemacht haben. Sie haben unsere gesamte Verteidigung mit einem

Schlag lahmgelegt, aber sie *existiert* noch. Begreifen Sie? Es ging alles viel zu schnell, als daß wir uns wirklich hätten wehren können, aber das meiste von dem, was wir hatten, ist immer noch da.«

»Sie meinen . . . Waffen?« fragte Barler.

»Waffen, Flugzeuge, Schiffe, Vorratsdepots, Treibstofflager . . . Was immer Sie wollen. Es gab eine Menge geheimer Lager damals, und ich schätze, als die Militärs begriffen, daß sie den Kampf verloren haben, haben sie noch eine ganze Menge mehr versteckt.«

Barlers Augen weiteten sich, als begreife er erst jetzt, was ihr Fund wirklich bedeutete. »Und hier ist . . .«

»Alles aufgezeichnet«, bestätigte Charity. »In diesen Computern dürfte die exakte Position jeder geheimen Basis und jedes Depots verzeichnet sein, die es in Westeuropa gab.«

»Aber dann . . .« Barlers Stimme überschlug sich fast vor Aufregung. »Dann könnte man eine Armee ausrüsten.«

»Theoretisch — ja«, sagte Charity leise.

»Was soll das heißen?«

»Ich weiß nicht, wie wir an diese Informationen herankommen.« Charity machte eine Handbewegung, die den ganzen Raum einschloß. »Das meiste von dem Zeug funktioniert wahrscheinlich nicht mehr. Und die meisten Daten dürften verschlüsselt sein.«

»Könnten Sie es schaffen?« fragte Barler.

Charity lächelte humorlos. »Wenn ich ein bißchen mehr von Computern verstehen würde und wenn ich genug Zeit hätte . . .«

»Wieviel Zeit?« wollte Barler wissen.

»Erinnern Sie sich an meine Antwort an Jean, als er fragte, wie lange er wahrscheinlich gebraucht hätte, den Panzer zu knacken?« fragte Charity statt einer direkten Antwort.

»Sie meinen . . .«

»Ich meine, daß es auf jeden Fall sehr schwierig sein dürfte, mit dem, was wir hier gefunden haben, wirklich etwas anzufangen.« Sie seufzte. »Es tut mir leid, wenn ich Sie jetzt enttäusche, aber das alles hier . . .« Sie zuckte mit den Achseln. »Vielleicht ist es besser so.«

»Wir haben ein paar Leute, die sich mit Computern auskennen«, bemerkte Barler nachdenklich.

»Und wenn?« Charity zuckte erneut mit den Achseln und wandte sich von dem Pult ab. »Glauben Sie mir, Barler, es würde Ihnen nicht sehr viel nutzen. Sie kommen ja nicht einmal aus dieser Stadt heraus.«

»Das stimmt«, antwortete Barler. Plötzlich verdunkelte sich sein Gesicht vor Zorn. »Weil wir wehrlos sind. Weil wir nur leben, solange sie es uns gestatten. Sollen wir damit gegen sie kämpfen?« Er schlug ärgerlich mit der flachen Hand auf die Pistolentasche an seinem Gürtel. »Wenn wir mehr von diesen Panzern hätten, den Jean auf der Insel gefunden hat, oder ein paar vernünftige Geschütze . . .«

Charity verbiß sich die Antwort, die ihr auf der Zunge lag. Sie verstand Barlers Reaktion; aber sie stimmte sie eigentlich nur traurig. Mit Waffen war der Krieg gegen die Invasoren nicht zu gewinnen.

»Und es geht nicht nur darum«, fuhr Barler fort. »Ich weiß, was die NATO war. Die Militärs haben nicht nur Waffen hinterlassen. Es gibt so viel, was wir brauchen, so viel, was wir lernen könnten — und alles ist hier.«

»Ja«, seufzte Charity. »Ich weiß nur nicht, was wir damit anfangen sollen.«

»Wir haben Zeit«, widersprach Barler. »Sie und Ihre Freunde können bei uns bleiben. Sie können uns helfen.«

»Ich fürchte, genau das können wir nicht«, antwortete Charity matt. »Wir wären nur eine Gefahr für Sie. Früher oder später werden sie herausbekommen, wo wir sind, und dann werden sie kommen und nach uns suchen.«

»Früher oder später vielleicht«, antwortete Barler, »aber bis es soweit ist, können Sie uns helfen. Und wir Ihnen.« Er zögerte einen Moment, dann fragte er: »Können Sie diese Mikrowellen-Barriere abschalten?«

Charity nickte.

»Dann tun Sie es bitte«, sagte Barler. »Ich werde ein paar Leute hierher schicken, die sich mit diesen Geräten auskennen. Wenn Sie wollen«, fügte er hinzu, »warte ich damit auch, bis Sie die Stadt verlassen haben.«

»Warum nicht?«

Charity war nicht sehr wohl bei dem Gedanken. Ohne einen Grund dafür nennen zu können, hatte sie das Gefühl, daß es ein Fehler gewesen war, diese Station aus ihrem Dornröschenschlaf zu wecken. Plötzlich wollte sie gehen. Sie hatte das Gefühl, ersticken zu müssen, wenn sie auch nur noch eine einzige Minute in diesem Saal blieb. Mit einem Ruck wandte sie sich gänzlich um und schritt wieder zum Ausgang, blieb dann aber noch einmal stehen, als ihr Blick den mumifizierten Leichnam eines Marinesoldaten streifte. Sie zögerte und bückte sich dann, um die Waffe des Toten an sich zu nehmen.

Es war ein schwerer Gamma-Laser. Sie überprüfte seine Ladung, blickte aufmerksam durch die Zieloptik und hängte sich die Waffe dann über die Schulter.

Barler sah sie fragend an. »Wollen Sie den *Ameisen* jetzt ganz allein den Krieg erklären?«

Charity schwieg. Sie wußte die Antwort nicht. »Sie wollten mir die *Mauer* zeigen«, sagte sie knapp.

Kyle war fünf Jahre alt gewesen, als er die Trainingskuppel das erste Mal betrat. Vieles hatte sich verändert seit jener schrecklichen Nacht, in der man ihm seine Mutter und seine Welt weggenommen hatte. Manchmal erinnerte er sich noch, daß es eine Zeit gegeben hatte, in der der Himmel über ihm blau statt grün gewesen war und in der sich nicht die starre Chitinmaske einer Riesenameise, sondern ein weiches Gesicht über ihn beugte, wenn er vor Hunger oder Müdigkeit schrie.

Aber die Erinnerungen — und die Träume, die ihn anfangs geplagt hatten — kamen immer seltener. Er begann zu vergessen, seine Erinnerungen wurden ausgelöscht. Und es geschah jetzt nur noch ganz selten, daß er plötzlich das Gefühl hatte, nicht hierher zu gehören.

Dafür begann er so schnell und spielerisch zu lernen, wie nur Kinder lernen konnten. Er begriff nicht wirklich, was er lernte, aber das Wissen wurde in seinem Gedächtnis abgespeichert, bereit für den Tag, an dem er es brauchen würde. Man lehrte ihn, schwierige Entscheidungen und komplizierte Denkvorgänge auf jener Ebene seines Geistes ablaufen zu lassen, die normalerweise nur unbewußtem Denken vorbehalten war. Außerdem lernte er seinen Körper perfekt zu beherrschen und seine Gefühle perfekt zu beherrschen.

Bald wußte er auch, daß die harten, schwarzen Geschöpfe, die ihn in den ersten Tagen und Wochen so erschreckt hatten, nicht seine Feinde waren. Sie waren auch nicht seine Freunde, denn manchmal fügten sie ihm Schmerz zu, aber wenn sie nicht kamen, um ihn in einen jener schrecklichen Räume zu bringen, in denen es scharfe Messer und dünne, lange Nadeln gab, die in sein Fleisch bissen, dann waren sie seine gehorsamen Diener, die fast jeden seiner Wünsche erfüllten. Im Alter von zweieinhalb Jahren hatte er gelernt, zusammenhängende Sätze zu sprechen, und für eine Weile hatte es ihm große Freude bereitet, dem Tyrannen, der in jedem Kind verborgen war, freien Lauf zu lassen und die schwarzen, großen Wesen alles tun zu lassen, was ihm gerade einfiel. Einige hatte er gegeneinander kämpfen lassen, bis eines tot und blutend am Boden lag, und für eine Weile hatte er große Freude an diesem Spiel gefunden. Später hatten sie ihm dann Waffen gegeben und ihn gegen die schwarzen Kolosse antreten lassen. Und obwohl sie sich wehrten, hatte er sie erschlagen. Dann hatten sie ihn eines Tages wieder in jenen schrecklichen Schmerzraum gebracht, und als er aus der Bewußtlosigkeit, die jedem dieser Besuche unweigerlich folgte, erwachte, da hatte er schlagartig begriffen, daß diese Geschöpfe weder seine Spielzeuge noch seine Sklaven, sondern seine *Diener* waren. Wesen, die kaum mehr wert waren als Maschinen, und doch war es schlecht, sie aus einer puren Laune heraus zu zerstören, und er hatte damit aufgehört.

Als er fünf Jahre alt war, spürte er zum ersten Mal die Berührung des Todes.

Niemand hatte ihm je gesagt, wie lange er hier war oder wie lange er hier noch bleiben würde.

Niemand hatte ihm je gesagt, was ein Jahr war oder ein Monat oder ein Tag.

Er hatte einen Freund. Sein Name war Mark. Eigentlich waren sie Einzelgänger, Einzelkämpfer, die keinerlei Gefühle kennen durften. Aber Mark und er waren oft zusammen, wenn es ihre Trainingsstunden erlaubten, und er fühlte sich auf eine schwer verständliche Weise zu dem dunkelhaarigen Jungen hingezogen, der etwas größer und kräftiger war als er. In seinem Inneren spürte Kyle, daß dieses Gefühl verwerflich war, gleichzeitig bewahrte er es aber in seinem Herzen auf wie einen Schatz, sein großes Geheimnis, von dem niemand etwas wußte, nicht einmal die Diener. So oft es ihre Zeit zuließ, trafen sich die beiden; ein Verhalten, das von den Dienern zwar nicht gern gesehen, aber akzeptiert wurde.

Da sie jung waren, durften sie nur in der ersten der drei riesigen Silberkuppeln üben; einem gewaltigen, künstlich geschaffenen Gelände voller wechselnder Temperaturen, wechselnder Lichtverhältnisse und wechselnder Schwerkraft, in dem mannigfaltige Gefahren lauerten. Obwohl die Dienerkreaturen, die für seine Ausbildung verantwortlich waren, es niemals unterlassen hatten, ihn auf die Gefahren hinzuweisen, die in dieser künstlichen Welt lauerten, hatte Kyle doch die Zeit, die er bisher hier verbracht hatte, als eine Art großes Abenteuer betrachtet, ein gefährliches, aber aufregendes Spiel, das ihm immer wieder neue Herausforderungen bescherte. Kyle und Mark unterschätzten es keinen Augenblick. Der Tod gehörte zu ihrem Tagesablauf wie die morgendlichen Meditationsübungen und die Stunden im Schlaftrainer. Sie hatten mehr als einen ihrer Gefährten in der Kuppel sterben sehen. Auch Kyle war mehrmals verletzt worden, aber nie so schwer, daß sein bereits erstaunlich regenerationsfähiger Körper nicht damit fertig geworden wäre. Die Dienerkreaturen betraten diese Kuppeln fast nie; und wenn dann nur, um einen Toten fortzuschaffen oder einzugreifen, wenn sich einer der Schüler regelwidrig verhielt.

Der Weg, den sie jedesmal zurücklegen mußten, führte zwischen niedrigen Sanddünen entlang, die beständig ihre Form wechselten und nicht immer nur aus Sand bestanden. Einmal hatte Marks hypersensibilisiertes Gehör ihn gewarnt, sich einem harmlos aussehenden Hügel zu nähern. Aus sicherer Entfernung hatten sie dann in die Düne einen Stein geworfen, worauf der Sand explodierte und eine Armee kleiner, aber tödlicher Insektenwesen zum Vorschein gekommen war.

Sie hatten den Parcours fast hinter sich gebracht, als der *Schneider* auftauchte. Mark und er hatten das zweieinhalb Meter hohe Maschinenwesen, dem sie schon mehrmals begegnet waren, in stiller Übereinkunft so getauft, denn es hatte zwar einen glitzernden Eisenkörper, der entfernt an den der Dienerkreaturen erinnerte, bestand aber zum größten Teil aus rasiermesserscharfen Klingen und Schneiden, die in allen nur denkbaren Winkeln rotierten und zuckten. Das Geschöpf war nicht besonders schnell, aber es hatte wenig Sinn, vor ihm davonzulaufen, denn es kannte weder Müdigkeit noch Erschöpfung und verfolgte sein Opfer unerbittlich. Die kleinen, handlichen Strahlenpistolen, mit denen Kyle und seine Gefährten ausgerüstet waren, waren gegen dieses Maschinengeschöpf nutzlos. Dennoch besaß es eine verwundbare Stelle: An seinem Hinterkopf gab es einen kleinen, gelben Schalter, den es zu erreichen oder mit einem geschickten Steinwurf niederzudrücken galt, um es sofort zur Salzsäule erstarren zu lassen.

Als Mark und Kyle das charakteristische Rasseln und Klirren des *Schneiders* hörten, wichen sie automatisch auseinander, damit das Geschöpf sie nicht beide gleichzeitig angreifen konnte und zumindest einer die Gelegenheit fand, ihn außer Gefecht zu setzen. Sie hatten viel gelernt, aber sie hatten noch nicht ganz begriffen, daß es nichts gab, was vorhersehbar war. Als der *Schneider* zwischen den beiden Dünen vor ihnen erschien, da warteten Mark und Kyle darauf, daß er einen Herzschlag lang zögern und sich dann auf einen von ihnen stürzen würde.

Aber statt dessen erstarrte er für Momente, blickte sie aus seinen kalten, elektronischen Augen an — und zerfiel in zwei Teile. Aus dem plumpen, zwei Meter hohen Stahlkoloß wurden zwei hüpfende, metallene Ellipsoide, die von einem Kranz schwirrender Klingen und rotierender Messer umgeben waren.

Kyle registrierte die Gefahr instinktiv. Blitzschnell ließ er sich zur Seite fallen, sah aus den Augenwinkeln, daß das heranrasende Maschinenungetüm die Bewegung nachvollzog und warf sich noch im Sprung herum. Die stählernen Klingen des *Schneiders* wischten an ihm vorüber. Sofort war Kyle wieder auf den Beinen. Noch während sich der halbierte *Schneider* auf der abschüssigen Ebene aus Sand herumzudrehen versuchte, überwand Kyle die Entfernung zu ihm mit einem gewaltigen Sprung und packte zwei der rasiermesserscharfen, gebogenen Klingen. Mit aller Macht warf er sich zurück, zog die Knie an den Körper und stieß die Beine fast im gleichen Sekundenbruchteil wieder vor. Ein scharfer Schmerz schoß durch seinen linken Fuß, als sich ein Metalldorn tief hineinbohrte, aber der plötzliche Ruck brachte den *Schneider* aus dem Gleichgewicht. Für eine schreckliche halbe Sekunde hatte Kyle das Gefühl, daß es ihm nicht gelingen würde, den Koloß anzuheben, aber dann rollte er über die gekrümmten Schultern ab, und der *Schneider* verlor plötzlich den Boden unter den Füßen und segelte im hohen Bogen über Kyle hinweg. Er flog drei, vier Meter weit durch die Luft und prallte mit einem dumpfen Geräusch auf.

Ohne auf den Schmerz in seinem Fuß und seine blutenden Hände zu achten, sprang Kyle auf und fuhr herum. Der Roboter versuchte ebenfalls, auf die Füße zu kommen, aber es gelang ihm nicht. Seine dürren Stelzbeine knickten immer wieder ein, während die tödlichen Klingen wie in sinnloser Wut meterhohe Sandfontänen aus dem Boden rissen. Kyle betrachtete das mechanische Toben des künstlichen Ungeheuers noch eine Sekunde lang, ehe er sicher war, daß sich der *Schneider* nicht plötzlich erhob und sich wieder auf ihn stürzte, dann drehte er sich herum und hielt nach Mark und dessen Gegner Ausschau.

Sein Freund hatte weniger Glück gehabt als er. Er mußte zwar auch versucht haben, dem *Schneider* auszuweichen, aber der Roboter hatte ihn eingeholt und niedergeworfen. Kyle konnte lediglich ein Oval aus verchromtem Eisen sehen und Marks Beine, die unter dem Leib des mechanischen Killers hervorragten und heftig strampelten. Dann hörte er einen Schrei. Die Sandfontänen, die die Schwerter des *Schneiders* aufwirbelten, färbten sich plötzlich rot, und Marks Beine hörten auf, sich zu bewegen.

Kyle rannte schreiend los. Der *Schneider* ließ von seinem Opfer ab und wirbelte herum, die plötzlich blutbesudelten Schwertklingen hoben sich, um sich dem neu aufgetauchten Gegner entgegenzustellen. Kyle hatte alles vergessen, was man ihm gesagt hatte, alles, was er über ein Verhalten in einer solch gefährlichen Situation gelernt hatte. Er wußte nur, daß Mark in Lebensgefahr war und daß er ihm helfen mußte. Mit einem Schrei stürzte er sich auf den *Schneider*, packte eine der rotierenden Sicheln und riß das Maschinenwesen daran herum. Diese Bewegung kostete ihn zwei Finger, aber er vermochte den Robot-Killer ein paar Meter davonzuschleudern. Mit einem gellenden Schrei setzte er der Maschine nach und trat mit beiden Beinen nach den dünnen, eisernen Füßen des Geschöpfes.

Der *Schneider* verlor das Gleichgewicht und krachte weniger als einen Meter neben ihm zu Boden. Eine dünne, rasiermesserscharfe Klinge zuckte nach Kyles Gesicht und riß seine Wange auf, aber gleichzeitig krachte seine eigene Faust auf den Schalter im Hinterkopf des Maschinenwesens und deaktivierte es.

Der *Schneider* erstarrte, plötzlich nichts weiter als ein totes Stück Metall.

Kyle stöhnte. Er hatte noch nicht gelernt, körperliche Schmerzen völlig abzuschalten, wohl aber, sie zu unterdrücken und zu beherrschen. Zitternd plagte er sich auf. Alles drehte sich um ihn, und sein Herz schlug wie rasend. Er blutete aus mehreren Wunden, und er spürte, wie seine Kräfte nachließen. Trotzdem wankte er zu Mark hinüber.

Mark war noch bei Bewußtsein. Er blutete aus einem Dutzend verschiedener Wunden, und der feine Sand, auf dem er lag, sog das dunkle Rot wie ein gewaltiger Schwamm auf. Er bewegte die Lippen, als Kyle neben ihm auf die Knie fiel und sich über ihn beugte, brachte aber keinen Ton heraus. Dann sah Kyle, warum: Eine der Klingen hatte seine Kehle durchschnitten. Die Wunde schien ihn wie ein klaffender, roter Clownsmund anzugrinsen. In Marks Augen trat ein Ausdruck unsagbarer Qual.

Er starb.

Verzweifelt beugte Kyle sich über seinen Freund und preßte die Hand auf die furchtbare Wunde in seinem Hals. »Mark!« schrie er. »Nicht atmen! Versuche, nicht zu atmen! Konzentriere dich!«

Kyle sah die Panik in Marks Blick, und er begriff, daß die schiere Todesangst seinen Freund alles vergessen ließ, was sie ihnen beigebracht hatten. Für einen Moment drohte auch ihn die Panik zu übermannen. Er wußte plötzlich, daß Mark sterben würde, aber das *durfte* nicht geschehen! Nicht Mark! Nicht das einzige Geschöpf auf der ganzen Welt, das ihm noch irgend etwas bedeutete!

»Stirb nicht!« rief er verzweifelt. »Konzentriere dich! Du weißt, wie es geht! Reiß dich zusammen, du Idiot!«

Irgend etwas geschah mit dem Licht. Es wurde heller, als hätte sich plötzlich der Lichtkegel eines gewaltigen Scheinwerfers auf Kyle und seinen sterbenden Freund gerichtet. Und plötzlich erscholl eine dröhnende, nach Eisen klingende Stimme direkt vom Himmel herab:

»Kyle! Was tust du da?«

Kyles Kopf schoß mit einem Ruck in die Höhe. Mit Tränen in den Augen starrte er den Himmel über sich an, der plötzlich nicht mehr blau war, sondern die silberne Farbe des Metalls zeigte, aus dem er in Wahrheit bestand. Ein dunkler Schatten bewegte sich rasend schnell auf ihn zu.

»Mark!« schrie Kyle und fuhr fort, den Jungen zu schütteln. »Konzentriere dich! Versuche, nicht zu atmen! Der Sauerstoff in deinem Blut reicht. Du kannst damit leben, lange genug, um die Wunde zu schließen. *Tu es! Tu es endlich!«*

Er schüttelte Mark wie besessen, aber der Junge reagierte nicht mehr. Er konnte es nicht mehr.

Mark war tot. Die Erkenntnis brachte Kyle fast um den Verstand. Er schrie auf, begann, Mark noch heftiger zu schütteln, und schlug ihn schließlich mit der flachen Hand ins Gesicht, als könne er das Leben in ihn zurückprügeln.

Das dunkle Ding am Himmel wurde größer, setzte mit einem heulenden Laut auf dem Kamm des künstlichen Sandhügels hinter ihm auf und teilte sich, und die spinnengliedrigen Gestalten von zwei Dienerkreaturen eilten auf ihn zu.

Kyle fuhr herum. Plötzlich schlug sein verzweifelter Zorn in Haß um, eine ziellose, brodelnde Wut, die durch nichts zu besänftigen war. Mit einem gellenden Schrei riß er seine Waffe hoch, gab einen Schuß auf eine der beiden Dienerkreaturen ab und warf sich zur Seite, als sie mit einem Schmerzlaut zusammenbrach und die andere eine plumpe Waffe hob und auf ihn richtete.

Die gewaltige *Ameise* hatte keine Chance. Der Schmerz gab Kyle übermenschliche Kräfte. Er rollte sich über die Schulter ab, feuerte noch aus der Bewegung heraus auf die Dienerkreatur und registrierte mit grimmiger Befriedigung, wie sie ihre Waffe fallenließ und mit einem schmerzerfüllten Pfeifen zurücksprang. Blitzartig schwenkte er die kleine Strahlenpistole wieder herum und feuerte auf die andere *Ameise*, die auf die Füße zu kommen versuchte. Er traf auch diesmal, und wenn die Leistung des kleinen Strahlers auch längst nicht groß genug war, das gepanzerte Geschöpf zu verletzen, so fügte sie ihm doch großen Schmerz zu. Die *Ameise* stürzte zum zweitenmal, schlug alle vier Hände gegen das Gesicht und begann, hoch und schrill zu zischeln.

Als Kyle sich herumdrehte, um auch die zweite Dienerkreatur endgültig niederzustrecken, traf ihn ein weißblauer Blitz, der direkt aus dem Himmel herabfuhr und sein Bewußtsein im Bruchteil einer Sekunde auslöschte.

»Die Mauer.« Barler deutete auf den Waldrand: »Sie wollten sie doch sehen, oder?«

Sie waren nicht wieder zur U-Bahn-Station zurückgekehrt, nachdem sie das zerstörte Botschaftsgebäude verlassen hatten, sondern eine gute Viertelstunde in die entgegengesetzte Richtung marschiert. Der Dschungel war beständig dichter geworden, und Charity war klar geworden, daß sie sich der Grenze der Freien Zone nähern mußten. Jetzt lag sie vor ihnen.

Der Dschungel endete nach weiteren zwei oder drei Schritten abrupt, und dahinter begann . . . ja, was eigentlich?

Ein Energieschirm? Eine Kuppel aus flimmernder Moroni-Magie?

Unsinn.

Vor ihr war . . . nichts. Nichts und vielleicht das Erstaunlichste, das sie je zu Gesicht bekommen hatte.

Obwohl sie jetzt nur noch einen guten Meter von der unsichtbaren Grenze entfernt war, konnte sie sie nicht sehen. Es gab keine Linie verbrannter Pflanzen, keinen unsichtbaren Widerstand, der das wuchernde Grün zurückhielt — nichts. Unmittelbar vor ihr war der Boden mit einem Teppich aus Flechten, Wurzeln und Moos bedeckt, und einen Meter dahinter erstreckte sich nichts als der Beginn einer öden, leicht ansteigenden Gras- und Trümmerlandschaft, die irgendwo in schwer zu schätzender Entfernung mit dem Himmel verschmolz. Einen Moment lang fragte sich Charity, welchen Anblick die Energiekuppel wohl von außen bieten mochte, hätte es jemanden gegeben, der sie beobachtete. Die Welt außerhalb sah allerdings eher so aus, als wäre das am höchsten entwickelte Leben ein Grashalm. Wo einmal die Vororte von Paris gewesen waren, breitete sich nur noch eine einzige riesige Trümmerlandschaft aus. Nach kurzem Suchen fand Barler einen Ast, den er abbrach und im hohen Bogen auf die Trümmerlandschaft hinauswarf.

Er erreichte sie nie.

Als er die unsichtbare Grenze berührte, in der der Dschungel in dieses graue, triste Land überging, verschwand der Ast.

Es geschah auf sonderbare Weise völlig undramatisch. Kein Funkenregen entstand, keine rauchenden Trümmer oder rieselnder Staub — gar nichts. Das Stück Holz war schlicht und einfach verschwunden. Charity blickte den Franzosen betroffen an. »Funktioniert das . . . umgekehrt genau so?« fragte sie.

Barler nickte. »Nichts kommt hinaus und nichts hinein.«

Statt direkt darauf zu antworten, nahm sie den Gamma-Laser von der Schulter, den sie aus der Botschaft mitgenommen hatte, entsicherte ihn und richtete den Lauf der Waffe auf die verkohlte Ruine eines zweistöckigen Hauses, keine fünfzig Schritte von ihr entfernt. Barler sah ihr stirnrunzelnd zu, sagte aber auch dann nichts, als Charity abdrückte und der dünne, blauweiße Energiestrahl in die Wand des Gebäudes einschlug und ein fast metergroßes Loch hineinbrannte.

Charity senkte die Waffe, zögerte einen Moment und hängte sie sich dann wieder über die Schulter, nachdem sie sie gesichert hatte.

»Und was beweist das jetzt?« fragte Barler.

»Nichts«, gestand Charity nach kurzem Zögern. »Außer vielleicht, daß diese Mauer nicht ganz so undurchdringlich ist.«

Barler lachte humorlos. »Das ist ein Laser, nicht wahr?« fragte er mit einer Geste auf das Gewehr. Er hatte eine gleichartige Waffe über der Schulter hängen, die er wie sie aus der Botschaft mitgebracht hatte, hatte ihr aber bisher nur einen flüchtigen Blick geschenkt.

Charity nickte.

»Im Grunde nichts anderes als konzentriertes Licht«, fuhr Barler fort. »Daß die Mauer Licht durchläßt, habe ich nie bestritten. Dummerweise nutzt uns das überhaupt nichts.«

»Ich weiß«, gestand Charity niedergeschlagen. Sie blickte auf die unsichtbare, tödliche Trennlinie, die die verwüstete Stadt vom Rest einer vielleicht ebenso verwüsteten Welt trennte. »Wie weit reicht diese Mauer?« fragte sie.

Barler zuckte mit den Achseln. »Keiner von uns war je auf der anderen Seite des Flusses«, antwortete er. »Aber es muß eine Halbkugel sein. Ich schätze, daß sie einen Durchmesser von vielleicht hundert Kilometern hat.«

Charity überlegte einen Moment. »Das bedeutet . . .«

»Daß ihr Zentrum ungefähr unter dem Eiffelturm liegen muß«, bestätigte Barler.

Charity sah ihn verwirrt an. »Manchmal«, sagte sie, »frage ich mich allen Ernstes, ob Sie Gedanken lesen können.«

Barler lächelte flüchtig. »Es ist nicht besonders schwer. Vor allem nicht, wenn es die gleichen Gedanken sind, die ich auch schon hundertmal hatte.«

»Niemand hat jemals diese Wand durchbrochen?« fragte Charity.

Barler schüttelte den Kopf. »Niemals.«

»Und Sie und all die anderen, die in der Freien Zone leben? Wie sind Sie hierhergekommen?«

Barler schwieg einen Moment. »Ich?« Er lächelte schmerzlich. »Ich weiß es nicht. Ich erinnere mich, an einem anderen Ort geboren zu sein. Aber es ist zu lange her, als daß ich sicher wäre, ob es wirklich so war oder ob ich es mir nur einbilde. Solange ich mich wirklich erinnern kann, lebe ich hier. Und die anderen auch.« Er winkte ab, als sie ihn unterbrechen wollte. »Es ist einfacher, wenn ich Ihnen den Rest *zeige*, Miss Laird.«

Wieder blickte Charity auf die unsichtbare Mauer. Irgend etwas an Barlers Geschichte stimmte nicht. Sie wollte eine weitere Frage stellen, aber Barler deutete in die Richtung, aus der sie gekommen waren. »Lassen Sie uns gehen«, sagte er. »Der Rückweg ist weit, und ich möchte nicht, daß Ihre Freunde anfangen, sich Sorgen um Sie zu machen.«

10

»War das der Moment?«

Die weiße Ameisengestalt des Inspektors wandte den Kopf und blickte fragend auf Stone herab, und er fügte mit einer erklärenden Geste auf die reglose, nackte Gestalt auf dem chromschimmernden Untersuchungstisch hinzu: »Der Fehler in seiner Konditionierung?«

Der Inspektor zögerte einen Moment, als wäre er sich nicht ganz schlüssig, was er antworten sollte. Dann machte er eine Bewegung, die wohl seine Entsprechung zu einem menschlichen Kopfschütteln war.

»Nein. So etwas kommt vor. Nicht sehr oft, aber es kommt vor. Er war noch sehr jung damals, und es war noch zu viel von einem Menschen in ihm. Es muß später noch etwas anderes geschehen sein, etwas, von dem wir nichts wissen. Dieser Vorfall war uns bekannt.«

Stone wandte sich nachdenklich ab und sah wieder den bewußtlosen Megamann an. Obwohl Kyles Wille so sicher ausgeschaltet war wie eine Maschine, deren Stecker man herausgezogen hatte, spürte er immer noch Furcht vor der schlanken Gestalt. Waren es seine eigenen Schuldgefühle Kyle gegenüber — oder beruhte seine Beunruhigung auf dem sicheren Wissen, daß Kyle auch jetzt noch gefährlich war?

Sein Blick löste sich vom Gesicht des Megamannes, das im Schlaf sonderbar friedlich und entspannt wirkte, und suchte den großen Schirm über dem Bett, auf dem Kyles Gedanken umgesetzt in Bilder und Worte zu sehen waren. Im Moment erkannte er nichts als ein sinnloses Durcheinander von Bewegung, Farben und Formen. Er fragte sich, ob diese furchteinflößende Gedankenmaschine bei jedem Menschen funktionierte.

Vielleicht war es auch gar nicht Kyle, sondern diese Umgebung, die ihm Angst machte. Alles hier war so . . . anders. So völlig verschieden von dem, was er in den letzten Jahren gesehen hatte. Selbst er, der vielleicht mächtigste Mensch auf diesem Planeten, hatte bisher nur wenig von der übermächtigen Technologie der Invasoren zu Gesicht bekommen. Und das wenige, was er gesehen hatte, war eher verwirrend als beeindruckend gewesen. Eine Technologie, die der der Erde des 20. Jahrhunderts in manchen Punkten überlegen, in anderen unterlegen war, die aber auf dem rücksichtslosen Einsatz von Material und Energie beruhte.

Was Stone in dieser Basis im Schatten des Eiffelturms gesehen hatte, das überstieg alles, was er sich in seinen kühnsten Träumen hatte vorstellen können. Es schien hier nichts zu geben, das nicht möglich war, nichts, das nicht von Maschinen und lautlos arbeitenden Computern erledigt wurde. Nicht zum ersten Mal, seit er aus den Schlaftanks der unterirdischen Bunkerstation gestiegen war und sich den Invasoren angeschlossen hatte, fragte er sich, wer sie *wirklich* waren, ohne aber eine Antwort zu finden.

»Wie lange wird die Untersuchung noch dauern?« fragte er.

»Bis wir gefunden haben, wonach wir suchen«, antwortete der Inspektor ruhig. »Es muß einen Fehler gegeben haben. Irgendein Vorfall, der übersehen wurde. Wir müssen wissen, was es war.«

»Das kann Wochen dauern«, sagte Stone ernst.

»Das stimmt«, antwortete der Inspektor.

»Und bis dahin ist Captain Laird wahrscheinlich schon tausend Meilen entfernt«, sagte Stone. »Oder auf einem anderen Kontinent.«

Der Inspektor wandte langsam den riesigen, dreieckigen Schädel und starrte ihn aus seinen kalten Facettenaugen an. »Der Aufenthaltsort von Captain Laird und ihren Begleitern ist uns bekannt«, sagte er.

Stone riß erstaunt die Augen auf. »Ihr wißt, wo . . .«

»Die Gesuchten befinden sich in der Freien Zone.«

»Warum stehen wir dann noch hier herum?« fragte Stone erregt. »Wieso schickt ihr niemanden hin, um sie zu holen?«

»Dazu besteht im Augenblick keine Notwendigkeit«, antwortete der Inspektor.

Sie benutzten wieder die Metro, um zurückzufahren, aber sie stiegen an einer anderen Station aus. Auch an ihr waren die vergangenen fünfeinhalb Jahrzehnte nicht spurlos vorüber gegangen, und trotzdem machte alles einen sauberen, ja fast gepflegten Eindruck. Die elektrische Beleuchtung brannte, zu ihrer großen Überraschung funktionierte sogar die Rolltreppe noch.

Es war fast dunkel, als sie ins Freie traten. Die Sonne war bereits hinter dem Horizont verschwunden, und das Licht war so dunkelgrün geworden, daß es beinahe schwarz wirkte; ein bizarrer Anblick, der Charity mehr als alles andere die absolute Fremdartigkeit dieser Welt verdeutlichte.

Um so erstaunlicher wirkte das, was sich rings um den alten Metroschacht erstreckte: eine fast völlig intakte Stadt. Wäre dieses unheimliche, schwarzgrüne Licht nicht gewesen, dann hätte sie meinen können, sich in einer Stadt des 20. Jahrhunderts zu befinden. Die Straße war breit und leer. Das einzige Grün, das sie sah, waren Pflanzen in liebevoll aufgestellten Kübeln. Doch als Charity sich aufmerksamer umblickte, merkte sie, daß einige Fenster geschwärzt und einige Dächer eingestürzt waren.

Erstaunt sah sie Barler an, und diesmal gelang es dem Franzosen nicht mehr ganz, den Ausdruck von Stolz von seinen Zügen zu vertreiben. »Das ist also die Freie Zone?«

Barler nickte. »Was haben Sie erwartet? Ein paar verdreckte Steinzeitmenschen, die in Ruinen ohne Dächer hausen?«

»Natürlich nicht«, antwortete Charity hastig. »Ich bin nur ein wenig überrascht. Ich habe drüben in Amerika andere Städte gesehen.«

»So?«

»Kommen sie niemals hierher?«

»Die *Ameisen?*« Barler schüttelte den Kopf. »Niemals. Jedenfalls nicht freiwillig.« Ein Schatten huschte bei diesen Worten über sein Gesicht. »Warum sollten sie auch?« fuhr Barler fort. »Wir tun ihnen nichts, und sie uns nichts. Das hier ist die Freie Zone.«

»Und Sie haben niemals versucht auszubrechen?«

Barler schürzte abfällig die Lippen. »Sie haben die Mauer gesehen, oder?«

Charity antwortete nicht mehr, sondern folgte dem Franzosen über die breite Straße auf ein mehrstöckiges weißes Gebäude zu. Obwohl es ebenfalls alt war und die Spuren schwerer Beschädigungen zeigte, die nur unzureichend beseitigt worden waren, machte es irgendwie einen offiziellen Eindruck. Eine geborstene Marmortreppe führte zu seinem Eingang hinauf. Die Halle lag im Schein einer doppelten Reihe Neonröhren. Charity begriff, daß sie sich in einem ehemaligen Hotel aufhielt. Die ehemalige Rezeption war noch erhalten, aber dahinter erhoben sich ein paar kleine Monitore.

»Das ist unsere Verwaltung«, erklärte Barler, dem ihr erstaunter Blick nicht entgangen war.

Charity sah noch einmal auf die Monitore. Sie war zu weit davon entfernt, um Einzelheiten erkennen zu können, aber es war unschwer zu sehen, daß die Kameras eine Anzahl großer Plätze zeigten, die sich kaum von der Straße unterschieden, die sie gerade überquert hatten.

»Was ist das?« fragte sie spöttisch. »Ein Verkehrsleitsystem?«

Barler sah sie verständnislos an. »Es gibt auch hier ein paar Orte, die wir besser ständig im Auge behalten«, antwortete er. »Aber das erkläre ich Ihnen alles morgen. Jetzt bringe ich Sie zu Ihren Freunden.«

Charity wollte weitergehen, als eine Bewegung auf einem der

Monitore ihre Aufmerksamkeit erweckte. Es war ein winziger, zweidimensionaler Schirm mit einem ziemlich miserablen Bild. Aber trotz aller Störungen und Streifen konnte sie die schwarzen Chitingestalten erkennen, die sich zwischen den Häusern bewegten . . .

»Sagen Sie, Barler«, sagte Charity. »Habe ich Sie falsch verstanden, oder haben Sie vor kaum zehn Minuten behauptet, sie kämen niemals hierher?«

Barler blickte sie einen Moment lang betroffen an, und dann weiteten sich seine Augen überrascht, als sein Blick auf den Monitor fiel. Ein erschrockener Ausdruck huschte über seine Züge, aber er sagte nichts, sondern war mit zwei Schritten bei dem betreffenden Bildschirm und löste einen altertümlichen Telefonhörer von der Gabel des Apparates, der darunter angebracht war. Charity versuchte vergeblich, die Worte zu verstehen, die er mit dem Teilnehmer am anderen Ende der Verbindung wechselte, nachdem er hastig eine Nummer gewählt hatte, aber Barler sprach so schnell, daß sie nichts von dem mitbekam, was er sagte.

Aber er wirkte deutlich verärgert, als er einhängte und sich wieder herumdrehte.

»Probleme?« fragte Charity spöttisch.

»Nein«, antwortete Barler gereizt. »Ich hatte lediglich befohlen, daß man diese Kamera abschaltet. Irgendein Narr hat es nicht getan.«

»Warum?« fragte Charity.

»Damit Sie es nicht sehen«, antwortete Barler geradeheraus.

Die Offenheit dieser Antwort überraschte Charity. »Damit wir was nicht sehen?«

»Die Moroni«, sagte Barler. »Bitte, verstehen Sie das jetzt nicht falsch. Ich war einfach der Meinung, daß es besser ist, wenn ich Ihnen und Ihren Freunden alles der Reihe nach zeige. Manches von dem, was Sie hier bei uns sehen, wird Sie verwirren.«

»Das stimmt«, bestätigte Charity. »Es . . . verwirrt mich in der Tat, Wesen hier zu sehen, von denen Sie behauptet haben, daß sie niemals über den Fluß kämen.«

»Das tun sie auch nicht«, sagte Barler. »Was sie gebracht

haben, was . . .« Er brach ab, sah sie einen Moment nachdenklich an und schien nach den richtigen Worten zu suchen. »Sie haben mich vorhin gefragt, woher wir kommen«, sagte er schließlich. »All diese Menschen hier.« Er lächelte matt und deutete auf den Monitor, dessen Bild in der gleichen Sekunde erlosch, als wäre seine Bewegung der Auslöser gewesen. »Von dort.«

Charity verstand nicht.

»Manchmal kommen sie hierher«, fuhr Barler fort. »Sie . . . bringen Kinder. Jungen, Mädchen . . . meistens Säuglinge. Wir wissen nicht, wo sie herkommen oder warum sie das tun. Sie bringen sie einfach. Viele sind krank, viele sterben — aber die meisten bekommen wir durch.« Er seufzte. »Ich hätte es Ihnen gerne auf eine andere Art und Weise gezeigt, aber das Geheimnis der Freien Zone ist, daß sie uns hierher bringen, ohne daß einer weiß, warum.«

»Aber ich«, murmelte Charity. »Jedenfalls . . . glaube ich es.«

Diesmal war es Barler, der *sie* fragend ansah.

»Die Kinder, von denen Kyle erzählt hat«, murmelte Charity, mehr zu sich selbst als an Barler gewandt. »Wir . . . haben uns gefragt, was sie mit all den Kindern machen, die die Priesterinnen in das *Shai-Taan* bringen.«

»Was für Kinder?« fragte Barler. »Und was für Priesterinnen?«

Charity überhörte die Frage. »Die wenigsten werden zu Megakriegern gemacht«, fuhr sie fort. »Natürlich . . . sie . . . sie testen sie. Und die, die nicht geeignet sind, kommen hierher.«

Offensichtlich verstand Barler keine Silbe von dem, was Charity gesagt hatte. Aber er ging auch nicht darauf ein, sondern wandte sich um. Sie hatte erwartet, daß sie die breite Treppe ansteuern würden, aber Barler begab sich nach rechts und schritt auf einen der drei Aufzüge zu. Erstaunt registrierte Charity, daß sich die Türen selbsttätig öffneten, als er sich ihnen näherte, und die Kabine dahinter hell erleuchtet war.

»Sie überraschen mich immer mehr, Barler«, sagte sie, während sie hinter ihm in den Lift trat. Der Franzose lächelte, drückte den Knopf für die dritte Etage und drehte sich um, als die Türen zuglitten. »Für Sie mag das alles erstaunlich sein«, antwortete er. »Für mich ist es eher erbärmlich — wenn ich daran denke, wie es hier einmal aussah.«

Einen Moment lang schwieg Charity nachdenklich, dann fragte sie: »Woher wissen Sie, wie es war? Ich meine, einmal ganz abgesehen von dem Material, daß Sie brauchen, um hier alles weiter funktionieren zu lassen — woher haben Sie das *Wissen?«*

Barler bedachte sie mit einem sonderbaren Blick. »Captain Laird, Sie sind ein sehr ungeduldiger Mensch, bitte warten Sie bis morgen. Ich werde dann alle Ihre Fragen beantworten.«

Die Kabine hatte die dritte Etage erreicht und hielt an. Auch hier oben brannte nur jede vierte oder fünfte Lampe, aber die Helligkeit reichte aus, um Charity erkennen zu lassen, daß sich das Gebäude in einem ausgezeichneten Zustand befand. Entweder hatte es hier im Inneren keine Kämpfe gegeben, oder man hatte sich alle Mühe gemacht, ihre Spuren zu tilgen. Einige der vielen Türen standen offen, und Charity konnte erkennen, daß man die früheren Hotelzimmer offenbar zu Lagerräumen umfunktioniert hatte. In manchen standen Schreibtische und große, gefüllte Aktenregale, andere waren mit Kisten und Kartons fast bis unter die Decke vollgestopft.

»Beute«, erklärte Barler spöttisch. »Diese Stadt muß einmal sehr reich gewesen sein. Wir sind ziemlich viele, und wir leben jetzt seit vierzig Jahren hier, und trotzdem finden wir immer noch genug, um zu leben.«

»Wie groß ist Ihre Bevölkerung?« erkundigte sich Charity.

Barler zuckte mit den Achseln. »Wir haben uns nie gezählt«, antwortete er, »aber wir müssen ungefähr zehntausend Menschen sein.«

Zehntausend, dachte Charity. Das war viel — und doch entsetzlich wenig, wenn sie bedachte, daß die *Shai*-Priesterinnen seit vierzig Jahren Kinder in das *Shai-Taan* brachten, die ihren Familien fortgenommen worden waren. Was um alles in der Welt geschah mit den anderen? Hatten sie sie wirklich bei ihren Bemühungen getötet, sie in Wesen wie Kyle zu verwandeln? Oder hatte Kyle sie belogen, als er behauptete, es gäbe nur sehr wenige wie ihn? Charity weigerte sich, an eine dieser Möglichkeiten zu glauben. Es mußte noch eine dritte Erklärung geben.

Barler blieb vor einer Tür am Ende des Korridors stehen. »Kommen Sie, Captain Laird«, sagte er. »Ihre Freunde warten sicherlich schon.« Er öffnete die Tür, und Charity trat an ihm vorbei in den dahinterliegenden Raum.

Skudder, Net und Gurk saßen an einem kleinen Tisch unter dem Fenster und diskutierten offensichtlich erregt mit Jean und einer dunkelhaarigen jungen Frau, die nur wenig älter als Net war und Jeans Worte in ein fast akzentfreies Englisch übersetzte. Sie unterbrachen ihr Gespräch, und Skudder und Net sprangen auf und kamen ihnen entgegen, während Gurk sitzen blieb und sie mit finsteren Blicken musterte.

»Charity!« sagte Skudder mit offenkundiger Erleichterung. »Wie geht es dir?«

Charity wollte antworten, aber Barler trat neben sie und legte ihr die Hand auf die Schulter. »Ich werde Sie jetzt allein lassen. Captain Laird kann Sie ja über alles informieren. Sie werden verstehen, daß ich noch eine Menge zu tun habe. Morgen früh stehe ich Ihnen dann zur Verfügung. Bis dahin werden sich Jean und Helen . . .« Er deutete auf das dunkelhaarige Mädchen am Tisch, ». . . um Sie kümmern.«

Charity maß die junge Französin mit einem kurzen Blick. Sie sah freundlich aus und hatte ein offenes, sympathisches Gesicht.

»Helen ist meine Tochter«, fügte Barler hinzu und verabschiedete sich mit einem flüchtigen Lächeln.

Charity ging zum Tisch und setzte sich. Plötzlich spürte sie, wie erschöpft sie war.

»Sie dürfen es meinem Vater nicht übelnehmen, wenn er mißtrauisch ist«, sagte Helen. »Immerhin hat er die Verantwortung für uns alle hier.« Das Mädchen hatte keinerlei Ähnlichkeit mit Barler. Nur in ihren Augen glomm das gleiche energische Funkeln.

»Ihr Vater hat ja recht«, entgegnete Charity. »Ich an seiner Stelle wäre wahrscheinlich genauso mißtrauisch. Vor allem jetzt, nachdem ich diese Mauer gesehen habe.« Net sah sie fragend an, und Charity fuhr erklärend fort: »Es ist irgendeine Art von Energiefeld, durchlässig lediglich für Luft und Licht.«

»Wo wart ihr genau?« erkundigte sich Skudder. »Ich habe

schon begonnen mir Sorgen zu machen. Ihr wart stundenlang weg.«

Charity zögerte einen Moment. Selbst die kleine Anstrengung, Skudder und den anderen von dem zu erzählen, was sie gefunden hatten, schien über ihre Kräfte zu gehen. Eine bleierne Müdigkeit hatte sich auf ihre Glieder gelegt.

Es wurde sehr still im Zimmer, während Charity von ihren Erlebnissen sprach. Skudder und Net sahen sehr nachdenklich aus, und Gurk starrte stumm aus dem Fenster, vor dem der letzte Rest des grünen Tages verblaßte.

»Ich fürchte, ich . . . verstehe nicht ganz«, brach Net schließlich das Schweigen, nachdem Charity geendet hatte. »Wenn dieser Bunker so wichtige Informationen enthält — warum haben sie ihn dann nicht schon längst gewaltsam geöffnet?«

»Weil diese Informationen zu wichtig sind«, antwortete Charity. »Sie wollen sie haben, aber nicht zerstören.«

Net sah sie fragend an. »Warum?«

»Weil sie Plünderer sind!«

Alle Blicke wandten sich erstaunt Gurk zu. Er hatte bisher kein Wort gesprochen, aber erstaunlicher noch als seine Worte, war die Art, *wie* er sie aussprach. Seine Stimme zitterte vor Haß.

»Was meinst du damit?«

Gurk blickte Charity einen Moment lang wortlos an, und sie begriff, daß er seine Worte schon wieder bedauerte. Trotzdem antwortete er: »Habt ihr euch nie gefragt, woher sie all ihre Waffen und Maschinen, Computer und Raumschiffe haben?«

Charity schüttelte den Kopf. Die Frage schien ihr so verrückt, daß sie ihr niemals wirklich in den Sinn gekommen war.

»Jedenfalls haben sie sie nicht selbst gebaut«, sagte der Zwerg. »Sie stehlen und rauben sich alles zusammen, was sie brauchen.«

»Das dürfte ein bißchen übertrieben sein«, sagte Skudder.

Gurk starrte ihn an. In seinen Augen funkelte es böse, und für einen Moment schien sich sein Zorn nun auf den Hopi richten zu wollen. »Das ist es nicht!« behauptete er. »Sie stellen nichts selber her. Sie haben sich nie die Mühe gemacht, irgend etwas wirklich selbst zu tun, als zu rauben und zu brandschatzen.«

»Das ist doch Unsinn!« erwiderte Charity matt. »Du sprichst von einem Volk, das wahrscheinlich schon Dutzende von Planeten versklavt hat.«

»Dutzende?« Gurk lachte gequält. »Ja . . . aber es ist trotzdem so, ob du es nun glaubst oder nicht. Warum sollte man sich die Mühe machen, irgend etwas selbst zu tun, wenn man es stehlen kann? Die Galaxis ist groß genug, und es gibt verdammt viele Planeten, die auszurauben sich lohnt.«

»Wie viele?« fragte Charity.

Gurk zuckte nur mit den Achseln. »Auf jeden Fall sehr viel mehr, als du dir auch nur vorstellen kannst«, antwortete er gereizt.

»Das würde auf jeden Fall erklären«, mischte sich Jean ein, dem Helen alles übersetzt hatte, »warum sie diese Basis ebenso zerstört haben wie die Bunkerstation, aus der Sie gekommen sind, Charity.«

Charity sah Jean überrascht an. Er lächelte. »Wir haben uns unterhalten, während Sie fort waren.«

Tatsächlich mußte Charity zugeben, daß seine Worte einer gewissen Logik nicht entbehrten. Die Moroni hatten SS01 überrannt und zu großen Teilen zerstört, aber sie hatten die Anlage nicht völlig vernichtet, was ihnen durchaus möglich gewesen wäre. Das war auch der einzige Grund, weshalb sie noch lebte.

»Wenn sich dort unten tatsächlich die genaue Position aller . . .« Er sah sie fragend an. »Wie haben Sie es genannt? Nato?«

Charity nickte. ». . . aller Natodepots befindet«, fuhr Jean plötzlich aufgeregt fort, »dann bedeutet das, daß irgendwo dort draußen genug Waffen und Ausrüstung lagern, um eine ganze Armee auszurüsten.«

»Warum sollte das eine Rolle spielen?« fragte Charity leise.

»Weil wir uns dann vielleicht endlich wehren können!« antwortete der junge Franzose erregt. »Ich meine — wenn es uns gelingt, irgendwie durch diese verdammte Mauer zu kommen, oder wenn es sogar einen dieser Stützpunkte in unserer Stadt gibt . . .«

»Wenn es ihn gäbe«, sagte Helen ruhig, »hätten wir ihn längst gefunden.«

Jean machte eine ärgerliche Geste. »Ihr habt ja auch die Festung nicht gefunden«, erwiderte er.

»Weil du uns nicht verraten hast, wo sie ist«, entgegnete Helen fast freundlich.

Charity sah das ärgerliche Aufblitzen in Jeans Augen und hob besänftigend die Hand. »Bitte«, sagte sie. »Keiner hat etwas davon, wenn ihr euch jetzt streitet. Ganz davon abgesehen, daß Helen wahrscheinlich recht hat. Und wenn wir an die Daten herankämen — es ist nicht gesagt, daß noch irgend etwas von all diesem Material existiert. Außerdem gibt es immer noch die Mauer.«

Jean runzelte verärgert die Stirn. »Sie haben gesehen, über welche Waffen die Festung verfügt«, sagte er.

»Und jetzt willst du hingehen und damit den ganzen Dschungel niederbrennen«, sagte Helen spöttisch. »Oder am besten gleich die Basis.«

»Warum nicht?« fragte Jean trotzig.

Das dunkelhaarige Mädchen seufzte. »Wirst du eigentlich nie erwachsen, Jean?« fragte es. »Du und diese anderen Narren, ihr begreift nie, daß wir hier nur leben, weil sie es uns gestatten.«

»Leben!« Jean lachte höhnisch. »Ein jämmerliches Leben, bis sie dich zur Jagd einladen!«

»Oder bis irgendein Trottel sie zu einem Angriff provoziert«, versetzte Helen.

»Hast du schon vergessen, was dir passiert ist?« fragte Jean. Seine Stimme zitterte. »Sie haben deine Eltern umgebracht. Sie hätten fast dich umgebracht — was muß noch passieren, damit du begreifst, daß wir nicht mehr als Spielzeug für sie sind?«

»Ihre Eltern?« fragte Charity.

Helen nickte. »Barler ist nicht mein richtiger Vater. Er hat mich zu sich genommen, nachdem meine Eltern auf einer Jagd umgekommen sind.«

Es war nicht das erste Mal, daß Charity diesen Begriff hörte, und diesmal erkundigte sie sich nach seiner Bedeutung.

»Ein kleiner Zeitvertreib von Barlers Freunden«, sagte Jean, ehe Helen ihre Frage beantworten konnte. »Ab und zu holen sie ein paar von uns über den Fluß und setzen sie im Dschungel aus. Wenn er es zurück bis zum Fluß schafft, dann überlebt er.

Aber bisher *hat* es noch keiner geschafft.« Er deutete mit einer Kopfbewegung auf Helen. »Außer ihr. Aber ihre Eltern kamen dabei ums Leben. Eines von diesen Ungeheuern hat sie umgebracht — vor ihren Augen.«

»Ist das wahr?« erkundigte sich Charity mitfühlend.

»Ja.« Zu ihrer Überraschung lächelte Helen. »Aber es macht mir nichts mehr aus, darüber zu reden. Es ist mehr als zwanzig Jahre her. Ich erinnere mich kaum noch, was wirklich passiert ist.«

Jean antwortete ärgerlich, aber Charity hörte gar nicht mehr hin. Mit einemmal glaubte sie jede Stunde, die sie jetzt ununterbrochen auf den Beinen waren, wie eine Zentnerlast auf sich zu fühlen. Sie war einfach nur müde.

Mit einem kaum unterdrückten Gähnen stand sie auf und wandte sich um. »Wißt ihr was?« fragte sie. »Ihr könnt meinetwegen weiter streiten, aber ich suche mir jetzt irgendeine Ecke, in die ich mich verkriechen kann.«

»Warten Sie«, sagte Helen und stand ebenfalls auf. »Ich zeige Ihnen Ihr Zimmer.«

Charity nickte dankbar und folgte dem Mädchen. Sie verließen das Zimmer, überquerten den Korridor und betraten einen weiteren, kleineren Raum. Helen deutete auf ein breites, frisch bezogenes Bett und lächelte flüchtig, als Charity sich mit einem erleichterten Aufatmen darauf fallen ließ, ohne sich auch nur die Mühe zu machen, Jacke oder Stiefel auszuziehen.

»Morgen früh zeige ich Ihnen die Stadt«, sagte sie, »wenn Sie das wollen.«

»Gern«, murmelte Charity mit geschlossenen Augen. Dann hob sie die Lider doch noch einmal und sah Helen an. »Tun Sie mir einen Gefallen, und legen Sie bei Ihrem Vater ein gutes Wort für Jean ein«, bat sie. »Immerhin wären wir ohne ihn nicht mehr am Leben.«

Helen machte eine vage Handbewegung. »Ihm passiert schon nichts«, antwortete sie. »Mein Vater wirkt oft strenger, als er ist. Er wird Jean schon nicht den Kopf abreißen.«

Charity wollte darauf antworten, aber noch bevor sie es tun konnte, war sie bereits eingeschlafen.

11

Es war nach langer Zeit die erste Nacht gewesen, in der sie das Gefühl hatte, in Sicherheit zu sein, und nicht von Alpträumen geplagt wurde. Sie erwachte durch das Gefühl von Sonnenlicht auf dem Gesicht, und obwohl es zu grell war, blieb sie minutenlang einfach mit geschlossenen Augen liegen und genoß die Wärme. Und für die gleiche Zeitspanne gönnte sie sich einen Luxus, den sie sich in all den Wochen, die seit ihrem Erwachen im Schlaftank verstrichen waren, niemals erlaubt hatte: sich der Illusion hinzugeben, daß alles nur ein böser Traum war, daß sie gleich die Augen öffnen und sich in ihrem Bett in dem kleinen weißen Haus in einem New Yorker Vorort wiederfinden würde.

Aber es blieb eine Illusion, und sie zerplatzte, als sie die Augen aufschlug und sah, daß sie nicht allein war.

Auf einem Stuhl neben ihrem Bett saß eine ausgemergelte Gestalt mit dem Körper eines zwölfjährigen Kindes und dem Schädel eines kahlköpfigen, hundertjährigen Riesen. Gurk war offensichtlich eingeschlafen; sein Kopf, der tatsächlich zu schwer für seinen Hals zu sein schien, war zur Seite gesunken. Er bewegte sich unruhig im Schlaf, und seine Lippen formten lautlose Worte in einer fremden, unverständlichen Sprache.

Charity setzte sich lautlos auf und betrachtete den Zwerg aufmerksam. Gurk trug fast unentwegt einen weiten Mantel, der seine Gestalt bis zu den Knöcheln verhüllte. Seinen Kopf verbarg er fast immer unter einer gewaltigen Kapuze. Jetzt aber war er nur mit einer knielangen Hose und einem dünnen Hemd bekleidet. Die sonderbare Diskrepanz zwischen seinem Kopf und seinem Leib stach so noch stärker ins Auge. Während Charity den Zwerg schweigend betrachtete, fragte sie sich mit einem leisen Gefühl der Verwunderung, wieso weder ihr noch irgendeinem der anderen jemals aufgefallen war, *wie* fremdartig Gurk wirklich aussah. Er war ein humanoides Wesen, aber er war eindeutig kein Mensch. Und nicht zum ersten Mal war sie plötzlich fast sicher, daß der einzige Grund, aus dem sie sich nie diese Frage gestellt hatte, der war, daß Gurk nicht *wollte*, daß sie es tat.

Plötzlich erwachte Gurk. Er bewegte sich nicht, sondern hob nur die Lider, aber in seinem Blick lag keine Müdigkeit, sondern nur der Ausdruck einer sonderbar tiefen, fast väterlichen Zuneigung.

»Wer bist du?« fragte sie.

Statt zu antworten, lächelte Gurk flüchtig, setzte sich in seinem Stuhl auf und blickte an sich herab. Ein betroffener Ausdruck huschte über sein Gesicht. Er bückte sich, hob den Mantel auf, der neben ihm auf dem Boden lag und deckte sich damit bis zum Hals zu. Er sah plötzlich aus wie ein Kind, das sich mit dem Kleidungsstück eines Erwachsenen zugedeckt hatte, weil ihm kalt war.

»Ich hoffe, ich habe dich nicht geweckt«, erklärte Gurk.

Charity schüttelte den Kopf. »Was tust du hier?« fragte sie.

»Ich habe darauf gewartet, daß du aufwachst«, antwortete Gurk. »Ich hatte das Gefühl, wir beide müssen miteinander reden. Allein.«

Charity fragte sich, ob es wirklich Zufall war, daß Gurk ihr wieder einmal zuvorgekommen war. Seit ihrer Flucht aus dem

Shai-Taan hatte sie keine Zeit und keine Gelegenheit gehabt, mit ihm zu sprechen. Aber ein Gespräch war wichtig, denn von seinem Ausgang hing möglicherweise alles ab, was sie in Zukunft tun würden. Voller plötzlichem Schrecken wurde ihr bewußt, daß das Wissen dieses mißgestalteten Zwerges über die Zukunft dieses ganzen Planeten entscheiden konnte.

»Ja«, sagte sie. »Ich glaube, es gibt da ein paar Dinge, die wir klären müssen.«

»Stone hat mit dir gesprochen«, sagte Gurk bekümmert. »Ich dachte mir, daß dieses alte Waschweib die Klappe nicht halten kann.«

Charity lächelte flüchtig. Gurk hatte bisher mit Erfolg den Narren gespielt, aber er war in Wahrheit alles andere als ein Narr.

»Also?« fragte Charity. »Wer fängt an? Du oder ich?«

Gurk seufzte. »Ich habe leider keine Zigaretten, die ich dir anbieten könnte.«

Charity blickte ihn fragend an.

»Du könntest mir die Asche aufs Haupt streuen, und ich könnte dazu laut *mea culpa* schreien und mir auf die Brust schlagen«, sagte Gurk erklärend.

Gegen ihren Willen mußte Charity lachen. »Du gibst nie auf, den Clown zu spielen, was?«

»Vielleicht bin ich es«, erwiderte Gurk ernst.

»Ich glaube eher, daß du gefährlich bist, kleiner Mann.«

Gurk grinste weiter, aber in seinen Augen glomm ein mißtrauisches Funkeln. »Gefährlich?« fragte er.

Charity nickte. »Gefährlich dumm oder gefährlich heimtückisch — ich bin noch nicht ganz sicher.«

»Heimtückisch vielleicht«, antwortete Gurk beleidigt. »Aber dumm bin ich nun wirklich nicht.«

»Du hast in aller Ruhe zugesehen, wie Skudder und ich mit vereinten Kräften angefangen haben, das Grab für diesen ganzen Planeten zu schaufeln«, sagte Charity.

»Jetzt überschätzt du dich, Cherry«, antwortete Gurk lächelnd. »So tief könnt ihr gar nicht graben.«

»Hör auf, den Idioten zu spielen«, bat Charity müde, »du weißt genau, was ich meine. Stone hat mir erzählt, was mit deinem Heimatplaneten passiert ist.«

Sie behielt den Zwerg bei diesen Worten genau im Auge. Sie hatte damit gerechnet, daß er erschrak oder in Zorn geriet, aber Gurk grinste unerschüttert weiter.

»Hat er die Wahrheit gesagt?« fragte sie.

»Wer?« fragte Gurk.

»Stone«, antwortete Charity geduldig, obwohl ihr Gurks Blick verriet, daß er sehr genau wußte, was sie von ihm wollte. »Kurz, bevor sie kamen, entdeckten unsere Sternwarten das Licht einer neuen Supernova, Gurk. Wir tauften sie auf den Namen PRO-ALPHA-7. Ich nehme an, du hattest einen anderen Namen dafür.«

»So?«

»Stone behauptet, es wäre die Sonne deiner Heimat gewesen.«

»Er ist zweifellos ein helles Köpfchen.«

»Sie ist nicht von sich aus explodiert«, fuhr Charity fort. »Stone behauptet, die Moroni hätten sie gesprengt, als es ihnen nicht gelang, euch zu besiegen. Ist das die Wahrheit?«

»Klar«, antwortete Gurk. »Es gab einen ziemlichen Knall, kann ich dir sagen.«

Charity blieb ernst — und sie spürte auch, daß Gurk nicht so gefaßt war, wie er sich gab. »Und es macht dir gar nichts aus?«

Gurk zuckte mit den Achseln. »Es ist ziemlich lange her«, antwortete er. »Nach eurer Zeitrechnung . . .« Er überlegte einen Moment, ». . . so ungefähr siebzigtausend Jahre, nicht wahr?« Charity nickte, und Gurk fuhr fort. »Eine Menge Zeit. Ich kann mich kaum noch erinnern, wie es dort aussah.«

Es dauerte einen Moment, bis Charity begriff, was der Zwerg da überhaupt gesagt hatte. Ungläubig riß sie die Augen auf und starrte ihn an. »Du . . . du warst . . . dabei?«

Gurk nickte. »Ich war einer der letzten, die wegkamen«, bestätigte er.

Charity starrte Gurk mit immer größerer Verblüffung an. Sie zweifelte keine Sekunde an seinen Worten. Sie spürte mit unerschütterlicher Sicherheit, daß der Zwerg nicht log. »Du . . . du willst mir erzählen . . . daß du . . . *siebzigtausend* Jahre alt bist?«

»Willst du meine Geburtsurkunde sehen?« Gurk grinste und entblößte dabei eine Reihe spitzer, gelber Zähne. »Natürlich bin ich so alt. Aber natürlich bin ich es auch nicht.«

»Aha«, sagte Charity.

»Ich gehörte zu denen, die im letzten Moment herauskamen«, fuhr Gurk fort. »Wir hatten ein Sternenschiff. Einige von uns haben es geschafft, im letzten Moment wegzukommen.« Seine Stimme wurde leiser, und plötzlich trat doch ein Ausdruck von Verbitterung in seine Augen. »Aber nicht sehr viele«, fügte er hinzu.

»Und die anderen?« fragte Charity mitfühlend.

»Es war ein sehr kleines Schiff. Wir waren zweihundertsechsundachtzig. Alles, was von der Bevölkerung meines ganzen Planeten übrigblieb.«

»Ich meine die anderen Schiffe«, bemerkte Charity rasch.

Gurk schüttelte den Kopf. »Ich . . . will nicht darüber reden. Ich . . . war zufällig an Bord des Schiffes, als es geschah«, sagte er. »Es ging so . . . unglaublich schnell. In der einen Sekunde war die Sonne noch da, und in der anderen . . .«

»Was genau ist passiert?« fragte Charity.

Gurk lächelte schmerzlich. »Du kennst die Geschichte. Du hast sie auch erlebt. Sie kamen eines Tages aus dem Nichts, und wir waren ebensolche Narren wie ihr — wir haben ihnen nicht nur noch die Tür aufgehalten, wir haben ihnen den roten Teppich ausgerollt, wenn du so willst. Wie dumm waren wir! Wir haben auf die Freunde von den Sternen gewartet, die aus dem Transmitter treten — und an ihrer Stelle kamen *sie*.«

»Aber ihr habt sie zurückgeschlagen«, bemerkte Charity.

»O ja!« Gurks Stimme schnappte fast über. »Wir haben sie besiegt — immer und immer wieder. Am Ende«, fügte er leise hinzu, »haben wir uns wohl totgesiegt.«

Er hob die Hände, als wolle er sie in einer verzweifelten Geste vor das Gesicht schlagen, ließ sie dann aber wieder sinken und fuhr mit zitternder Stimme fort: »Es war nichts als ein Zufall, daß ein paar von uns überlebten. Vielen von uns war klar, daß wir ihnen nicht bis in alle Zukunft Widerstand leisten konnten. Wir wußten, daß wir früher oder später verlieren würden, und aus diesem Grund bauten wir auch das Schiff.«

»Um damit zu fliehen und irgendwo eine neue Heimat zu suchen«, vermutete Charity.

»Ja.« Gurk nickte. »Es wäre so oder so sinnlos gewesen. Sie beherrschten damals schon fast die Hälfte der Galaxis, und sie werden auch die andere Hälfte erobern. Keine Macht des Universums kann sie jetzt noch aufhalten. Wir befanden uns auf einem Probeflug und wollten gerade nach Hause zurückkehren, als die Sonne explodierte. Daß wir davonkamen, war ein Wunder. Das Schiff war fast so schnell wie das Licht. In den ersten Wochen rechnete keiner von uns damit, daß wir es schaffen würden. Aber irgendwie haben wir es geschafft.«

»Und dann?« fragte Charity.

Gurk seufzte tief und zuckte mit den Schultern. »Wir versuchten, eine andere Heimat zu finden«, antwortete er. »Aber es war aussichtslos. Wohin wir auch kamen, sie waren entweder schon da, oder die Sonnen hatten keine bewohnbaren Planeten. Wir besuchten mehr als ein Dutzend Welten, aber es war überall dasselbe. Schließlich beschlossen wir, so lange einfach geradeaus zu fliegen, wie unsere Maschinen mitspielten. Es war so eine Art Selbstmord mit Verzögerung. Aber was hatten wir schon zu verlieren?«

»Und dann seid ihr hierhergeflogen?«

»Zum anderen Ende der Milchstraße«, bestätigte Gurk. »Nicht hierher zu dieser Welt. Die Maschinen des Raumschiffes arbeiteten mehr als ein Jahrhundert hindurch zuverlässig, aber es waren eben nur Maschinen, und jede Maschine geht irgendwann einmal kaputt. Wir mußten auf einer Welt notlanden, die schon von ihnen erobert worden war.«

»Ein Jahrhundert?« fragte Charity. Sie versuchte, scherzhaft zu klingen. »Und was habt ihr in den anderen neunundsechzig getan?«

»Ein Jahrhundert *unserer* Zeit«, antwortete Gurk. »Du weißt, was geschieht, wenn sich ein Raumschiff der Lichtgeschwindigkeit nähert.«

»Die Zeit an Bord verstreicht langsamer«, sagte Charity.

Gurk nickte. »Wir flogen annähernd mit Lichtgeschwindigkeit, so daß für uns die Zeit praktisch stehenblieb. Einige von uns hofften, ihnen auf diese Weise zu entkommen. Leider war es nur eine weitere vergebliche Hoffnung. Wir landeten auf einem Planeten ein paar Dutzend Lichtjahre von hier und versuchten uns irgendwie durchzuschlagen.« Er zuckte mit den Achseln. »Ich weiß nicht, ob es den anderen gelungen ist oder ob ich der letzte bin.«

»Und wie bist du dann hierhergekommen?«

»So wie alle anderen«, antwortete Gurk. »Kyle und seine mörderischen Brüder sind nicht ihre einzigen Sklaven.«

Er kicherte leise. »Das klingt fast komisch, wie? Sklaven, die sich Sklaven halten. Aber wenn man sich einmal daran gewöhnt hat, ist es gar nicht so schlimm. Solange man sich unauffällig verhält und tut, was sie von einem verlangen, kommt man ganz gut durch.«

Charity seufzte. »Dann ist es also sinnlos«, murmelte sie. »Wenn . . . wenn das alles stimmt, Gurk, dann hat nichts von alledem Sinn gehabt, was ich bisher getan habe. Dann können wir nicht gewinnen. Und wenn doch, dann verlieren wir trotzdem.«

»Wir leben noch, oder?«

»Ja«, sagte Charity bitter. »Wir leben noch. Und wir bereiten ihnen ein bißchen Ärger. Doch wenn wir ihnen zuviel Ärger machen, dann . . .« Sie spreizte ruckartig die Finger der rechten Hand, um eine Explosion zu demonstrieren.

»Willst du aufgeben?« fragte Gurk.

Charity starrte ihn an. Ihre Augen füllten sich mit Tränen, aber es war kein Schmerz, sondern eine sonderbare Mischung aus Verzweiflung und ohnmächtiger Wut, die sie verspürte. »Natürlich nicht!« sagte sie bitter. »Wir werden weiterkämpfen, und vielleicht gelingt es uns ja sogar, sie zurückzuschlagen.«

»Ich glaube, jetzt überschätzt du dich wirklich«, sagte Gurk ernst. »Ganz egal, wer du bist und was du weißt, du wirst es kaum ganz allein schaffen, sie zu schlagen.«

»Dann verrate mir, warum ich es überhaupt versuchen soll!« fragte Charity.

»Um in Freiheit zu leben, Charity. Du weißt so unendlich viel über die Vergangenheit dieses Planeten, viel mehr als irgendeiner von denen, die heute hier leben. Du kannst die Moroni nicht schlagen. Du kannst ihnen nicht einmal wirklich Schaden zufügen. Keiner kann das. Aber du kannst wenigstens einigen anderen die Freiheit zurückgeben. Willst du wissen, warum ich bei euch geblieben bin? Weil ich glaube, daß du es wirklich schaffen kannst. All diese Narren, die sich selbst Rebellen und Widerständler nennen, tun doch nichts anderes als das, was Daniel und seine Kreaturen ihnen gestatten. Aber du kannst irgendwo auf dieser Welt einen Ort finden, an dem wenigstens einige von euch in Freiheit leben können.«

Es vergingen Sekunden, bis Charity überhaupt begriff, was Gurk gesagt hatte. »Das ist doch nicht dein Ernst«, murmelte sie.

Auf Gurks Gesicht machte sich wieder dieses sonderbare, beinahe väterliche Lächeln breit. »Doch.«

»Das glaubst du wirklich?« Charity stand mit einem Ruck auf. »Sieh dich hier um, Gurk«, verlangte sie. »Schau dich in dieser sogenannten Freien Zone um, und dann wiederhole das, was du gerade gesagt hast.«

»Die Menschen hier sind glücklich«, erwiderte Gurk leise.

»Das sind sie nicht!« widersprach Charity. »Sie sind Gefangene! Sie sind . . .«

»Sie sind frei«, unterbrach sie Gurk. Er beugte sich in seinem Sessel vor und blickte sie mit einem undeutbaren Gesichtsausdruck an. Zum ersten Mal spürte Charity, wie unendlich *alt* dieses Wesen war; und auf seine Art wohl auch weise. »Sie sind frei, Charity«, wiederholte Gurk. »All diese Menschen wären schon lange tot, wenn sie sie nicht hierhergebracht hätten! Du hast es doch selbst gesehen!«

»Hierhergebracht?« Charity lachte bitter. »O ja. Jene, die sie nicht gebrauchen konnten und die das Glück hatten, ihre Experimente zu überleben! Einer von hundert!«

»Sie leben«, beharrte Gurk. »Sie leben, sie können tun und lassen, was sie wollen, sie . . .«

Nun war es Charity, die Gurk mit schriller Stimme unterbrach: »Das sind sie nicht! Sie sind Gefangene, und sie wissen es nicht einmal. Sie leben in dieser Stadt unter dieser verdammten Energiekuppel, und sie leben nur so lange, wie es ihnen die *Ameisen* erlauben!«

»Und?« fragte Gurk ruhig. »Ist das so ein großer Unterschied?« Er hob besänftigend die Hand, als Charity schon wieder auffahren wollte. »Ich habe die Welt, in der du geboren wurdest, niemals kennengelernt, aber eines weiß ich: Ihr wart auch früher nicht frei, auch wenn ihr es vielleicht geglaubt habt. Ihr habt euch selbst Grenzen gesetzt, und wo ihr sie überwunden habt, da seid ihr auf andere gestoßen, die die Natur für euch errichtet hatte. Ihr wart nur so lange frei, wie es das, was ihr eine höhere Gerechtigkeit genannt habt, es zuließ.«

»Aber das ist ein Unterschied«, sagte Charity.

Gurk lächelte flüchtig. »Er ist nicht so groß, wie du vielleicht glaubst.«

Charity begann unruhig im Zimmer auf und ab zu gehen, aber statt Gurk anzufahren, wie sie eigentlich gewollt hatte, blieb sie plötzlich wieder stehen und sah ihn sehr nachdenklich an. »Glaubst du an einen Gott?« fragte sie.

Die Frage schien Gurk zu überraschen — und aus irgendeinem Grund auch in Verlegenheit zu bringen. Einige Sekunden lang blickte er verwirrt zu Charity auf. »Ja«, sagte er dann. »Vielleicht auf eine etwas andere Art und Weise als du, aber ja . . . die Antwort ist ja.«

»Ich auch«, antwortete sie. »Und deshalb kann ich das, was du gesagt hast, nicht akzeptieren. Wer immer sie sind — eines sind sie bestimmt *nicht:* eine gottgesandte Plage.« Sie machte eine zornige Geste zum Fenster. »Ich kann so nicht leben! Und diese Menschen hier«, fügte sie leiser hinzu, »auch nicht.«

»Worte!« sagte Gurk. »Schöne Worte, Captain Charity Laird. Ihr seid Meister der Worte, Charity. Ich habe eure Literatur studiert und eure Geschichte. Dein Volk und meines, sie sind sich ähnlicher, als du ahnst. Aber in einem unterscheiden wir uns: Wir haben schon vor langer Zeit begriffen, daß man die Dinge so nehmen muß, wie sie kommen.«

»Ja«, sagte Charity zornig. »Deshalb seid ihr auch untergegangen.«

»Weil wir nichts daraus gelernt haben«, antwortete Gurk ruhig. »Wir haben versucht, uns gegen das Unvermeidliche zu wehren. Mit dem Ergebnis, daß wir ausgelöscht wurden. Ich will nicht, daß es deinem Volk genauso ergeht.«

»Bist du deshalb bei uns?« fragte Charity. »Ist das der Grund?

Du hast mich nicht begleitet, weil du glaubst, ich könnte Erfolg haben. Du bist bei mir, weil du es *fürchtest.*«

»Unsinn!« widersprach Gurk. »Ich habe dir schon einmal gesagt, du überschätzt dich. Die Moroni und ihre Helfer sind vielleicht Banditen, aber jeder wirklich gute Pirat ist auch ein Kaufmann. Es wäre nicht sehr ökonomisch, einen Planeten zu erobern und fünfzig Jahre lang zu kolonisieren, um ihn dann zu vernichten, nur weil eine einzige Person einem Ärger bereitet.«

»Na wunderbar!« versetzte Charity erbost. »Dann geben wir auf! Dann werde ich jetzt zu dieser Basis gehen und mich Kyles Brüdern stellen. Vielleicht gilt Stones Angebot ja noch, und er macht mich zu seiner Adjutantin.«

Gurk sah sie traurig an. Er wirkte enttäuscht, aber nicht zornig. »In gewissem Sinne ist sein Weg richtig«, sagte er nach einer Weile. »Er hat erkannt, daß es keine Gegenwehr gegen sie gibt. Also versucht er, aus der Situation das Beste zu machen. Für sich — und für sein Volk. Ich stimme mit dir überein, daß Stone zu viel für sich und zu wenig für seine Leute tut. Aber das Prinzip ist nicht falsch.«

Fast zu ihrer eigenen Verblüffung widersprach Charity nicht sofort. Sie mochten beide recht haben. Vielleicht gab es wirklich mehr als eine Wahrheit. Ohne ein weiteres Wort verließ sie das Zimmer.

12

Als Kyle zwölf Jahre alt war, ging er das erste Mal auf die Jagd und tötete den ersten Menschen. Und ein halbes Jahr später traf er das Mädchen.

Er hatte jetzt den Körper eines erwachsenen Mannes und die Instinkte eines Killers. Seit dem Tag, an dem er die Basis das erste Mal verlassen hatte, um in den Dschungel hinauszugehen, der sie umgab, war die Jagd zu einem festen Bestandteil seines Lebens geworden. Und bald begann er, sie zu lieben, denn sie stellte die einzige Abwechslung im täglichen Einerlei aus Training, Unterricht und jenen endlosen Stunden dar, in denen sein Körper fortwährend verändert wurde. Er hatte gelernt, den Schmerz auszuschalten, den sie ihm zufügten. Er hatte gelernt, alle Demütigungen zu ertragen. Er hatte gelernt, nicht nach dem Grund zu fragen, aus dem man ihm all dies antat.

Was er nie gelernt hatte, war, mit jenem anderen, körperlosen Schmerz fertig zu werden. Mit der unheimlichen Veränderung, die sie mit seinem Körper vornahmen, vermochte er zu leben; mit dem, was sie seiner Seele antaten, nicht. Er zerbrach nicht daran wie so viele vor ihm, die eines Tages nicht wieder aus den glitzernden Kammern herausgekommen waren oder schlichtweg den Verstand verloren hatten, aber das Menschliche in ihm begann schwächer und schwächer zu werden, als verkröche sich seine Seele unter einem Panzer aus hartem Narbengewebe, den nichts mehr durchdringen konnte.

Die Jagden stellten die einzige Abwechslung dar. Sie waren weitaus gefährlicher als das siebenjährige Training in den Kuppeln, das er mit ein paar Gefährten überlebt hatte. Seine Reaktionen, seine Kraft und seine Regenerationsfähigkeit waren ins Unermeßliche gestiegen. Die künstlichen Feinde, mit denen die jungen Krieger in der Kuppel hatten kämpfen müssen, waren ebenso tödlich und heimtückisch wie die, die bei der Jagd auf sie warteten. Aber sie waren künstlich und nur zu dem Zweck erschaffen, *besiegt* zu werden. Die Kreaturen hier draußen aber mußten täglich um ihr Überleben ringen. Einige seiner Kameraden kehrten nicht von der Jagd zurück. Einmal hatte Kyle gesehen, wie einer von ihnen von einem gewaltigen gepanzerten Etwas angesprungen und auf der Stelle getötet wurde. Er hatte keinen Finger gerührt, um ihm zu helfen.

Dann kam der Tag, an dem er das Mädchen traf.

Die Jagd beschränkte sich nicht nur ausschließlich auf Tiere. Während der vier Stunden, die sie waffenlos und ohne Ausrüstung im Dschungel verbringen mußten, trafen sie manchmal auf Eingeborene des Planeten; humanoide Wesen, die Kyle und den anderen jungen Megakriegern ähnelten, im allgemeinen aber kleiner und von schwächlicher Konstitution waren. Kyle wußte, daß sie auf der anderen Seite des ausgetrockneten Flußbettes lebten, und dieser Fluß stellte zugleich auch die einzige Regel dar, die es in diesem ungleichen Kampf gab: Gelang es einem der Eingeborenen, ihn zu überwinden, ehe die Megamänner ihn stellten, so kam er mit dem Leben davon.

Sie waren zu sechst, Kyle, zwei weitere Megakrieger, deren Namen er nicht einmal kannte, und drei Dienerkreaturen, die aber niemals in einen der Kämpfe eingriffen, sondern nur als Beobachter fungierten, als sie die Spuren von zwei Eingeborenen fanden. Sie gingen auf die übliche Methode vor: Während einer der beiden Megamänner der Spur folgte, begannen Kyle und der zweite Megakrieger sie zu umgehen und den Flüchtlingen so den Weg abzuschneiden; jeder von ihnen wurde von einer Dienerkreatur begleitet. Kyle kam nicht besonders gut voran: Das Gelände erwies sich als weitaus schwieriger, als er erwartet hatte, außerdem wurde er mehrmals angegriffen. Einmal verwundete ihn eine Kreatur so schwer, daß er fast eine Viertelstunde brauchte, um weitermarschieren zu können. Trotzdem gelang es ihm, die Eingeborenen zu stellen.

Die drei Humanoiden waren recht geschickt vorgegangen und hatten eine falsche Fährte gelegt. Als Kyles überscharfe Sinne ihre Schritte und die geflüsterten Worte vernahmen, da befanden sie sich fast in der entgegengesetzten Richtung, in der die beiden anderen nach ihnen suchten. Er wußte, daß es drei waren. Und ihr Körpergeruch und die unterschiedliche Schwere ihrer Schritte verrieten ihm, daß es sich um ein Pärchen handelte, das ein Junges mit sich führte. Kyle schlich hinter einen mannshohen Busch, paßte die Farbe seines Chamäleonanzuges dem Hintergrund an und erstarrte zur Reglosigkeit.

Hinter ihm verschmolz die Dienerkreatur mit geradezu unheimlicher Geschicklichkeit mit den Schatten des Waldes.

Die Schritte kamen rasch näher, und er sah, daß er sich nicht getäuscht hatte. Es handelte sich um ein Eingeborenenpärchen, beide für ihre Spezies groß und ausgesprochen kräftig. Der Mann war in einen einteiligen Anzug aus zusammengenähten Flicken der unterschiedlichsten Grünschattierungen gehüllt, die ihn beinahe perfekt tarnten. Die Frau trug einen Rock aus dem gleichen Stoff. Beide waren bewaffnet, und ihre Blicke huschten aufmerksam hin und her, tasteten über jeden Schatten und verfolgten jede noch so kleine Bewegung. Sie sind sehr aufmerksam, dachte Kyle anerkennend. Er hatte noch nicht sehr viele Erfahrungen mit der Jagd auf diese Humanoiden gesammelt, aber er begann zu ahnen, daß er diese Spezies bisher unterschätzt hatte.

Das Junge mochte etwa acht oder neun Jahre alt sein, bewegte sich aber trotz seines geringen Alters schon so geschickt und fast lautlos wie seine Eltern.

Es entdeckte Kyle zuerst.

Während die beiden Alten in weniger als zehn Meter Entfernung an seinem Versteck vorübermarschierten, ohne seine Anwesenheit zu registrieren, erstarrte das Junge plötzlich und blickte ihn an. Kyle verstand den Grund nicht. Sein Chamäleonanzug arbeitete perfekt; er hatte selbst die Haut seines Gesichts den Schatten des Waldes angepaßt. Aber das Mädchen sah ihn trotzdem. Eine Sekunde lang blickte es ihn an; in ihren Augen war keine Angst, nicht einmal Schrecken, sondern nur eine unschuldige, kindliche Neugier. Dann schien es jäh zu begreifen, wen es vor sich hatte, denn mit einemmal hob es die Hand und deutete anklagend auf Kyle. Sein Mund öffnete sich, aber es brachte keinen Laut hervor.

Trotzdem reagierten die beiden Alten sofort. Während das Weibchen herumfuhr und sein Junges mit einer erschrockenen Bewegung zurückzerrte, riß der Mann seine Waffe empor und gab rasch hintereinander zwei Schüsse ab.

Kyle wich dem ersten mit einer geschickten Bewegung aus, aber der zweite traf. Das winzige Insekt durchschlug das lebende Gewebe seines Chamäleonanzugs, bohrte sich tief in seinen Körper und begann sofort, sein tödliches Nervengift abzugeben, während es sich mit rasiermesserscharfen Krallen und Fängen in sein Fleisch grub.

Kyle taumelte zurück. Sein Körper analysierte das Gift der Springmade in Sekunden und aktivierte ein kompliziertes System von Enzymen und Drüsensekreten, das die toxische Substanz rasch in eine andere, völlig harmlose umwandelte. Fast gleichzeitig verhärtete sich das Fleisch rings um die winzige Made zu einer knochenharten Kapsel, die das Tier daran hinderte, weiter in seinen Körper einzudringen. Die Schußwunde schloß sich fast ebenso schnell wie sie entstanden war. Als Kyle sich mit einem Satz auf den Eingeborenen stürzte, war von der Verletzung schon nichts mehr zu sehen.

Der Humanoide schien zu begreifen, wie sinnlos seine Waffe war, denn er versuchte nicht noch einmal, auf Kyle zu schießen, sondern machte eine Bewegung, als wolle er zur Seite ausweichen, blieb dann aber plötzlich stehen und empfing Kyle mit einem harten Kolbenhieb. Der eisenharte Schaft der Waffe traf ihn mit furchtbarer Wucht an der Schläfe. Für Momente war er benommen. Trotzdem riß er instinktiv den Arm in die Höhe, als der Eingeborene ein zweites Mal zuschlagen wollte. Das Gewehr wurde dem Humanoiden aus der Hand gedreht und fiel zu Boden.

Kyles Sinne klärten sich wieder. Er sah, wie der Humanoide ein Messer zog, und versuchte auszuweichen, aber wieder kam seine Reaktion zu spät: Die handlange Klinge fuhr tief in seinen Hals, und er spürte, wie sein eigenes Blut in seine Luftröhre strömte.

Kyle hatte den Eingeborenen hoffnungslos unterschätzt. Er hatte nicht geglaubt, wirklich gegen ihn kämpfen zu müssen, aber nun reagierten sein Unterbewußtsein und seine künstlich verstärkten Instinkte: Blitzartig umklammerte er die Hand des Eingeborenen mit solcher Wucht, daß er den Knochen brechen hören konnte, griff mit der anderen, freien Hand nach dem Messer, zog es heraus und tötete den Humanoiden mit seiner eigenen Klinge.

Als er herumfuhr, sah er, daß das Weibchen und das Junge bereits gute zehn, fünfzehn Schritt entfernt waren und in den Busch liefen. Er verschwendete eine Sekunde an den Gedanken, daß die Dienerkreatur sein Verhalten aufmerksam beobachtete und er sich für die Fehler, die er gemacht hatte, würde verantworten müssen, dann hob er das Messer des Eingeborenen, das er noch immer in der Hand hielt, und warf es.

Er traf. Aber statt das Junge zu töten, auf das er gezielt hatte, streifte es nur mit dem Griff seine Schulter. Das Mädchen schrie auf und stürzte. Kyle unterdrückte einen Fluch und rannte ihm nach.

In diesem Moment geschah etwas Unerwartetes. Statt zu fliehen und sich in Sicherheit zu bringen, blieb das Weibchen plötzlich stehen, starrte aus entsetzt aufgerissenen Augen zuerst das Mädchen und dann Kyle an — und machte mit einem spitzen Schrei kehrt!

Kyle war verblüfft, daß er sich nicht einmal wehrte, als sie sich mit weit ausgebreiteten Armen zwischen ihn und das Junge warf und ihn mit ihren Fäusten traktierte. Zwei, drei harte Schläge trafen ihn, und plötzlich blitzte auch in der Hand der Eingeborenen ein Dolch auf, mit dem sie nach seinen Augen zielte. Kyle drehte den Kopf und Oberkörper zur Seite, so daß der Stich ins Leere ging und die Eingeborene an ihm vorübertaumelte, streckte dann blitzschnell das Bein aus und schlug ihr die geballte Faust in den Nacken, als sie stolperte. Noch ehe das Weibchen zu Boden fiel, wirbelte er herum, um auch das Junge zu töten.

Aber er tat es nicht.

Er konnte es nicht.

Er begriff plötzlich, warum die Eingeborene zurückgekommen war. Sie mußte gewußt haben, daß sie nicht die geringste Chance hatte, einen Gegner wie ihn zu besiegen; und trotzdem hatte sie es versucht.

Langsam, als kämpfe er gegen unsichtbare stählerne Ketten, ließ Kyle seine zum tödlichen Schlag erhobenen Arme sinken und blickte das Eingeborenenjunge an. Das Mädchen lag auf dem Rücken; es rührte sich nicht, sondern starrte ihn nur aus angstvoll aufgerissenen, dunklen Augen an. Langsam ließ sich Kyle auf die Knie sinken und streckte die Hand nach dem Mädchen aus; fast ohne zu wissen, warum er es eigentlich tat, aber doch mit dem sicheren Gefühl, daß es richtig war.

Kyle spürte das Entsetzen, das dieses kleine Wesen empfand; ein Entsetzen, das nur seiner Erscheinung galt, nicht dem, was er mit ihm tun würde. Er hatte plötzlich das verrückte Gefühl, daß das Mädchen den Tod eher als Erlösung betrachtete.

Wer war er, daß dieses Mädchen den Tod weniger fürchtete als ihn?!

»Hab . . . hab keine Angst, Kleines«, sagte Kyle. Seine Stimme klang heiser; er war es nicht gewohnt, solche Worte zu sprechen. »Ich tue dir nichts.«

Das Gesicht des Kindes zeigte keine Regung. Kyle begriff, daß es seine Worte gar nicht gehört hatte oder daß sie ihm nichts bedeuten.

Er hörte Schritte, dann fiel der dünne, harte Schatten der Dienerkreatur über das Gesicht des Mädchens, und endlich löste es seinen Blick von Kyle. Es sah auf, und die seltsam gestaltlose Furcht in seinem Blick machte Abscheu und Haß Platz.

Auch Kyle drehte den Kopf und blickte die Dienerkreatur an.

Die gigantische *Ameise* schaute aus ihren starren Augen auf ihn und das Mädchen herab. »Warum zögerst du?« fragte die Computerstimme des Übersetzungsgerätes. »Eliminiere sie.«

Kyle sah wieder das Mädchen an. Es hatte leise zu weinen begonnen, aber er wußte, daß die Tränen, die über sein schmutziges Gesicht liefen, nicht der Angst vor seinem eigenen Tod galten, sondern dem Anblick der beiden furchterregenden Gestalten. Eine kalte, unmenschlich starke Hand schien nach seinem Herzen zu greifen und es langsam zusammenzudrücken. Er war wieder fünf Jahre alt, er hielt wieder seinen sterbenden Freund in den Armen, und zum ersten und letzten Mal in seinem Leben als Megakrieger wußte er, was es hieß, um einen Menschen zu trauern.

»Eliminiere sie!« verlangte die Dienerkreatur noch einmal.

Kyle blickte das Mädchen eine weitere Sekunde an, dann stand er ganz ruhig auf, drehte sich herum und tötete die Dienerkreatur mit einer einzigen blitzartigen Bewegung.

Vom Dach des Louvre aus bot die Stadt ein Bild, das trotz all der Verwüstung und Zerstörung, trotz der grünvioletten, wuchernden Pflanzenmasse den Betrachter noch immer faszinieren mußte. Es war, dachte Charity, als wäre die alte Würde der Stadt noch irgendwie vorhanden; sie hatten die Gebäude und Straßen zerstört, sie hatten jede Spur menschlichen Lebens und menschlichen Schaffens aus den Bereich jenseits der Seine getilgt, aber was sie nicht hatten beseitigen können, das war der Geist, der diese Stadt erschaffen hatte. Paris war noch immer ein Sinnbild für alles, wofür Menschen jemals gekämpft hatten: Freiheit, Leben, Gerechtigkeit . . .

Sie setzte den Feldstecher ab und betrachtete Barler und Skudder, die neben ihr standen. Sie fragte sich, was diese beiden beim Anblick der verwüsteten Stadt empfanden. Wahrscheinlich nichts, dachte sie niedergeschlagen. Vielleicht hatte Gurk recht. Vielleicht war Freiheit nur eine Illusion, für die sich nicht zu sterben lohnte.

Sie verscheuchte den Gedanken und sah für einige weitere Augenblicke zur Silhouette des Eiffelturms hinüber. Wieder glaubte sie für einen Moment, eine Bewegung zu erkennen; ein unscharfes, dunkles Glitzern hoch unter seiner Spitze.

»Sie haben sie gesehen?« fragte Barler, als sie den Feldstecher senkte.

Charity sah ihn verwirrt an. »Wen?«

»Die Königin.«

»Nein«, antwortete Charity automatisch. »Ich . . . Wovon sprechen Sie überhaupt?«

»Von der Königin«, wiederholte Barler. Er lächelte verzeihend, als er ihren fragenden Gesichtsausdruck bemerkte. »Was glauben Sie, woher all diese kleinen Monster kommen, die Ihre Freunde und Sie fast zum Frühstück verspeist hätten?«

Im ersten Moment begriff Charity nicht einmal, wovon er überhaupt sprach. »Sie meinen, die *Ameisen* im Fluß . . .«

»Es waren Junge«, sagte Barler nickend. »Ihre Brut. Der einzige Grund, aus dem Sie überhaupt noch am Leben sind.«

Charity hängte den Feldstecher an ihren Gürtel zurück. »Erklären Sie mir das, Barler«, verlangte sie.

»Gern.« Der Franzose deutete auf die Tür hinter sich. »Aber lassen Sie uns wieder nach unten gehen. Es gibt noch eine Menge, was ich Ihnen zeigen möchte.«

Sie schritten zurück ins Gebäude und betraten einen Aufzug, den Barler eigens für sie in Betrieb gesetzt hatte. Mit einem lauten Quietschen fuhr die altertümliche Kabine in die Tiefe. »Natürlich ist nichts von dem, was wir wissen, wirklich bewiesen. Wir haben uns das meiste im Laufe der Jahre selbst zusammengereimt. Aber ich glaube, daß wir der Wahrheit recht nahegekommen sind. Sie haben den Fluß gesehen. Er ist nicht nur die Grenze zwischen der Freien Zone und dem Dschungel.«

»Wo ist all das Wasser geblieben?« fragte Skudder.

»Fragen Sie Captain Laird«, entgegnete Barler. »Ich habe ihr die Mauer gezeigt. Ich habe ihr auch gezeigt, was mit fester Materie geschieht, die sie berührt.«

Skudder sah ihn mit unverhohlenem Unglauben an. »Sie meinen, es . . . löst sich einfach auf?«

Barler zuckte mit den Schultern. »Es löst sich auf, verdampft, verschwindet . . . ich weiß es nicht.« Er lächelte flüchtig. »Irgendwann zeige ich es Ihnen einmal. Es ist ein grandioser

Anblick: eine dreißig Meter hohe Wand aus Wasser, die einfach verschwindet. Wirklich beeindruckend.«

Im Gegensatz zu Skudder bezweifelte Charity Barlers Erklärung nicht. Schließlich hatte *sie* gesehen, wozu dieses unsichtbare Kraftfeld imstande war. Und sie wußte von Jean, daß es bis tief in die Erde hineinreichte; tief genug, um auch das Netz unterirdischer Kanalisationsleitungen und Pipelines zu blockieren, das die Bewohner der Freien Zone mit ihren Pibikes befuhren.

»Sie bringen die Eier, die die Königin legt, in den Fluß«, fuhr Barler nach einer Weile fort. »An einer Stelle, nicht weit von der Mauer entfernt. Ich zeige sie Ihnen später, wenn es Sie interessiert. Man sieht allerdings nicht sehr viel.«

»Dann ist hier so eine Art Brutstation?« erkundigte sich Skudder.

Barler nickte. »Ja, aber ich glaube nicht, daß es der einzige Grund ist, aus dem sie die Wand rings um die Stadt herum errichtet haben.«

»Aber das ist doch . . . völlig verrückt«, sagte Charity verstört. Barler sah sie fragend an, und sie fuhr erklärend fort: »Ich meine, warum sollten sie . . . einen solchen Aufwand treiben?«

»Vielleicht ist es für sie kein Aufwand?« antwortete Barler lächelnd. »Ich habe viel Zeit gehabt, über diese und andere Fragen nachzudenken, und bin zu der Überzeugung gekommen, daß das, was wir hier sehen, nichts als ihre natürliche Umgebung ist.«

»Die Ruinen einer niedergebrannten Stadt?« fragte Skudder spöttisch.

Barler blieb ernst. »Der Dschungel«, antwortete er. »Sie können es nicht wissen, denn Sie sind noch nicht lange genug hier. Aber ich lebe seit vierzig Jahren in dieser Zone. Glauben Sie mir, die Veränderung ist noch längst nicht abgeschlossen. Sie haben nicht nur ein paar Pflanzen und Tiere hierher gebracht; irgend etwas geschieht mit dieser Stadt. Sie verändert sich. Sehr langsam, aber ununterbrochen.«

Skudder blickte nur verwirrt drein, aber Charity glaubte zu wissen, was Barler meinte. Was unter dieser Energiekuppel geschah, das war mehr als der künstliche Umbau eines kleinen, begrenzten Gebietes. Vielleicht gab es auch schon Tausende solcher Energiekuppeln überall auf der Welt — aber sie war plötzlich völlig sicher, daß das, was sich auf der anderen Seite des Flusses erstreckte, nicht nur eine möglichst genaue Kopie des Heimatplaneten der Invasoren war. Es *war* ihre Heimat. Sie begannen, die Erde zu verändern. Und sie taten dabei mehr, als nur einige heimische Pflanzen durch andere zu ersetzen, als einige Tierarten von ihrer Heimatwelt zu importieren und sie auf die fast wehrlose Fauna der Erde loszulassen.

Barlers nächste Worte bestätigten ihre Vermutung.

»Ich glaube«, sagte der Franzose, »daß das, was wir hier sehen, das natürliche Ökosystem ihres Heimatplaneten ist. Sie haben das Manna gesehen?« Skudder nickte. »Wahrscheinlich vermuten Sie jetzt, daß sie es künstlich herstellen. Aber das tun sie nicht. Jedenfalls nicht so, wie Sie vielleicht denken.«

»O ja«, sagte Skudder spöttisch. »Wahrscheinlich fällt es vom Himmel, nicht wahr? Deswegen nennen sie es auch Manna?«

Barler nickte mit großem Ernst. »So ungefähr«, antwortete er. »Mit einem Unterschied. Es fällt nicht vom Himmel, es kommt aus dem Boden.«

Charity sah ihn an.

»Vermutlich wird es vom Wald produziert«, sagte Barler. »Wir haben etwas von dem Zeug untersucht. Es besteht fast nur aus pflanzlichen Proteinen. Für einen Menschen und jedes Tier, an dem wir es ausprobiert haben, ist es völlig ungenießbar. Auch nicht giftig, aber eben nicht verwertbar. Den *Ameisen* scheint es jedoch hervorragend zu bekommen.«

»Sie meinen, der Wald . . .«

». . . scheidet es aus, ja«, sagte Barler. »Vielleicht haben sie die Pflanzen genetisch verändert. Vielleicht ist es auch ein ganz natürlicher Vorgang auf der Welt, von der sie kommen. Es ist eine Art natürlicher Nährlösung, in der die Eier heranreifen und die Jungen gedeihen, bis sie groß genug sind, den Fluß zu verlassen.«

»Das ist unglaublich!« sagte Skudder.

Barler schüttelte den Kopf. »Finden Sie? Ich finde es eigentlich nur konsequent, nach allem, was wir über sie erfahren haben.«

Der Aufzug hatte das Erdgeschoß erreicht und hielt. Charity unterdrückte ein Schaudern, während sie durch die staubigen Gänge des Louvre gingen. Als sie vor zwei Stunden hierhergekommen waren, da hatte sie an das denken müssen, was ihr Stone erzählt hatte. Was einmal der größte Kunstschatz dieses ganzen Planeten gewesen war, das war nun dem Verfall preisgegeben. Niemand schien sich um diese Kunstschätze zu kümmern.

»Sehen Sie, Monsieur Skudder«, knüpfte Barler an das unterbrochene Gespräch an, als sie ins Freie gelangten, »wir wissen nicht viel über die Invasion. Aber wir wissen eine ganze Menge über die *Ameisen.* Ich glaube, daß ihre Kultur sich völlig anders entwickelt hat als unsere. Und in manchen Punkten sind sie uns sicherlich überlegen. Ihre Zivilisation ist nicht auf die Weiterentwicklung irgendwelcher Technologien ausgerichtet, sie sind nur ein Sklavenvolk, vergessen Sie das nicht.«

Skudder sah ihn verwirrt an, und wieder huschte dieses flüchtige, überlegene Lächeln über Barlers Gesicht. »Man vergißt es leicht, nicht wahr?« fragte er. »Aber im Grunde sind sie nicht mehr als wir. Irgendein Volk, das irgendwann einmal unterworfen wurde und jetzt im Dienste Morons steht. Wir nennen sie Moroni, weil wir die wahren Herrscher noch nie zu Gesicht bekommen haben, aber eigentlich sind sie es nicht.«

Charity wußte, daß Barler recht hatte. Nach allem, was sie bisher erlebt hatte, war dies die einzige Erklärung. Irgendwann einmal mußten die Moroni auch den Heimatplaneten der *Ameisen* überrannt haben. Sie erkannten schnell, welch wertvolle Sklaven ihnen da in die Hände gefallen waren: ein Volk gigantischer, intelligenter Insekten, deren einzelne Individuen über praktisch keinen freien Willen verfügten, die aber in der Gemeinschaft einfach unbesiegbar waren. Wenn sie sich so rasch vermehrten, wie es irdische Insekten taten, dann war es schlicht und einfach unmöglich, dieses Volk aufzuhalten, wenn es einmal auf einer Welt Fuß gefaßt hatte.

»Trotzdem sollten Sie sie nicht unterschätzen«, sagte Charity.

Barler blieb stehen und sah sie an. »Wer sagt, daß ich das tue?« fragte er. »Im Gegenteil, Captain Laird. Ich glaube mittlerweile, daß ihr System unserem überlegen ist. Wozu etwa sollte man Maschinen bauen, die Nahrungsmittel produzieren, wenn man eine Pflanze dazu bringen kann, sie auszuscheiden? Ihre Technik erscheint primitiv, sie ist aber äußerst effektiv.« Er schlug mit der flachen Hand auf den Kolben der Waffe, die aus seinem Gürtel ragte. »Nehmen Sie diese Pistole hier. Sie wissen, wie sie funktioniert?«

Charity nickte wortlos. Sie hatte diese kleinen, mörderischen Insekten kurz nach ihrem Erwachen kennengelernt. Aber sie hatte bisher niemals Zeit gefunden, sich wirklich darüber Gedanken zu machen, woher sie stammten.

»Natürlich ist ein Laserstrahler effektiver«, sagte Barler. »Er ist wirkungsvoller, er reicht weiter, er hat eine größere Treffsicherheit — aber er hat einen kleinen, doch entscheidenden Nachteil: Seine Munition vermehrt sich nicht von selbst. Sie brauchen eine ungeheure Technologie, um eine einzige dieser Waffen herzustellen. Diese Waffe wartet sich selbst. Vielleicht funktioniert die gesamte Technik auf ihrem Heimatplaneten so.« Er zuckte mit den Schultern. »Vielleicht benutzen sie keine Fahrzeuge, um von einem Ort zum anderen zu kommen, sondern große Tiere, in deren Körper sich entsprechende Höhlungen befinden. Vielleicht wohnen sie nicht in Häusern, sondern in riesigen Pflanzen, die nicht instandgehalten werden müssen, sondern sich selbst regenerieren. Vielleicht benutzen sie keine Funkgeräte, sondern telepathisch begabte Kreaturen . . . Die Idee hat etwas Reizvolles, nicht wahr?«

»Sie hat etwas Entsetzliches«, murmelte Charity.

»Warum?« fragte Barler.

»Weil es entsetzlich ist, das Leben zu manipulieren«, antwortete Charity. »Es gibt gewisse Dinge, an die niemand rühren sollte.«

»Aber waren Sie denn nicht auf demselben Weg?« erkundigte sich Barler. »Nach allem, was ich gehört habe, gab es entsprechende Forschungen. Und erstaunliche Fortschritte.«

»Viele von uns waren der Meinung, daß man in dieser Richtung nicht weiter forschen sollte«, antwortete Charity.

Barler zuckte mit den Achseln. »Nun, die *Ameisen* scheinen es getan zu haben. Ich glaube, daß wir in dieser Hinsicht eine Menge von ihnen lernen können.«

»Um sie zu bekämpfen?« fragte Charity.

Barler seufzte. »Nein«, sagte er. »Ich bin froh, daß Sie das Thema ansprechen, Captain Laird. Sehen Sie, gestern abend, als wir diese Station fanden . . .« Er brach ab und suchte einen Moment nach Worten. »Ich habe ein paar Dinge gesagt, die ich vielleicht besser nicht gesagt hätte.«

»Sie meinen, daß Sie sich jetzt endlich gegen sie wehren können?«

Barler nickte. »Ja. Es war falsch. Es . . . tut mir leid.«

»Das heißt, Sie haben aufgegeben«, sagte Charity bitter.

Zu ihrer Überraschung lächelte Barler. »Es ist seltsam, nicht wahr?« fragte er. »Jetzt sind die Rollen vertauscht. Gestern haben Sie versucht, mich zurückzuhalten. Und Sie hatten recht. Wir können diesen Krieg nicht gewinnen. Vielleicht hätten wir es vor fünfzig Jahren gekonnt, aber jetzt nicht mehr.«

»Haben Sie mit Gurk gesprochen?« fragte Charity.

»Ja«, gestand Barler, »wir haben heute morgen miteinander geredet. Er ist ein komischer kleiner Kerl, aber in vielen Punkten hat er recht.«

»Wir sind nicht immer einer Meinung«, sagte Charity.

»Ich weiß«, antwortete Barler. »Und ich will auch nicht versuchen, Sie von irgend etwas zu überzeugen oder von irgend etwas abzubringen. Überlegen Sie sich nur sehr gut, ob Sie bei uns bleiben oder gehen wollen. Ich werde nicht versuchen, Sie irgendwie zu beeinflussen. Aber wenn Sie hierbleiben, dann akzeptieren Sie unsere Welt, so wie sie ist. Die Menschen hier sind glücklich. Und sie sollen es bleiben.« Er hob die Hand, als Charity ihn unterbrechen wollte. »Ich weiß, was Sie sagen wollen, Captain Laird. Und Sie haben mit jedem Wort recht. Aber auch ich habe recht, bitte, versuchen Sie das zu verstehen. Die meisten von uns sind hier aufgewachsen, und sie haben nie etwas anderes kennengelernt.«

»Dann werden wir sie verlassen, Barler«, entgegnete Charity ruhig. »Ich weiß noch nicht wie, aber irgendwie werden wir diese Mauer überwinden.«

»Ich glaube sogar, daß Sie es schaffen«, antwortete Barler. »Aber Sie sollten es sich gut überlegen. Dort draußen erwartet Sie nichts anderes als der Tod. Hier wären Sie in Sicherheit.«

»Aber ich kann so nicht leben«, sagte Charity. »Und die anderen auch nicht.«

»Ist es hier so schlimm?« fragte Barler.

»Nein«, antwortete Charity bitter. »Nicht, wenn es einem nichts ausmacht, als ... als Spielzeug behandelt zu werden.«

»Es tut mir leid, daß Sie das so sehen.« Barler wirkte betroffen, fast traurig.

»Helen hat mir von dem erzählt, was Sie die *Jagd* nennen«, sagte Charity.

»Sie ist der Preis für unsere Freiheit.«

»Ein Preis, der zu hoch ist!« sagte Charity.

»Das ist Ihre Meinung«, erwiderte Barler ruhig. »Aber sie ist falsch. Ich glaube, eure Verkehrsunfälle damals haben mehr Menschenleben gefordert als unsere Jagden.«

»Aber wir haben diese Welt erschaffen! Vielleicht war sie nicht perfekt, vielleicht war sie nicht einmal gerecht — aber es war *unsere* Welt. Ihr seid nichts als Spielzeuge für sie! Sie bringen euch die, die sie für ihre Zwecke nicht gebrauchen können, und ihr päppelt sie hoch, damit sie ...« Charitys Stimme versagte. Sie atmete ein paarmal tief ein und aus, ehe sie fortfuhr: »Ihr seid nichts als lebende Zielscheiben! Dummys, an denen sie üben können!«

Barler starrte an ihr vorbei ins Leere. Ein sonderbar melancholisches Lächeln glitt über seine Züge, aber sein Blick war von Trauer erfüllt. »Wenn Sie wirklich so denken, Captain Laird«, sagte er leise, »dann ist es vielleicht besser, wenn Sie gehen.«

13

Kälte war das erste, was er spürte. Er öffnete die Augen, ohne etwas zu sehen, und im allerersten Moment überkam ihn ein Gefühl von Panik bei dem Gedanken, vielleicht nie mehr sehen zu können. Dann wurde ihm klar, wie albern diese Vorstellung war. Der Raum hatte keine Fenster, und die Beleuchtung war nicht eingeschaltet. Er senkte die Lider, konzentrierte sich für eine Sekunde, um sein Sehvermögen auf den Infrarotbereich einzustellen, und fand sich in einer Welt aus allen nur denkbaren Schattierungen wieder. Er lag noch immer auf dem Untersuchungstisch. Der große Bildschirm über ihm war ausgeschaltet. Kyle lauschte. Draußen auf dem Gang hörte er die regelmäßigen Atemzüge einer Dienerkreatur, die offensichtlich vor der Tür postiert war, ansonsten umgab ihn nur Stille.

Er war verwirrt. Seine Hand- und Fußgelenke waren mit dünnen Eisenringen an eine Metallplatte gefesselt; aber sie mußten wissen, wie wenig Widerstand ihm diese Fesseln entgegensetzen konnten. Trotzdem hatten sie keinen Wächter zurückgelassen. Und das konnte nur bedeuten, daß sie nicht damit gerechnet hatten, daß er erwachte.

Wieso war er dann wach? Die Maschinen der *Herren* begingen keine Fehler; so wenig wie die, die sie gebaut hatten und sie bedienten. Er versuchte, den Kopf zu heben, aber auch in seiner Kopfhaut steckten zahllose, dünne Nadeln, die ihn mit den Geräten, die den Untersuchungstisch an drei Seiten umstanden, verbanden. Kyle zögerte noch einmal einen Moment, dann ballte er die rechte Hand zur Faust und spannte prüfend die Muskeln an. Die dünne Stahlfessel an seinem Gelenk knirschte, und er spürte, wie das Metall zu zerbrechen begann. Kyle wußte, daß es kein Zurück mehr für ihn gab, wenn er jetzt seine Fesseln löste und von dem Tisch aufstand. Die Wahrscheinlichkeit, daß man ihn töten würde, war groß. Und trotzdem erschien die bloße Vorstellung, sich diesem Tod zu widersetzen oder gar einen Fluchtversuch zu unternehmen, im ersten Moment absurd. Für alles, was er bisher getan hatte, ließ sich eine Begründung finden, Stones Mordversuch an ihm, seine Verwirrung und sein Schrecken, als er sich an diesem verbotenen Ort wiederfand . . . Wenn er sich aber jetzt von seinen Fesseln befreite, dann gab es dafür keine Erklärung mehr. Dann wurde er endgültig zu einem Verräter.

Aber war er das nicht längst? Hatte er nicht seit fünfundzwanzig Jahren sein eigenes Volk verraten?

Ein neues Geräusch drang in seine Gedanken; die Atemzüge der Dienerkreatur draußen vor der Tür wurden nervöser. Kyle wandte den Kopf, blickte die geschlossene Tür an und lauschte. Schritte waren zu vernehmen, dann hörte er gedämpfte Stimmen, die zweifellos Stone und dem Inspektor gehörten. Als sie näher kamen, ließ sich Kyle wieder zurücksinken und schloß die Augen. Sein Atem beruhigte sich. Er zwang sein Herz, gleichmäßig und sehr langsam zu schlagen, als befände er sich noch in tiefer Bewußtlosigkeit. Einen Augenblick später glitt die Tür mit einem leisen Summen auf. Er spürte, daß vier Personen die Kammer betraten; die beiden Inspektoren, Governor Stones und ein Megakrieger.

Die Tür schloß sich wieder, und die Schritte näherten sich der stählernen Liege.

»Warum haben Sie darauf bestanden, dabeizusein?« fragte die Metallstimme eines Inspektors.

»Ich . . .« Stone zögerte. »Nennen Sie es meinetwegen übertriebene Vorsicht«, fuhr der Governor schließlich fort. »Ich will mich davon überzeugen, daß er auch wirklich getötet wird.«

»Das ist unlogisch«, antwortete der Inspektor. »Unsere Versicherung muß Ihnen reichen.«

Stone lachte gezwungen. »Ich bin ein Mensch«, antwortete er. »Menschen sind nicht immer logisch. Ich könnte keine Nacht mehr ruhig schlafen, wenn ich seinen Tod nicht selbst miterleben würde. Er hat versucht, mich umzubringen. Und ich weiß, wozu diese Geschöpfe fähig sind.«

Kyle wagte nicht, die Augen zu öffnen, denn er wußte, daß der anwesende Megakrieger jede noch so winzige Bewegung registriert hätte. Er wagte es auch nicht, die Muskeln anzuspannen oder seine übermenschlichen Kraftreserven zu mobilisieren. Dennoch waren alle seine Sinne plötzlich aktiviert. Er hörte jedes noch so winzige Geräusch, er spürte jede noch so leise Vibration, ja, selbst die Bewegung der Luft, die die Schritte Stones und des Megamannes verursachten.

»Ist das auch der Grund, aus dem Sie dabeisein wollen, wenn Captain Laird gefangengenommen wird?« fragte der Inspektor.

»Unter anderem«, antwortete Stone. »Aber ich will auch sichergehen, daß sie tatsächlich lebendig gefangengenommen wird. Tot nützt sie uns überhaupt nichts.«

»Es ist nicht mehr nötig, Captain Laird unbedingt lebend in unsere Gewalt zu bringen«, antwortete der Inspektor. »Die Informationen, die sie sich von ihr erhoffen, werden sich ohnehin binnen einer Stunde in unserem Besitz befinden.«

»Trotzdem!« widersprach Stone unwillig. »Mir wäre wohler, wenn ich dabeisein könnte. Was spricht dagegen?«

»Nichts«, antwortete der Inspektor. »Verzeihen Sie die Frage. Es war reine Neugier.«

Kyle hörte, wie die beiden *Ameisen* beiseite traten, um dem Megakrieger auszuweichen.

»Eliminiere ihn!« befahl der Inspektor.

Kyle zerriß mit einem einzigen Ruck alle vier Fesseln, die ihn an dem Tisch hielten, und warf sich herum.

Der Megakrieger begriff augenblicklich, daß der vermeintlich wehrlose Gefangene wach war und einen Fluchtversuch unternahm. Und er reagierte so schnell, wie Kyle erwartet hatte. Die plumpe Waffe, die er in seiner Hand hielt, versuchte, seiner Bewegung zu folgen, aber Kyle sprang gar nicht auf die Füße, sondern trat im Liegen mit aller Gewalt zu.

Sein Fuß traf das rechte Knie des Megamannes und zerschmetterte es. Der Tritt reichte nicht aus, ihn auszuschalten, aber der dunkelrote Blitz, der Kyle hatte treffen sollen, fuhr zischend in den Metalltisch hinter ihm. Kyle rollte blitzschnell herum, trat ein zweites Mal nach den Beinen des Megamannes und brachte ihn endlich zu Fall. Der Krieger stürzte, und Kyle sprang hinter ihn. Mit einem Arm umklammerte er seinen Hals und bog mit aller Gewalt seinen Kopf zurück, die andere Hand packte das Handgelenk des Megamannes und hielt es mit unerbitterlicher Kraft fest. Der Megamann bäumte sich auf. An Kraft war er Kyle ebenbürtig, aber seine Verletzung behinderte ihn. Ein zweiter dunkelroter Blitz fuhr aus der plumpen Waffe in der rechten Hand des Megamannes und traf einen der Inspektoren. Das weiße Ameisengeschöpf glühte wie unter einem unheimlichen, inneren Feuer auf und verwandelte sich dann in eine Staubwolke.

Kyle versuchte, den Megakrieger in die Höhe zu reißen, und spannte gleichzeitig alle Muskeln an, um ihn das Genick zu brechen. Es gelang ihm nicht. Statt sich weiter gegen Kyles Griff zu stemmen, warf sich der Megamann plötzlich nach vorn, um Kyle über sich hinwegzuschleudern. Kyle ließ es zu, daß ihm die Bewegung den Boden unter den Füßen riß. Als er über seinen Gegner hinweggeschleudert wurde, griff er blitzschnell nach seinem rechten Arm und entwand ihm die Waffe. Er prallte hart auf den metallenen Boden auf und feuerte den Strahler ab, noch während er sich herumdrehte. Die rote Energieflut schnitt wie eine Sense aus Licht durch den Raum und traf den Megamann, bevor er sich auf Kyle stürzen konnte. Der Megakrieger verging in einer lautlosen Explosion aus rotem Licht und wirbelndem Staub.

Fast im gleichen Moment durchschnitt ein weiterer giftgrüner Energieblitz die Luft. Kyle fuhr herum, riß seine Waffe in die

Höhe und wartete auf den grauenhaften Schmerz, mit dem der Laserstrahl seinen Körper treffen und seine gesamte Energie darin entladen mußte.

Aber der Schmerz kam nicht.

Statt dessen hörte er ein prasselndes Zischen und einen spitzen, fast wehleidigen Pfiff. Überrascht wandte er den Blick — und erstarrte. Stone hatte seine eigene Waffe gezogen und gefeuert. Aber es war nicht Kyle, auf den er seinen Laser gerichtet hatte.

Völlig verständnislos bemerkte Kyle das rauchende Loch in der weißen Panzerschale des Inspektors. Die *Ameise* taumelte. Ihre vier Hände griffen ins Leere, sie fanden nichts, woran sie sich festklammern konnten. Langsam brach die *Ameise* in die Knie, blieb einen Moment lang, auf zwei Hände gestützt, reglos hocken und kippte dann zur Seite. Das Leben in ihren kalten Facettenaugen erlosch, noch bevor ihre Spinnenglieder völlig aufhörten sich zu bewegen.

Kyle stand auf und blickte Stone an. Der Governor war bis zur Tür zurückgewichen und starrte auf die tote weiße Riesenameise. Keiner von ihnen rührte sich. Stone mußte wissen, wie wenig ihm seine Waffe gegen einen Gegner wie Kyle nutzte. Doch offenbar hatte der Governor ihn gar nicht treffen wollen. Der Inspektor hatte fast am anderen Ende des Zimmers gestanden. Es gab nur eine einzige Erklärung: Stone hatte den Inspektor absichtlich getötet. Aber warum?

Kyles Finger legte sich um den Abzug seiner Waffe, und auch Stone hob die kleine Laserpistole und richtete sie auf Kyles Augen. Doch keiner von ihnen drückte ab. Sekundenlang starrten sie sich an, bis schließlich Stone seine Waffe langsam wieder senkte.

Auch Kyle schoß nicht. Er hatte diesem Mann nichts zu vergeben, und er war ihm nichts schuldig. Er glaubte jetzt zu wissen, warum Stone den Inspektor erschossen hatte. Nach ein paar weiteren Sekunden senkte auch er die Hand, drehte sich herum und ging schweigend an Stone vorbei zur Tür. Die Blicke des Governors folgten ihm, und obwohl Kyle nicht einmal zu ihm zurücksah, spürte er, wie Stone die Laserpistole wieder hob und auf seinen Hinterkopf richtete. Trotzdem ging er ruhig weiter, blieb einen halben Schritt vor der Tür noch einmal stehen und wandte sich um.

»Fünf Minuten«, sagte Stone leise.

Kyle nickte wortlos. Wahrscheinlich würde er nicht einmal mehr so lange am Leben sein, dachte er. Es gab in dieser Basis Dutzende, wenn nicht Hunderte perfekt ausgebildeter Megakrieger. Aber es war eine Chance, und während er noch dastand und Governor Stone anstarrte, spürte er abermals ein neues, völlig unbekanntes und wunderbares Gefühl: Hoffnung.

Er drehte sich wieder herum, legte die Hand auf den Türöffner und zögerte noch einmal. »Draußen vor der Tür steht eine Wache«, sagte er. »Sie wird hereinkommen, sobald ich diesen Raum verlasse. Sie sollten sich eine gute Geschichte ausdenken — oder sie eliminieren.«

Ohne Stones Antwort abzuwarten, öffnete er die Tür und trat mit einem raschen Schritt auf den Korridor hinaus. Es war leichter, als er geglaubt hatte. Die Dienerkreatur war nicht sehr aufmerksam gewesen oder hatte vielleicht sogar geschlafen, denn sie schien nichts von dem Kampf bemerkt zu haben, der sich quasi direkt hinter ihrem Rücken abgespielt hatte. Als Kyle aus der Tür trat, reagierte sie geradezu lächerlich langsam. Statt sofort die Flucht zu ergreifen und Alarm zu geben, stieß sie ein überraschtes Zischeln aus und versuchte, nach ihm zu greifen. Kyle wich ihren Händen mit einer fast spielerischen Bewegung aus, packte sie am Hals und schmetterte sie gegen die gegenüberliegende Wand. Er legte nur einen Bruchteil seiner Kraft in diese Bewegung, denn er wollte nicht mehr töten, nicht einmal dieses Geschöpf. Trotzdem war der Anprall so heftig, daß die *Ameise* mit einem schmerzerfüllten Kreischen zu Boden sank und einige Augenblicke benommen liegenblieb. Kyle trat zu ihr, zerriß ihren Waffengürtel und schleuderte den kleinen Laserstrahler so weit weg, wie er nur konnte. Das Funkgerät warf er mit aller Kraft gegen die Wand, wo es zerbrach.

Dann drehte er sich herum und lief geduckt den Gang hinab. Er hatte sich den Weg eingeprägt und wußte, daß sich hinter der nächsten Biegung eine der gläsernen Aufzugkabinen befand. Mit ein wenig Glück würde er sie erreichen und das

Gebäude verlassen können, ehe die fünf Minuten verstrichen waren, die Stone ihm versprochen hatte.

Kyle hatte das Ende des Ganges noch nicht ganz erreicht, als hinter ihm plötzlich ein giftgrünes, grelles Licht aufflackerte. Er fuhr überrascht herum und hob seine Waffe im gleichen Augenblick, in dem Stone aus allernächster Nähe einen zweiten Schuß auf den Wächter abgab. Kyle spürte einen eisigen Schauer, als er sah, wie sich Stone über die tote *Ameise* beugte. Es war nicht der Anblick der toten Kreatur, der ihn frösteln ließ; Tod und Gewalt waren ein Teil seines Lebens gewesen. Es war das Gefühl, sich selbst zu sehen. Es war absurd, aber für einen Moment hatte die schlanke Gestalt in der grauen Uniform sein eigenes Gesicht. Die Gnadenlosigkeit, mit der Stone die *Ameise* ausgeschaltet hatte, war auch eine seiner wesentlichsten Charakterzüge. Die Berechnung, die das Leben einer denkenden, fühlenden Kreatur nur als mathematische Größe in eine Gleichung mit einbezog, gehörte zu seinem Denken.

Er riß sich fast gewaltsam von dem Anblick los und lief weiter. Vielleicht hätte er nicht fliehen dürfen, dachte er plötzlich. Er hatte sein Leben gerettet, aber er war plötzlich nicht mehr sicher, daß es den Preis auch wert gewesen war, den er dafür würde zahlen müssen.

Ein unsanftes Rütteln an der Schulter weckte sie. Charity öffnete müde die Augen, sah nichts als einen verwaschenen hellen Fleck über sich und drehte sich mit einem gemurmelten Fluch wieder auf die Seite.

»Verdammt, wach endlich auf!« rief Gurk.

Unwillig drehte Charity sich wieder herum, stemmte sich auf die Ellbogen hoch und blinzelte in das verknitterte Gesicht des Gnoms.

»Was ist los?« fragte sie verschlafen. »Verfolgst du mich jetzt schon in meine Träume, oder bist du gekommen, um mir wieder irgendwelche Vorträge zu halten?«

Gurk machte eine unwillige Handbewegung. »Hör mit dem Quatsch auf!« verlangte er grob. »Irgend etwas geht hier vor.«

Charity schaute den Zwerg noch einen Moment lang verständnislos an — und erwachte schlagartig. Sie hatte Gurk noch nie so erschreckt gesehen.

Mit einem Satz war sie aus dem Bett, schlüpfte in ihre Uniformhose und ein dünnes T-Shirt und wollte sich zur Tür wenden, aber Gurk winkte sie noch einmal zurück.

»Zieh den Rest auch an«, sagte er mit einer Geste auf ihre übrige Kleidung, die unordentlich über dem Stuhl neben dem Bett lag. »Du wirst die Klamotten wahrscheinlich brauchen.«

Charity gehorchte. Rasch zog sie ihre Jacke an, schlüpfte in die Stiefel und nahm schließlich auch das Lasergewehr vom Stuhl. Als sie hinter dem Zwerg in die Hotel-Suite trat, sah sie, daß sie nicht die einzige war, die er geweckt hatte. Skudder und Net saßen in voller Montur in einem Sessel, und zu ihrer Überraschung sah sie auch Helen und Jean, die leise und sehr ernst mit Skudder redeten. Als sie eintrat, unterbrachen sie ihr Gespräch, und Jean eilte ihr aufgeregt entgegen.

»Sie sind da!« rief Jean.

»*Wer* ist da?« fragte Charity.

»Die Jäger!« Jean machte eine nervöse Handbewegung zum Fenster. »Ein Gleiter ist vor einer Stunde gekommen. Und kurz darauf noch einer. Ich bin sicher, sie . . .«

Charity unterbrach ihn mit einer energischen Geste. »Immer hübsch der Reihe nach«, sagte sie. »Was genau ist passiert? Werdet ihr angegriffen?«

Jean schüttelte den Kopf. »Nein«, sagte er, »jedenfalls noch nicht. Aber irgend etwas geht hier vor. Sie sind noch nie auf diese Seite des Flusses gekommen!«

»Weiß Ihr Vater davon?« fragte Charity, an Helen gewandt.

Das dunkelhaarige Mädchen schüttelte den Kopf. Ein sonderbarer Ausdruck lag auf ihrem Gesicht. Sie wirkte irgendwie . . . schuldbewußt, fand Charity. Aber zugleich auch sehr alarmiert. »Wir sind gleich zu Ihnen gekommen«, sagte sie. »Ich weiß, ich hätte meinen Vater verständigen müssen, aber . . .«

»Ihr müßt verschwinden!« sagte Jean. »Ich bin sicher, sie suchen euch.«

»Wenn sie das wirklich täten, hätten sie uns längst gefunden«, antwortete Charity. »Was genau ist passiert?«

Jean trat nervös von einem Fuß auf den anderen, aber als er

endlich antwortete, tat er es erstaunlich ruhig. »Ich war draußen«, begann er. »Ich wollte . . . runter zum Tank, ein bißchen an meinem Bike herumbasteln. Da habe ich den Gleiter gesehen. Er flog ganz langsam und sehr tief. Zuerst dachte ich, er würde in der Stadt landen. Einen Moment lang war er sogar verschwunden.«

»Wo?« fragte Charity.

Jean zuckte die Achseln. »Ich weiß es nicht genau«, gestand er. »Aber ich glaube, es war nicht sehr weit von hier. Aber er kann nicht gelandet sein, denn kurz darauf habe ich ihn wieder gesehen. Er flog nach Norden.«

»Nach Norden?« Charity runzelte die Stirn. »Aber dort ist doch nichts. Nichts, außer . . .« Sie verstummte mitten im Wort. Betroffen blickte sie Jean an. »Sind Sie sicher?« vergewisserte sie sich. »Sie sind nach Norden geflogen?«

»Ganz sicher«, antwortete Jean. »Und der zweite auch.«

»Welcher zweite?« fragte Gurk.

»Der zweite Gleiter«, sagte Jean. »Ich bin sofort zurück, um Alarm zu schlagen. Kurz bevor ich hierherkam, kam noch einer.«

»Er flog in die gleiche Richtung?« vermutete Charity.

Jean nickte.

»Ich glaube«, murmelte Charity, »dann weiß ich, wo sie hin wollten.«

»Wohin?« fragte Helen aufgeregt. »Wir müssen meinen Vater alarmieren, wenn Sie es wissen.«

Charity maß sie mit einem sonderbaren Blick. »Ich glaube nicht, daß das eine gute Idee wäre«, sagte sie. »Davon abgesehen, daß es wahrscheinlich nicht mehr nötig ist.« Charity wandte sich wieder an Jean. »Es war richtig, daß Sie gleich hierhergekommen sind«, sagte sie. »Aber jetzt brauchen wir Ihre Hilfe, Jean.«

»Jederzeit«, antwortete Jean.

»Können Sie ein Fahrzeug organisieren?« fragte Charity. »Eines, in dem wir alle Platz haben?«

Jean schwieg einen Moment lang verwirrt. »Es gibt ein paar Lastwagen«, sagte er dann. »Aber wir dürfen sie nicht benutzen.«

»Wissen Sie, wo sie sind?«

»Ja. Aber die Garage ist verschlossen, und sie wird bewacht.«

»Na gut«, sagte Charity. »Dann kommt mit.«

»Aber wohin denn?« erkundigte sich Helen verstört.

Charity wandte sich zur Tür und machte eine einladende Geste. »Etwas tun, was ich schon lange einmal tun wollte«, erklärte sie fröhlich. »Einen Wagen stehlen.«

14

Der Aufzug bewegte sich fast lautlos in die Tiefe, und Kyles Blick tastete prüfend über das Gelände draußen. Es war dunkel. Die meisten Lichter in dem gewaltigen, fast ganz aus Glas gebauten Komplex waren erloschen. Er sah nirgendwo eine Bewegung. Nirgends eine Wache — und warum auch? Immerhin war es ihr Hauptquartier. Niemand konnte damit rechnen, daß jemand versuchte, daraus auszubrechen.

Zu Fuß zu fliehen war völlig aussichtslos. Die Basis war einfach zu groß, um sie in wenigen Minuten zu durchqueren und im Dschungel untertauchen zu können. Kyle brauchte ein Fahrzeug. Sein Blick tastete aufmerksam über die niedrigen Gebäude, die den Glas- und Chromkomplex des Hauptquartiers umgaben, ruhte einen Moment auf den rechteckigen Betonklötzen der Raupengarage und wanderte dann weiter. Die gepanzerten Kettenfahrzeuge boten zwar Schutz, waren aber viel zu langsam und zu leicht aufzuspüren. Dann fiel sein Blick auf die silberne Kuppel des Gleiterhangars. Im allerersten

Moment kam ihm der Gedanke selbst verrückt vor — aber war er nicht in einer Situation, in der ihm gar keine andere Wahl mehr blieb, als etwas Verrücktes zu tun?

Geduckt lief er los. Der Hangar gehörte zu den wenigen Gebäuden, in denen trotz der vorgerückten Stunde noch Licht brannte. Kyle wußte, daß einer der sechs Fluggleiter Tag und Nacht in Bereitschaft war. Seine Besatzung bestand aus vier Dienerkreaturen, von denen immer zwei wach waren und zwei schliefen. Allerdings waren diese Wachmannschaften meist alles andere als wachsam. Es gab auch nichts, worauf sie achten mußten; keiner der Schüler wäre auf den Gedanken gekommen, einen Gleiter zu stehlen. Wenn er keinen Fehler beging, konnte er es schaffen.

Unbehelligt erreichte er die Halle, preßte sich gegen die kalte Metallwand und lauschte mit angehaltenem Atem. Es war noch immer ruhig. Die fünf Minuten waren längst verstrichen, aber Stone hatte sich offenbar entschieden, ihm einen längeren Vorsprung zu gewähren. Lautlos, den Rücken fest gegen das eisige Metall der Kuppel gepreßt, näherte er sich der Tür, öffnete sie einen Spaltbreit und spähte aufmerksam hindurch. Die riesige Halbkugel war taghell erleuchtet. Kyle stellte mit einem leisen Gefühl der Verwunderung fest, daß nur drei der sechs Gleiter anwesend waren. Soviel er wußte, patrouillierte stets eines der Fluggefährte über dem Fluß, der die Grenze zur Freien Zone darstellte. Aber wo waren die beiden anderen?

Plötzlich erinnerte er sich, was der Inspektor über Captain Laird gesagt hatte. Offensichtlich kam er zu spät, um sie noch zu warnen oder irgend etwas zu ihrer Rettung zu unternehmen.

Er spähte einen Moment lang aufmerksam in die Halle hinein, sah nirgendwo eine verdächtige Bewegung und schlüpfte schließlich durch die Tür. Seine nackten Fußsohlen verursachten nicht das leiseste Geräusch auf dem schimmernden Metallboden der Halle. Erst als Kyle den ersten der drei Gleiter fast erreicht hatte, wurde ihm klar, daß es hier keine Wachmannschaft gab. Offensichtlich waren die wachhabenden *Ameisen* zusammen mit einem der drei anderen Gleiter abgeflogen.

Lautlos betrat er den ersten Gleiter, schlich den kurzen Gang zur Zentrale entlang und blieb noch einmal stehen, um zu lauschen. Hinter dem geschlossenen Panzerschott rührte sich nichts. Trotzdem spannte Kyle alle Muskeln an und bereitete sich auf einen Angriff vor, als er die Hand hob und den Öffnungsmechanismus betätigte. Die Tür glitt summend in die Wand zurück, und die Beleuchtung in der kleinen Kommandozentrale flammte automatisch auf.

Der Raum war leer. Kyle lief blitzschnell zum Pilotensitz, ließ sich hineinfallen und verbrachte vier, fünf Sekunden damit, sich wieder in Erinnerung zu rufen, wie ein solches Fahrzeug zu steuern war. Es war ein einfaches Modell, das nur für Atmosphärenflüge gedacht war. Aber für seine Zwecke würde es reichen. Alles, was er brauchte, war eine halbe Stunde Vorsprung.

Seine Finger huschten so geschickt über die Tasten, als wären seine Kontrollen nicht für die völlig anders geformten Klauen einer Dienerkreatur geschaffen. Auf dem halbrunden Pult begannen Dutzende von kleinen, verschiedenfarbigen Lichtern zu flackern, und ein paar asymmetrisch geformte Monitore füllten sich mit Bildern und Zahlenkolonnen. Die Türen des Gleiters schlossen sich, und wenig später hörte Kyle das dumpfe Grollen der großen Elektromotoren, die das Dach der Hangarkuppel öffneten. Spätestens jetzt würde man in der Basis wissen, daß jemand in diesem Gleiter war und damit zu starten versuchte.

Aber es war zu spät, um ihn aufzuhalten. Sie würden es nicht wagen, den Gleiter über der Basis abzuschießen. Er wollte die Hand nach dem Steuer ausstrecken, als sein Blick an einem der kleinen Monitore haften blieb. Kyle runzelte überrascht die Stirn, tippte rasch einige Zahlen in die mit fremdartigen Symbolen beschriftete Zwölfertastatur daneben und las den Text, der sich auf dem kleinen Bildschirm aufbaute. Offensichtlich hatte man dieses Fahrzeug bereits auf ein Ziel programmiert. Und er wußte plötzlich auch, auf welches.

Kyle schaltete den Monitor aus, griff nach dem Steuer und startete die Motoren. Ein dumpfes Vibrieren erfüllte den Rumpf der Flugscheibe. Auf dem Pult vor ihm begann ein gelbes Licht in hektischem Rhythmus zu flackern, als jemand versuchte, über Funk Verbindung mit dem Gleiter aufzunehmen. Kyle ignorierte es, warf einen raschen Blick durch die transparente Kuppel über ihm und stellte fest, daß sich das Dach der Halle weit genug geöffnet hatte. Er startete den Gleiter und ließ ihn aus dem Hangar herausschweben. Kyles linke Hand löste sich vom Steuer und griff nach einem kleinen, an einem schwenkbaren Arm angebrachten Schaltkasten. Auf einen Tastendruck hin erschien ein dünnes, rotes, an ein kompliziert geflochtenes Spinnennetz erinnerndes Fadenkreuz auf dem transparenten Material der Kuppel. Kyle ließ sein Zentrum über den Boden der Halle unter sich wandern, visierte einen der beiden verbliebenen Gleiter an und feuerte.

Ein gleißender Energiestrahl brach aus der Unterseite des Gleiters und traf die silberne Flugscheibe. Eine Sekunde lang sah es so aus, als sauge der Rumpf des Gleiters die Energie einfach auf, dann zerriß eine grelle Explosion das Fluggefährt. Trümmer und Flammen erfüllten das Innere des Hangars, und plötzlich stieg schwarzer, fettiger Rauch auf und nahm Kyle die Sicht. Er betätigte eine Taste, und plötzlich erschien auf dem Fenster vor ihm ein Computerdiagramm des Hangars, auf dem die genaue Position der beiden verbliebenen Gleiter zu erkennen war. Ruhig verschob Kyle das Fadenkreuz ein Stück nach rechts und gab eine weitere Salve ab. Dann ließ er den Gleiter an Höhe gewinnen, drehte ihn auf der Stelle herum und legte das Fadenkreuz über den glitzernden Glaspalast des Hauptquartieres, seine ganz private Hölle, in der sie ihm seine Menschlichkeit geraubt hatten.

Aber er schoß nicht.

Er konnte es nicht.

Während unter ihm überall in der Basis Lichter aufflammten und das Heulen von Alarmsirenen erklang, ließ Kyle den Gleiter ein Stück an Höhe gewinnen. Dann rammte er den Beschleunigungshebel mit aller Kraft nach vorn.

15

Sie brauchten fast zwei Stunden, um ihr Ziel zu erreichen. Den Lastwagen zu stehlen hatte sich als leichter erwiesen, als Charity erwartet hatte; die beiden Männer, die in der Tiefgarage Wache taten, in der sich der Fahrzeugpark der Freien Zone befand, waren alles andere als aufmerksam gewesen. Und Helens Anwesenheit hatte ihr Mißtrauen völlig zerstreut. Vielleicht, dachte Charity, würden sie in Zukunft etwas weniger vertrauensselig sein — sobald es ihnen gelungen war, sich von den Fesseln zu befreien, die Skudder ihnen angelegt hatte.

Aber die Schwierigkeiten hatten erst begonnen, nachdem sie die Garage verlassen hatten. Die Straßen wurden immer schlechter, je weiter sie nach Norden kamen. Mehrere Male hatte Charity schon befürchtet, daß sie das Fahrzeug aufgeben müßten, und auf einer Strecke von zwei oder drei Meilen hatten sie sich nur im Schrittempo fahren können, weil der Asphalt von Unkraut und Wurzeln gesprengt worden war. Aber jetzt näherten sie endlich der Metro-Station, aus der Charity und Barler vor drei Tagen herausgekommen waren.

Charity gab Jean ein Zeichen, anzuhalten. Der Wald war sehr still, und sie wollte nicht, daß das Motorengeräusch oder das Scheinwerferlicht die Moroni frühzeitig warnte.

Jean lenkte den Wagen in den Schutz einer Ruine, schaltete den Motor ab und stieg aus. Skudder, Net, Helen und Gurk kletterten lautlos von der Ladefläche. Charity hatte Helen gesagt, was sie zu finden glaubte, aber das Mädchen hatte darauf bestanden, sie zu begleiten; trotz der Gefahr, in die sie sich damit begab, was Charity allerdings gut verstand. Sie hätte nicht anders gehandelt.

Trotzdem bestand sie darauf, daß Jean und Helen den Abschluß ihrer kleinen Gruppe bildeten, und schärfte ihnen ein, sofort die Flucht zu ergreifen, falls sie entdeckt oder gar angegriffen werden würden. Sie bedauerte, sich bei ihrem ersten Besuch den Weg nicht besser eingeprägt zu haben, denn in der Dunkelheit ähnelten sich die verwüsteten Straßenzüge, und die wenigen Unterschiede, die es doch gab, verwischte der Dschungel. Als sie die Kreuzung erreichten, an der sie damals mit Barler abgebogen waren, zögerte sie einen Moment unschlüssig. Dann blickte sie nach links — und sah den Gleiter.

Eine gewaltige, silbern schimmernde Scheibe hing scheinbar schwerelos zwei Handbreit über dem Boden, und aus einer offenstehenden Tür fiel kaltes, grünes Licht auf den geborstenen Asphalt. Ein zweites, gleichartiges Fahrzeug befand sich gute hundert Meter weiter entfernt. In dem blassen Lichtschimmer, der aus der offenstehenden Tür fiel, konnte Charity die schattenhaften Gestalten zahlreicher *Ameisen* sehen, die sich hektisch hin und her bewegten.

Lautlos schlich sie in die Deckung eines Mauerrestes und wartete, bis Skudder und die anderen ihnen gefolgt waren. »Also, hört zu«, flüsterte Charity. »Skudder und ich gehen weiter. Ihr bleibt hier. Und ihr kommt uns nicht nach, ganz egal, was passiert.« Sie sah besonders Helen eindringlich an. »Hast du das verstanden? Du bleibst, wo du bist — außer, ihr werdet angegriffen. Sollte man euch entdecken, dann lauft weg und versucht, euch irgendwie durchzuschlagen.«

»Ich komme mit«, beharrte Helen.

Charity schüttelte entschlossen den Kopf. »Das wirst du ganz bestimmt nicht tun«, sagte sie. Helen wollte auffahren, aber Charity machte eine entschiedene Handbewegung. »Ich kann mir vorstellen, wie du dich fühlst. Aber ihr hättet keine Chance, glaubt mir. Ich bin nicht einmal sicher, daß Skudder und ich es schaffen.«

Sie sah Net und den Gnom nacheinander an. »Ihr paßt auf die beiden auf«, sagte sie. »Wenn sie irgendeinen Unsinn versuchen, dann fesselt sie.«

Sie lief los, ehe Helen oder Jean noch Gelegenheit fanden, zu widersprechen. Geduckt näherten sie sich dem Botschaftsgebäude.

»Warum hast du die beiden überhaupt mitgenommen?« fragte Skudder im Flüsterton.

Charity zuckte im Laufen mit den Achseln und erstarrte für eine Sekunde, als sie eine Bewegung wahrzunehmen glaubte. Dann sah sie, daß es nur ein Tier war, das aufgeschreckt davonhuschte, und lief weiter. »Glaubst du, sie wären zurückgeblieben?« erkundigte sie sich. »Außerdem«, fügte sie nach einer winzigen Pause hinzu, »ist es mir so lieber. Ich bin nicht sicher, daß sie nicht doch eine Dummheit gemacht hätte.«

»Hmm«, machte Skudder. »Würde es dir etwas ausmachen, mir zu verraten, was wir hier tun? Ich meine, ich hätte gerne gewußt, *warum* ich gleich erschossen werde.«

»Das verrate ich dir, wenn es soweit ist«, antwortete Charity lächelnd.

Sie näherten sich dem Botschaftsgebäude von Norden aus. Eine Anzahl großer Scheinwerfer tauchten die Fassade in fast taghelles Licht. Charity schätzte, daß es ungefähr dreißig *Ameisen* sein mußten, die sich vor dem Eingang bewegten. Zwischen den riesigen Insektenkreaturen sah sie auch die fleckigen Tarnanzüge mehrerer Männer, darunter auch einige, die sie schon am ersten Tag in der Freien Zone gesehen hatte. Charity sagte nichts dazu, und auch Skudder schwieg, aber der Ausdruck auf seinem Gesicht verfinsterte sich.

Sie liefen um das Gebäude herum. Skudder versuchte zweimal, eine Frage zu stellen, aber Charity gebot ihm jedesmal mit einer hastigen Geste, still zu sein, und blieb erst stehen, als sie sich dem Haus bis auf zehn oder zwölf Schritte genähert hatten.

Ihr Blick glitt aufmerksam über die Rückseite des Hauses und blieb schließlich an einem der wenigen unbeleuchteten Fenster im Erdgeschoß hängen. Rasch und lautlos lief sie darauf zu, entfernte die scharfkantigen Glasreste, die noch im Rahmen steckten, und kletterte hinein. Skudder folgte ihr. Charity lief zur Tür und lauschte einen Moment, bevor sie vorsichtig die Klinke herunterdrückte und durch den schmalen Spalt spähte.

Der Korridor lag dunkel vor ihr, aber an seinem Ende war ein flackerndes, weißes Licht. Charity hörte das Geräusch harter Hornklauen auf dem Boden. Vorsichtig öffnete sie die Tür, warf einen letzten, sichernden Blick in beide Richtungen und lief dann los, fort von dem Licht und in Richtung Treppe, die am anderen Ende des Korridors begann. Skudder folgte ihr dichtauf.

Obwohl sie beide kaum ein Geräusch verursachten, kam es ihr vor, als hallten ihre Schritte so laut durch den Korridor, daß sie überall im Gebäude zu hören sein mußten. Und die wenigen Augenblicke, die sie brauchten, um die Treppe zu erreichen, schossen ihr hundert verschiedene Gründe durch den Kopf, warum ihr Vorhaben gar nicht gelingen *konnte.* Aber das Wunder geschah: Sie erreichten die Treppe, ohne daß sie entdeckt wurden.

»Wo willst du überhaupt hin?« fragte Skudder flüsternd.

Charity sah sich unschlüssig um, ehe sie mit einem Achselzucken antwortete. »Ich suche das Büro des Botschafters.«

»Ich denke, du kennst dich hier aus?« fragte Skudder.

Charity machte eine ärgerliche Handbewegung und trat zwei, drei Schritte von der Treppe zurück. Sie hatten Glück. Sie fanden das Büro des Botschafters schon hinter der dritten Tür, die sie öffnete.

Charity schlich hinein, bedeutete Skudder mit Gesten, an der Tür Wache zu halten, und sah sich mit klopfendem Herzen um. Es war dunkel. Das bißchen Licht, das durch die zersplitterten Fenster hereindrang, erhellte den Raum kaum. Aber sie fand trotzdem auf Anhieb, wonach sie suchte.

Der Safe lag hinter der Wandverkleidung verborgen, die wie das meiste Mobiliar ein Opfer der Flammen geworden war. Charity riß die Reste des verschmorten Kunststoffs herunter, wobei sie einen solchen Lärm verursachte, daß Skudder die Augen verdrehte und heftig zu gestikulieren begann. Dann trat sie zurück, musterte den Safe eine Sekunde lang mit schräggehaltenem Kopf und nahm schließlich das Lasergewehr von der Schulter. Skudder starrte sie ungläubig an. »Was hast du vor?« fragte er in einem erschrockenen Flüsterton.

Charity zuckte mit den Achseln. »Ich versuche mich als Panzerknackerin«, antwortete sie spöttisch.

»Ich finde nicht, daß jetzt der richtige Moment ist, dumme Witze zu machen«, sagte Skudder verärgert. »Was zum Teufel suchen wir hier?«

»Die Frage muß lauten: Was zum Teufel suchen die *Ameisen* hier?« sagte Charity. »Irgendwo dort unten muß etwas sein, das verdammt viel für sie wert ist.«

»Diese Computeranlage«, vermutete Skudder.

»Ja«, sagte Charity. »Und ich Närrin habe Ihnen auch noch die Tür aufgeschlossen. Aber ich frage mich, was sie dort unten zu finden hoffen.«

»Reicht das, was du selbst aufgezählt hast, nicht aus?« fragte Skudder. »Eure gesamten Waffen? Vorräte, Bunker, Depots . . .«

Charity schüttelte den Kopf. »Nein. Das könnten sie leichter haben, Skudder. Dort unten können sie eine komplette Aufstellung finden, aber wenn sie nur auf *Beute* aus wären, hätten sie diese Anlage kaum fünfzig Jahre lang unangetastet gelassen.«

»Ich fürchte, ich komme nicht mehr ganz mit«, gestand Skudder.

»Ich auch nicht«, sagte Charity. »Im Ernst — ich hatte die ganze Zeit über das Gefühl, daß irgend etwas an Barlers Geschichte nicht stimmt. Wenn sie nur an den alten Waffendepots interessiert wären, hätten sie längst versucht, sich gewaltsam Zutritt zum Bunker zu verschaffen; auch auf die Gefahr hin, ihn zu zerstören.« Sie schüttelte entschieden den Kopf. »Nein — dort unten muß etwas sein, das ungeheuer wertvoll für sie ist.«

»Und was?« fragte Skudder.

»Woher soll ich das wissen?« antwortete Charity gereizt. »Das einzige, was ich weiß, ist, daß sie es ganz bestimmt *nicht* bekommen werden.«

Skudder sah sie überrascht an. »Was hast du vor?« fragte er.

»Ich habe noch eine kleine Überraschung für unseren Freund Barler«, antwortete Charity. »Paß bitte an der Tür auf.«

Skudder ging zur Tür zurück, während sie die Infrarotoptik ihrer Waffe einschaltete. Dann drückte sie auf den Feuerknopf. Ein grellweißer, nadeldünner Lichtstrahl traf den Safe und fraß sich funkensprühend in den Stahl hinein. Charity beschrieb einen langsamen Halbkreis mit der Waffe, ehe sie den Finger wieder vom Feuerknopf nahm und zum Safe ging, um ihr Werk zu betrachten.

Sie hatte Mühe, ein enttäuschtes Stöhnen zu unterdrücken. Der Laserstrahl hatte den Stahl kaum beschädigt.

»Was zum Teufel soll der Quatsch?« zischte Skudder.

»Ich muß den Safe öffnen«, antwortete Charity, ohne ihn anzusehen, »aber ich fürchte, es wird ziemlich lange dauern.« Sie blickte Skudder ernst an. »Glaubst du, daß du sie mir zehn Minuten vom Hals halten kannst?«

»Wenn sie einzeln und unbewaffnet kommen, vielleicht«, antwortete Skudder säuerlich.

Statt darauf etwas zu entgegnen, hob Charity wieder ihre Waffe, feuerte aber nicht, sondern legte sie auf den Schreibtisch und ging zum Fenster. So gut es ging, verschloß sie die Öffnungen mit den Resten der verrotteten Gardinen, ehe sie ihren Laser wieder aufnahm und sorgsam zielte. Zum zweiten Mal fraß sich ein grellweißer Strahl gebündelter Lichtenergie in den Stahl.

Es dauerte länger als zehn Minuten, die Safetür aufzuschweißen. Der Tresor war nicht nur aus besonders widerstandsfähigem Stahl gefertigt, seine Tür war auch überraschend dick, Charity mußte ihre Arbeit mehrere Male unterbrechen, als auf der Oberseite ihrer Waffe eine kleine rote Lampe blinkte und eine Überhitzung anzeigte. Aber schließlich schaffte sie es. Der Strahl schlug keine Funken mehr, sondern verschwand plötzlich im Inneren des Safes, und für den Bruchteil einer Sekunde flammte grelles Feuer auf, ehe Charity erschrocken die Hand vom Auslöser nahm und hastig die Leistungsabgabe der Waffe verringerte. Wenn sie das, was sich hinter der Safetür befand, zerstörte, war alles umsonst gewesen.

»Ich glaube, da kommt jemand«, sagte Skudder, als sie die

Waffe wieder ansetzte und das Auge gegen die Zieloptik preßte.

»Ich bin gleich fertig«, antwortete Charity. Sie schoß. Der Strahl war kaum noch zu sehen, aber seine Energieentwicklung reichte, die verbliebene, millimeterdünne Metallschicht langsam durchzubrennen. Behutsam, Millimeter für Millimeter, brannte Charity das Schloß des Safes völlig heraus.

Auf dem Korridor erklangen Schritte, und plötzlich brüllte Skudder: »Verdammt, beeil dich! Wir bekommen Besuch!«

Plötzlich erscholl ein schriller Pfiff, und wenig später hörte Charity, wie Skudder fluchte und losfeuerte. Kurz darauf gab es eine Explosion draußen auf dem Gang. Ein zweites, noch schrilleres Pfeifen beantwortete den Lärm. Zwei, drei nadeldünne weiße Laserblitze verfehlten Skudder nur um Haaresbreite und setzten die Kunststoffverkleidung hinter ihm in Brand. Ein weiterer Schuß durchschlug die Tür dicht neben seiner linken Schulter und ließ die Vorhänge in Flammen aufgehen.

Mit einem dumpfen Poltern brach das Schloß des Safes heraus und krachte zu Boden. Charity legte die Waffe aus der Hand, sprang hastig auf und rannte zum Tresor. Sein Inneres war mit verschmortem Papier gefüllt. Sie fegte alles heraus, tastete mit den Fingerspitzen über die Rückwand des Safes und fand einen Augenblick später, wonach sie suchte. Ein Klicken ertönte, als ihre Hand den Kontakt niederdrückte, dann teilte sich die scheinbar massive Hinterwand des Stahlschrankes und gab den Blick auf einen winzigen, mit einem kleinen Monitor versehenen Schaltkasten frei.

Skudder feuerte immer heftiger. Vom Gang drang flackernder Feuerschein herein, den Geräuschen nach zu schließen, mußte dort eine halbe Ameisenarmee aufmarschieren, die Skudders Feuer erwiderte. Es erschien Charity fast wie ein Wunder, daß er noch nicht getroffen worden war.

Sie streckte abermals die Hand aus und konzentrierte sich wieder auf den kleinen Schaltkasten. Ihre Finger zitterten, während sie sich der Zehnertastatur neben dem Miniaturbildschirm näherte. Sie hoffte, daß noch alles so war, wie sie es in Erinnerung hatte.

Langsam drückte sie die neunstellige Kennzahl in die Tasten

und wartete mit angehaltenem Atem. Einige Sekunden vergingen, dann füllte sich der Bildschirm mit grünem Licht und mikroskopisch feinen Schriftzeichen, die sie aufforderten, ihre persönliche Kennzahl einzugeben. Charity tat es, und neben dem Monitor glomm ein stecknadelkopfgroßer, roter Leuchtpunkt auf.

Plötzlich begann Skudder zu schreien und brachte sich mit einem verzweifelten Satz in Sicherheit, als eine Feuerwolke die Tür traf und fast das Zimmer in Brand setzte.

Charity überzeugte sich mit einem hastigen Blick davon, daß er nicht ernstlich verletzt war, wandte sich wieder dem Safe zu und löste hastig die Ausweisplakette von ihrem Hals. Ihre Finger zitterten so heftig, daß sie Mühe hatte, die kleine Metallscheibe in das Lesegerät unter der Tastatur zu schieben.

Wieder vergingen Sekunden, in denen Skudder ihr irgend etwas zuschrie, das sie nicht verstand, während er gleichzeitig auf die in hellen Flammen stehende Tür feuerte, offensichtlich nicht mehr gezielt, sondern nur noch, um eine Art Sperrfeuer zu legen.

Endlich wechselte die Farbe der Leuchtanzeige von Rot auf Grün. Charity hob abermals die Hand und gab rasch hintereinander fünfstellige Zahlengruppen ein. Zweimal vertippte sie sich dabei, und ihr Herz begann wie wild zu schlagen. Eine dritte Chance würde sie nicht bekommen.

Als sie die letzte Ziffer eingetastet hatte, wechselte das Licht neben dem Bildschirm wieder von Grün auf Rot, und auf dem Miniaturmonitor erschien die Nachricht, auf die sie gewartet hatte:

SELBSTZERSTÖRUNGSSEQUENZ AKTIVIERT!
BITTE GEBEN SIE DIE LETZTEN DREI ZIFFERN EIN!
WARNUNG: DER BEFEHL IST *NICHT* WIDERRUFBAR!

»*Cherry!*« brüllte Skudder mit überschnappender Stimme. »Ich weiß nicht, was du da tust — aber was immer es ist, *tu es schnell*!«

Charity atmete tief ein, zögerte eine letzte Sekunde — und drückte dann dreimal die 7.

Ein helles Klicken erscholl. Das Gerät gab ihren Ausweis wieder frei, und plötzlich änderte sich auch die Farbe des Monitors von Grün auf Rot.

SELBSTZERSTÖRUNGSANLAGE AKTIVIERT!
SIE HABEN FÜNFZEHN MINUTEN,
UM DAS GEBÄUDE ZU VERLASSEN!

Hastig nahm Charity wieder ihren Ausweis an sich, befestigte ihn an der Kette und drückte auf den verborgenen Schalter, der die Rückwand des Safes wieder zugleiten ließ. Hinter ihr erscholl ein überraschter Schrei, dann ein dumpfes Poltern und die Geräusche eines Kampfes, und als Charity herumfuhr, sah sie Skudder, der sich ebenso wütend wie vergeblich gegen zwei Moroni zu wehren versuchte, die irgendwie durch die Flammenhölle am Eingang gekommen waren. Sie hob ihre Waffe.

»Ich würde das nicht tun«, sagte eine Stimme von der Tür her.

Charity erstarrte. Langsam senkte sie den Laser wieder und sah Barler an, der unter der brennenden Tür stand und mit einem Lasergewehr auf sie zielte.

»Seien Sie vernünftig, Captain Laird«, sagte Barler ruhig. »Ich glaube, Sie wissen, wann Sie verloren haben. Zwingen Sie mich nicht, Sie zu verletzen.«

Charity legte ihren Laser zu Boden und wandte sich an Skudder, der sich noch immer im Griff der beiden riesigen, vierarmigen Insektenkreaturen aufbäumte. »Laß es«, sagte sie müde, »er hat recht.«

»Das ist sehr vernünftig von Ihnen, Captain Laird«, sagte Barler. Er kam näher, wobei er seine Waffe weiter drohend auf Charity gerichtet hielt. »Darf ich fragen, was Sie hier suchen?«

»Das dürfen Sie«, antwortete Charity kalt, »aber ich werde nicht antworten.«

Barler lächelte flüchtig, blickte einen Moment abwechselnd Skudder und sie an und senkte endlich sein Gewehr. Sein Blick fiel auf den Safe hinter ihr. Er runzelte die Stirn, trat an ihr vorbei und blickte einen Moment lang verwirrt auf den vollkommen leeren Tresor. Dann beugte er sich vor und tastete über die

Rückwand. Es dauerte nur Sekunden, bis sich das klickende Geräusch wiederholte und die Metallplatte abermals beiseite glitt.

Barler stieß einen überraschten Laut aus, als er die kleine Computertastatur erblickte — und dann weiteten sich seine Augen, als er die Schrift auf dem Monitor sah:

SELBSTZERSTÖRUNGSSEQUENZ AKTIVIERT!
SIE HABEN NOCH DREIZEHN MINUTEN,
UM DAS GEBÄUDE ZU VERLASSEN!

Eine Sekunde lang erstarrte er, dann fuhr er mit einer wilden Bewegung herum und sah sie einen weiteren Herzschlag lang voll Haß an. »Ich muß gestehen, ich habe Sie unterschätzt, Captain Laird«, sagte er kalt. »Schalten Sie es ab!«

»Das kann ich nicht«, antwortete Charity.

»Ich glaube Ihnen nicht«, sagte Barler.

»Das ist Ihr Problem«, gab Charity zurück.

»Ich könnte Sie dazu zwingen!«

»Vermutlich«, gestand Charity, »aber nicht in dreizehn . . .« Sie warf einen Blick auf den Monitor. ». . . in zwölf Minuten.«

»Ich vermute, es würde auch nichts nützen, wenn ich Sie und Ihren Freund hier zurücklasse und darauf hoffe, daß Ihnen Ihr eigenes Leben wichtiger ist«, sagte Barler.

Charity nickte. »Das ist richtig.«

Wieder starrte er sie eine Sekunde lang wortlos an. »Also gut!« sagte er schließlich. »Dann verschwinden wir von hier.« Er gab den beiden *Ameisen*, die Skudder hielten, einen befehlenden Wink. »Schafft ihn raus. Um Captain Laird kümmere ich mich selbst.«

Während die beiden Moroni den Hopi aus dem brennenden Zimmer zerrten, hob Barler Charitys Waffe auf, hängte sie sich über die Schulter und richtete sein eigenes Gewehr wieder auf sie. »Bitte«, sagte er, »zwingen Sie mich nicht, Sie zu erschießen, Captain Laird. Ich weiß, wie gefährlich Sie sind.«

»Da haben Sir mir einiges voraus«, antwortete Charity verächtlich. »Bis vor zwei Stunden wußte ich noch nicht, wie gefährlich *Sie* sind.«

Barler maß sie mit einem sonderbaren Blick, den sie im ersten Moment nicht einordnen konnte. Dann lächelte er plötzlich, als hätte sie ihm ein Kompliment gemacht. Er wiederholte seine auffordernde Geste mit dem Gewehr und deutete auf die Tür. »Wir sollten jetzt wirklich gehen«, sagte er. »Es wird hier allmählich ungemütlich.«

Skudders Laserfeuer hatte den Korridor in eine Hölle aus Feuer und Rauch verwandelt. Auch die Treppe stand in Flammen. Barler wies auf die offenstehenden Türen eines Aufzuges am anderen Ende des Korridors. Charity betrat ihn, lehnte sich mit vor der Brust verschränkten Armen gegen die Rückwand und sah unbeteiligt zu, wie Barler die Tür schloß und sich fast gemächlich zu ihr umdrehte.

»Zumindest weiß ich jetzt«, sagte sie, »warum Sie vor drei Tagen so sicher waren, daß wir keine Spione sind.«

Barler sah sie fast betrübt an. »Sie täuschen sich schon wieder, Captain Laird«, sagte er traurig. »Ich arbeite nicht für die Besatzer.«

»Natürlich nicht«, antwortete Charity spöttisch, »wie komme ich nur auf solch abwegige Ideen.«

Der Ausdruck von Trauer in Barlers Blick verstärkte sich noch. Aber er schwieg, bis der Aufzug das Erdgeschoß der Botschaft erreicht hatte und sich die Türen wieder öffneten.

Der große Raum war noch immer mit *Ameisen* angefüllt. Charity sah aber auch ein paar von Barlers Männern. Sie durchquerten die Halle, verließen das Gebäude und gingen rasch durch den Park zur Straße zurück. Die beiden Gleiter schwebten noch immer reglos über der Straße, aber sie hatten jetzt eine ganze Batterie greller Scheinwerfer eingeschaltet, die die Nacht im Umkreis einer halben Meile verscheuchten. Mehrere weitere, zusätzliche Türen hatten sich auf den Unterseiten der Flugscheiben geöffnet, und immer mehr und mehr *Ameisen* traten aus dem Gebäude heraus und verschwanden in den Gleitern.

Skudder stand einige Schritte neben einer der schimmernden Fliegenden Untertassen und wurde von zwei *Ameisen* festgehalten. Hinter ihm hatten zwei von Barlers Männern Aufstellung genommen — und aus der anderen Richtung näherten sich Net,

Gurk, Jean und Barlers Tochter! Sie gingen widerwillig und mit erhobenen Händen vor vier bewaffneten *Ameisen.*

Barler sah seine Tochter einen Moment lang wortlos an, dann drehte er sich wieder zu Charity herum und sagte: »Sie hätten Helen nicht mit hineinziehen sollen, Miss Laird.«

»Das hat sie nicht«, antwortete Helen an Charitys Stelle.

Ihr Vater betrachtete sie mit einem traurigen Lächeln. »Du mußt sie nicht verteidigen, Helen.«

»Aber das tu ich nicht!« antwortete Helen. Ihre Stimme bebte vor Zorn. »Captain Laird wollte nicht, daß ich mitkomme. Aber ich habe darauf bestanden. Ich wollte mich mit eigenen Augen überzeugen.«

»Wovon?« fragte Barler beinahe freundlich.

»Davon, daß sie recht hat«, antwortete seine Tochter. Charity sah, wie sich ihre Augen mit Tränen füllten. »Ich . . . ich wollte es nicht glauben. Aber sie hat recht. Du bist ein Verräter. Du arbeitest für sie.«

Barler setzte zu einer Antwort an, gab dann aber den *Ameisen,* die Helen und die anderen bewachten, ein Zeichen, sie zu Skudder hinüberzubringen.

»Sind wir hier sicher?« fragte er, als er sich wieder zu Charity herumdrehte.

Sie nickte.

»Sagen Sie bitte die Wahrheit, Captain Laird«, bat Barler. »Niemand gewinnt etwas, wenn wir alle umkommen.«

»Es besteht keine Gefahr«, antwortete Charity. Sie machte eine erklärende Geste auf die Ruinen, die die Straße in beiden Richtungen flankierten. »Das hier war einmal eine lebendige Stadt, Barler. Glauben Sie, wir wollten Hunderte von unschuldigen Leuten umbringen?«

»Nein«, antwortete Barler. »Ich glaube auch nicht, daß Sie Ihre Freunde und sich selbst opfern würden, nur um ein paar Moroni umzubringen und zwei Gleiter zu zerstören.« Er schien noch mehr sagen zu wollen, zog aber statt dessen ein kleines Funkgerät aus der Jackentasche und hielt es an die Lippen.

»Kommt jetzt raus«, sprach er ins Mikrophon. »Ihr habt noch sechs oder sieben Minuten.«

»Wen haben Sie gewarnt?« fragte Charity, als er das Gerät

ausschaltete und wieder einsteckte. »Ihre Männer — oder Ihre vierarmigen Freunde?«

»Sie sind nicht meine Freunde«, antwortete Barler ruhig.

»Sicher«, sagte Charity.

Barler seufzte. »Bitte, Captain Laird . . .« begann er, schüttelte dann den Kopf und machte eine fast resignierend wirkende Handbewegung. »Also gut«, sagte er. »Ich werde versuchen, es Ihnen zu erklären, aber nicht hier.« Er deutete zu Helen und den anderen hinüber, und Charity folgte ihm.

Skudder hatte endlich aufgehört, sich gegen den Griff der beiden Ameisenwesen zu wehren, aber er starrte Barler ebenso haßerfüllt an wie Helen. »Bist du jetzt zufrieden?« fragte sie ihren Vater.

»Bitte, Helen«, sagte Barler fast flehend. »Hör mir einfach fünf Minuten zu. Vielleicht wirst du mich danach verstehen.«

»Eigentlich«, antwortete seine Tochter, »brauchst du gar nichts zu erklären. Ich verstehe dich auch so. Also hatten Jean und die anderen doch recht.«

»Sie verdammter Verräter!« sagte Jean. »Was haben Sie jetzt mit uns vor? Wollen Sie uns auf der Stelle erschießen — oder liefern Sie uns an Ihre Freunde aus?«

»Euch wird nichts geschehen«, antwortete Barler. »Ich weiß, was ihr denkt. Aber glaubt mir, ich arbeite nicht für sie. Das habe ich nie getan.«

»Natürlich nicht!« sagte Jean aufgebracht. »Deshalb haben Sie auch jeden Versuch im Keim erstickt, uns endlich zu wehren.«

»Ich habe es getan, um euch zu beschützen!« verteidigte sich Barler. »Ja, verdammt! Von mir aus nennt mich einen Verräter. Es stimmt — ich habe ab und zu mit ihnen geredet, und ich habe das eine oder andere Geschäft mit ihnen gemacht. Aber ich habe es nur getan, um unser aller Leben zu schützen.«

»Deshalb haben Sie uns auch jetzt verraten, nicht wahr?« fragte Skudder wütend.

»Ich mußte es tun«, antwortete Barler. Er wandte sich an Charity. »Bitte, Captain Laird, versuchen Sie, mich zu verstehen. Ich habe Ihnen erzählt, welch großen Wert sie darauf legten, Zugang zu dieser Basis zu bekommen.«

»Und Sie haben ihn ihnen verschafft«, sagte Charity bitter. »Hat es sich wenigstens gelohnt?«

»Ja«, antwortete Barler ernst. »Vielleicht hat es unser aller Leben gerettet, sogar Ihres, Captain Laird.«

»Oh, wie großzügig«, sagte Charity spöttisch, aber Barler blieb ernst.

»Ich meine es ernst, Captain Laird«, sagte er. »Ich habe mit dem Kommandanten der Basis gesprochen. Er verlangt nicht einmal Ihre Auslieferung. Sie können bei uns bleiben, solange Sie wollen.«

»Als Gefangene«, vermutete Charity.

Barler schüttelte den Kopf. »Als Bürger der Freien Zone«, antwortete er. Er machte eine Geste auf das Botschaftsgebäude. »Das da war alles, was sie haben wollten. Ich weiß nicht, wie sie reagieren werden, wenn sie erfahren, was Sie getan haben. Aber ich glaube nicht, daß Ihnen etwas geschehen wird.«

»Natürlich nicht«, mischte sich Skudder spöttisch ein. »Sie werden uns einen Orden verleihen, vermute ich.«

»Begriffe wie Rache oder Vergeltung sind ihnen fremd«, antwortete Barler ruhig.

»Du hast sie verkauft!« sagte seine Tochter. »Du hast sie . . .«

»Meinetwegen nenne es so«, unterbrach sie ihr Vater. »Ich weiß, daß du mich jetzt haßt, Helen. Aber es mußte sein. Wir müssen uns mit ihnen arrangieren. Es ist der einzige Weg, um zu überleben.«

»Du elender Feigling!« antwortete Helen.

Als ihr Vater antworten wollte, zuckte ein grellweißer Blitz herab. Charity fuhr erschrocken herum, darauf gefaßt, das Botschaftsgebäude in einer Explosion auseinanderfliegen zu sehen, aber das Haus war unbeschädigt.

Einen Augenblick später rollte ein dumpfes, lang anhaltendes Grollen über den Himmel.

»Was zum Teufel war das?!« rief Skudder.

Ein zweiter, noch viel grellerer Blitz zerriß die Dunkelheit, und beinahe gleichzeitig begannen im Inneren der beiden Flugscheiben dünne, hohe Sirenentöne zu heulen.

Charity sprang erschrocken zur Seite, als eine *Ameise* an ihr vorüberhastete und im Inneren des Gleiters verschwand. Aus dem Gebäude stürmten plötzlich Dutzende von schwarzen, vielgliedrigen Insektengestalten hervor und rannten auf die Gleiter zu. Auch die *Ameisen*, die bisher Skudder und die anderen bewacht hatten, fuhren auf der Stelle herum und stürmten zu ihren Fluggefährten. Barler gab ihnen mit hastigen Gesten zu verstehen, daß sie sich zurückziehen sollten, und befahl gleichzeitig einige seiner Männer heran, um weiter auf die Gefangenen aufzupassen. Die grellen Scheinwerfer an den Außenseiten der Gleiter erloschen, gleichzeitig begann in ihrem Inneren ein hoher, vibrierender Summton zu ertönen, und Charity begriff, daß die beiden Schiffe starten würden.

»Was war das?« rief Skudder noch einmal.

Barler zuckte mit den Achseln. »Ich weiß es nicht«, antwortete er nervös. »Aber es kam aus der Basis. Von der anderen Seite des Flusses.«

Das grelle Heulen aus dem Inneren der Gleiter wurde lauter, während die Türen sich schlossen, obwohl längst noch nicht alle *Ameisen* an Bord der Schiffe waren. Charity und die anderen wichen hastig auf die andere Seite der Straße zurück, als die beiden Flugscheiben in die Höhe schossen.

Eine Sekunde später explodierte eine von ihnen.

Es ging so schnell, daß Charity nicht einmal Zeit fand, die Augen zu schließen, sondern direkt in den grellweißen Feuerball hineinblickte, in den sich das Schiff verwandelte. Ein ungeheures Dröhnen erklang, und im nächsten Augenblick überzog sich der Himmel mit einem Teppich aus brodelnden Flammen, aus dem Trümmer herabregneten, die wie brennende Meteore in den Wald und die Häuser einschlugen.

Die Druckwelle riß sie alle von den Füßen. Charity fiel, rollte sich instinktiv über die Schulter ab. Noch ehe Barler überhaupt begriff, wie ihm geschah, war sie bei ihm, schmetterte ihm die Handkante gegen den Hals und entriß ihm das Gewehr. Blitzschnell hob sie den Laser, richtete seinen Lauf auf Barlers Stirn und stellte die Waffe gleichzeitig auf höchste Energieabgabe ein.

»Eine Bewegung, und Sie sind tot«, sagte sie leise.

Barler schien ihre Entschlossenheit zu spüren, denn er rührte sich nicht und hob ganz langsam die Hände und wich einen halben Schritt vor ihr zurück. »Bitte tun Sie es nicht«, sagte er ruhig. »Sie täuschen sich, Captain Laird. Ich bin nicht der, wofür Sie mich halten.«

Charity zögerte. Instinktiv spürte sie, daß Barler zumindest in diesem Moment nicht log. Und daß es falsch gewesen wäre, ihn zu töten. Ihre Finger glitten über den Schaft der Waffe, fanden den kleinen Schalter, nach dem sie suchten, und legten ihn um. Barlers Augen weiteten sich vor Schrecken, als er begriff, was sie vorhatte, aber seine Reaktion kam zu spät: Charity drückte ab, und das Lasergewehr spieh einen kurzen, grellweißen Blitz aus, der Barlers Nervensystem auf der Stelle lähmte. Lautlos brach er in die Knie.

Helen schrie auf und war mit einem Satz bei ihrem Vater, aber Charity riß sie zurück, als sie sich über ihn beugen wollte. »Ihm ist nichts passiert«, sagte sie hastig. »Er lebt. Ich habe ihn nur betäubt.«

Helen schlug ihre Hand beiseite und funkelte sie an. Aber Charity gab ihr keine Gelegenheit, irgend etwas zu sagen, sondern schob sie mit einer energischen Bewegung zur Seite und richtete die Waffe auf den Bewußtlosen. »Kommen Sie ihm nicht zu nahe«, sagte sie. »Ich bin nicht sicher, ob er wirklich bewußtlos ist.«

Auf Helens Gesicht erschien ein fragender Ausdruck. »Wie meinen Sie das?«

Statt zu antworten, befahl Charity Skudder mit einer Kopfbewegung, auf sie aufzupassen, und ließ sich dann vorsichtig neben Barler auf die Knie sinken. Ihre Finger glitten über seinen Hals und tasteten nach seinem Puls, der ruhig und sehr gleichmäßig ging. Sie war immer noch nicht sicher, ob er wirklich bewußtlos war oder nur den Ohnmächtigen spielte — aber dieses Risiko mußte sie in Kauf nehmen.

Sie stand wieder auf, drehte sich zu Helen um — und stieß einen gellenden Warnschrei aus!

Hinter Helen und den anderen war ein halbes Dutzend *Ameisen* erschienen. Und es waren keine gehorsamen Arbeiter mehr, sondern Krieger, die mit angelegten Waffen herangestürmt kamen!

Einer von Barlers Männern trat den Kreaturen entgegen, hob

die Hand und brach mit einem überraschten Keuchen in die Knie, als das Geschöpf seine Laserwaffe auf ihn richtete und abdrückte.

Helen schrie entsetzt auf, während sich Net gedankenschnell auf Jean warf und ihn zu Boden riß und Gurk schreiend im Gebüsch verschwand. Charity warf Skudder ihren Laser zu, fuhr herum und nahm die Waffe an sich, die Barler sich über die Schulter gehängt hatte.

Plötzlich wimmelte es überall von *Ameisen.* Während Skudder, Charity und die Handvoll von Barlers Männern, die den unerwarteten Angriff überlebt hatten, das Feuer erwiderten und die *Ameisen* niederstreckten, stürmten aus dem Botschaftsgebäude immer mehr und mehr schwerbewaffnete Insektenkreaturen heran.

»Zurück!« schrie Charity. »Verteilt euch!«

Hastig zogen sie sich in den Schutz des Dschungels zurück. Auch drüben, auf dem Botschaftsgelände, blitzte plötzlich grelles Laserfeuer auf, als sich einige von Barlers Männern, die das Anwesen noch nicht verlassen hatten, plötzlich ebenfalls von den *Ameisen* angegriffen sahen.

Ein hohes, rasend schnell näherkommendes Heulen ließ sie aufschauen. Der Flammenteppich, den der explodierende Gleiter über dem Himmel ausgebreitet hatte, war erloschen, aber an seiner Stelle raste jetzt die zweite Flugscheibe direkt auf den Wald zu, wo Charity und die anderen Deckung gesucht hatten. Instinktiv preßte sie sich gegen den Boden und wartete darauf, daß der Gleiter das Feuer eröffnete. Aber statt dessen kippte die Flugscheibe über die linke Flanke ab und vollführte eine Drehung. Ein grellweißer Energieblitz schnitt dort durch die Luft und ließ eines der Häuser am Ende der Straße explodieren. Und eine Sekunde später jagte eine zweite, dreißig Meter durchmessende Flugscheibe über die Straße!

Ihr Anblick war so bizarr, daß Charity für einen Moment aufhörte, auf die heranstürmenden *Ameisen* zu feuern, und voller ungläubigem Staunen zusah, wie der zweite Gleiter die erste Scheibe verfolgte und auf sie schoß — und schließlich traf.

Der Treffer reichte nicht aus, das Schiff explodieren zu lassen, aber es wurde herumgewirbelt, trudelte einen Moment lang hilflos durch die Luft und begann schließlich mit immer schriller kreischenden Maschinen zu Boden zu sinken.

Charity wandte hastig den Kopf und schloß die Augen, als der Gleiter zwei oder drei Straßenzüge entfernt aufschlug und in einer ungeheuerlichen Explosion auseinanderflog. Eine Druckwelle fegte über den Wald, gefolgt von einer Woge kochender, glühendheißer Luft, die überall in den Häusern kleine, flackernde Brände entfachte. Charity preßte sich mit angehaltenem Atem gegen den Boden, dann sah sie auf und blinzelte aus tränenden Augen zur Botschaft hinüber.

Die Druckwelle hatte auch dort alles von den Füßen gefegt. Doch die *Ameisen* erhoben sich bereits wieder — und setzten ihren unterbrochenen Angriff fort, als wäre nichts geschehen!

Die wenigsten von ihnen erreichten die Straße. Wieder zerriß ein schrilles Heulen die Nacht, und plötzlich schwebte der Gleiter wieder über der Straße. Seine Laserkanonen blitzten auf und verwandelten das Botschaftsgebäude und die meisten *Ameisen* in kochende Lava.

Charity begriff, daß sie vielleicht doch noch eine letzte Chance hatten. Schnell sprang sie auf die Füße, rannte zu Skudder und Net hinüber und gab einen einzelnen Schuß auf eine *Ameise* ab, die den Angriff irgendwie überlebt hatte. Das Wesen verging in einem grellen Blitz, und fast im gleichen Augenblick feuerte auch Skudder und tötete die letzte verbliebene *Ameise*.

Dann war der Kampf vorüber. Die Straße und ein großer Teil des Botschaftsgeländes hatten sich in einen weißglühenden Teppich aus Flammen verwandelt, und die wenigen Gestalten, die sich im zuckenden Feuerschein erhoben, hatten eindeutig menschliche Umrisse. Trotzdem blieb Charity noch einige weitere Sekunden stehen und überzeugte sich davon, daß wirklich keine Gefahr mehr drohte, ehe sie ihre Waffe senkte und sich nach Helen umsah.

Das Mädchen hatte seine Deckung verlassen und war zu Barler hinübergeeilt. Als Charity sich ihr näherte, bemerkte sie, wie Barler sich zu regen begann. Aber sie verzichtete darauf, noch einmal auf ihn zu schießen, sondern ließ sich neben seiner

Tochter niedersinken und richtete nur drohend die Waffe auf seine Brust.

Barler öffnete die Augen. Im ersten Moment war sein Blick leer, aber dann kehrte das Leben in ihn zurück, und er sah Charity mit einer Mischung aus Enttäuschung und Zorn an. »Was ist passiert?« fragte er. Seine Stimme klang matt.

Charity zuckte mit den Achseln. »Das weiß ich nicht«, antwortete sie. »Aber irgend etwas scheint bei Ihren Freunden drüben auf der anderen Seite ziemlich schiefgelaufen zu sein.«

Das schrille Heulen des Gleiters, der abermals näher kam, ließ sie alle wieder aufschauen. Die riesige Flugscheibe glitt langsam über die Straße, schlug einen engen Kreis über den in Flammen stehenden Botschaftshof und gab noch einen letzten, einzelnen Laserschuß ab, der die Tür des Gebäudes traf und irgendwo in seinem Inneren etwas explodieren ließ. Dann schwebte der Gleiter tiefer.

Vielleicht war Charity die einzige, die nicht wirklich überrascht war, als die Tür des Gleiters aufglitt und eine Gestalt heraustrat. Gurk stieß ein überraschtes Keuchen aus, und auch Skudder fuhr zusammen und riß seine Waffe in die Höhe, aber Charity streckte rasch den Arm aus und drückte den Lauf des Gewehres wieder herunter. »Nicht«, sagte sie.

Die Gestalt trat langsam die Metallrampe herunter, sah sich um und kam schließlich auf Charity zu.

Plötzlich fuhr Jean wie unter einem Hieb zusammen und stieß ein überraschtes Krächzen aus. »Der Kerl ist . . . ein Jäger!« schrie er, während er anklagend auf die schlanke, dunkelhaarige Gestalt vor sich deutete. Auch einige der anderen Männer fuhren überrascht zusammen, und zwei, drei Waffen richteten sich auf Kyle, aber plötzlich erwachte auch Helen aus ihrer Reglosigkeit.

»Nein!« rief sie. »Schießt nicht. Ihr könnt ihm vertrauen!«

Charity sah das Mädchen überrascht an. Helen trat mit einem Schritt zwischen Kyle und die Männer, die auf ihn zielten, und sagte noch einmal: »Schießt nicht.«

»Der Kerl ist ein Jäger!« wiederholte Jean.

»Aber er wird uns nichts tun«, erwiderte Helen. »Bitte glaubt mir!«

»Geh zur Seite, Helen«, verlangte einer der anderen Männer und hob seine Waffe.

Helen schüttelte den Kopf und machte ganz im Gegenteil eine Bewegung, die sie vollends in die Schußlinie brachte. »Wir können ihm vertrauen!« sagte sie.

»Einem Jäger?« antwortete Jean schrill.

»Ich kenne ihn«, erwiderte Helen. »Er hat mir schon einmal das Leben gerettet.«

Charity blickte das Mädchen verblüfft an. »Sie hat recht«, sagte sie dann. »Er wird uns nichts tun.«

Zögernd senkten auch die anderen ihre Waffen. Aber das tiefe Mißtrauen spiegelte sich deutlich auf ihren Gesichtern.

»Bitte beeilen Sie sich, Captain Laird«, sagte Kyle ruhig. »Wir haben nicht sehr viel Zeit. Wahrscheinlich sind jetzt schon ein paar Kampfschiffe unterwegs.«

»Du traust dem Kerl doch nicht etwa?!« kreischte Gurk mit überschnappender Stimme. »Das ist doch nur ein neuer Trick!«

»Ich glaube nicht, daß wir eine große Wahl haben«, antwortete Charity. Gurk wollte auffahren, aber Charity gab Skudder einen Wink, und obwohl der Hopi alles andere als überzeugt zu sein schien, daß sie recht hatte, packte er den Gnom, klemmte ihn sich kurzerhand unter den Arm und lief an Kyle und Helen vorbei die Rampe hinauf. Dann folgte ihm auch Net.

Charity wandte sich langsam um, sah Barler an und gab ihm mit Blicken zu verstehen, ihr zu folgen.

»Warum haben Sie mich nicht erschossen?« fragte Barler leise.

»Weil ich glaube, daß es nicht nötig ist«, antwortete Charity. »Stimmt es, daß Ihre Tochter Kyle kennt?« fragte sie mit einer Kopfbewegung auf Helen und den Megamann.

Barler zögerte einen Moment. »Ja«, sagte er, »ich sagte Ihnen bereits, sie ist nicht wirklich meine Tochter. Ich habe sie adoptiert, nachdem ihre Eltern drüben im Dschungel ums Leben gekommen waren. Wir haben nie verstanden, wieso sie es überlebt hat. Aber ich glaube, ich weiß es jetzt.«

»Sie lieben sie wirklich«, murmelte Charity.

»Ja«, sagte er leise. »Das tue ich.«

»Aber Sie werden sie verlieren«, sagte Charity.

»Ich weiß«, antwortete Barler mit trauriger Stimme.

»Sie kann nicht hierbleiben. Sie hat zuviel gesehen, und sie ist zu intelligent, um sich den Rest nicht selbst zusammenzureimen, sobald sie Gelegenheit hat, in Ruhe nachzudenken. Sie weiß, wer Sie sind.«

Wieder nickte Barler und betrachtete Helen mit einem langen, zärtlichen Blick. »Sie lassen mich am Leben?« fragte er.

»Es gibt keinen Grund, Sie umzubringen«, antwortete Charity. »Ich werde Ihnen nichts tun, Barler. Aber ich verspreche Ihnen«, setzte sie leise und ernst hinzu, »daß ich zurückkommen und sie eigenhändig umbringen werde, wenn diese Menschen unter dem leiden, was heute geschehen ist.«

»Das wird nicht passieren«, antwortete Barler. »Ich gebe Ihnen mein Wort, daß niemandem etwas geschehen wird. Ich sagte Ihnen bereits — Begriffe wie Rache und Vergeltung sind ihnen fremd.«

»Ich hoffe für Sie, daß das die Wahrheit ist«, erwiderte Charity. »Spielen Sie weiter den Kerkermeister, Barler, wenn es Ihnen Freude macht. Aber versuchen Sie nicht, den Henker zu spielen.«

»Das war ich nie«, antwortete Barler. »Ich war immer nur ihr Wächter.«

Charity wandte sich um und ging rasch auf die Rampe zu. Als sie neben Kyle angelangt war, berührte sie Helen am Arm und deutete mit der anderen Hand auf die offenstehende Tür. »Du kannst uns begleiten, wenn du willst«, sagte sie.

Helen zögerte. Ihr Blick wanderte unsicher zwischen ihrem Vater und dem Gleiter hin und her. »Ich . . .«

»Du kannst nicht hierbleiben«, unterbrach sie Charity leise, daß keiner der anderen Männer ihre Worte hörte.

Helen zögerte noch einen Moment, und wieder füllten sich ihre Augen mit Tränen. Aber dann fuhr sie herum und rannte die Rampe hinauf und verschwand im Inneren des Gleiters.

Auch Kyle sah sie einen Moment lang fast überrascht an, blickte dann zu Barler hinüber und machte eine fragende Geste. »Er ist ein Megamann«, sagte er.

Charity nickte. »Ich weiß.«

»Und du läßt ihn am Leben?«

Wieder nickte Charity. Dann folgte sie Helen ins Innere des Gleiters. Und nach kurzem Zögern betrat auch Kyle die Flugscheibe.

Keine zwei Minuten später hob der Gleiter ab, jagte dann mit aufheulenden Triebwerken nach Osten. Noch bevor das schrille Heulen verklungen war, lief irgendwo tief unter der Straße die letzte Sequenz eines sechzig Jahre alten Computerprogramms ab, und die Kellergeschosse des Botschaftsgebäudes verwandelten sich in eine weißglühende Hölle aus schmelzendem Stahl.

Von dem neuen Abenteuer
der Rebellen erzählt
Wolfgang Hohlbein
im fünften Band
seiner Charity-Serie
DIE SCHLAFENDE ARMEE
(Bastei-Lübbe 23 104)

WOLFGANG HOHLBEIN
CHARITY
Die beste Frau der Space Force
Dunkel ist die Zukunft
Die Königin der Rebellen
In den Ruinen von Paris
Die schlafende Armee
Hölle aus Feuer und Eis
BASTE
LÜBBE
Taschenbüch
Die rasanteste Frau des Universums und ihr unerbittlicher Kampf um das Schicksal der Erde.
WOLFGANG HOHLBEIN – niemand schreibt spannender!